UN ASESINO
IRRESISTIBLE

UN ASESINO IRRESISTIBLE

Juan Bolea

EDICIONES **B**
GRUPO ZETA

Barcelona • Bogotá • Buenos Aires • Caracas • Madrid • México D.F. • Montevideo • Quito • Santiago de Chile

1.ª edición: abril 2009

© Juan Bolea, 2009
© Ediciones B, S. A., 2009
   Bailén, 84 - 08009 Barcelona (España)
   www.edicionesb.com

Printed in Spain
ISBN: 978-84-666-3817-3
Depósito legal: B. 9.581-2009

Impreso por LIBERDÚPLEX, S.L.U.
Ctra. BV 2249 Km 7,4 Polígono Torrentfondo
08791 - Sant Llorenç d'Hortons (Barcelona)

DRAMATIS PERSONAE

Covadonga Narváez, duquesa de Láncaster.
Lorenzo, primogénito de la casa ducal.
Hugo, segundo hijo de los duques.
Casilda y Pablo, primos hermanos.
Azucena López Ortiz, primera esposa de Hugo.
Dalia Monasterio, segunda esposa de Hugo.
José Luis Guillén, médico de la familia Láncaster.
Padre Arcadio, capellán.
Anacleto y Ángel Sanz, mayordomos.
Jesús Rivas, jardinero.
Jacinto Rivas, hijo del anterior.
Elisa Santander, secretaria personal de la duquesa.
Julio Martínez Sin, administrador de la casa ducal.
Abu Cursufi, financiero.
Doris, esposa de Cursufi.
Eloy Serena, senador y vecino de los Láncaster.
Pedro Carmen y Joaquín Pallarols, abogados.
Julio Castilla, heraldista.
Nicolás Peregrino y Andrés Vilanova, jueces.
Óscar Domínguez y Ramón Ocaña, presidiarios.
Mateo Escuín, controlador aéreo.

Lara Mora, azafata de vuelo.
Manuel Arcos y Rafael Cuevas, celadores.
Rodrigo Roque, mafioso de la construcción.
Marcos Mariño, narcotraficante.
Fermín Fernán, agente de Homicidios.
Casimiro Barbadillo, subinspector.
Ernesto Buj, inspector.
Martina de Santo, inspectora.
Horacio Muñoz, agente de policía y narrador.
Otros personajes: forenses, funcionarios de prisiones y de líneas aéreas, más una pantera de las nieves, varias monjas de clausura y algunos piratas del Índico.

LA PANTERA

De ver pasar barrotes su mirada
se ha cansado tanto que no ve ya nada.
Le parece que hubiera mil barrotes
y tras los mil barrotes ningún mundo.

El lento andar de firmes pasos blandos,
que giran en torno al círculo más mínimo,
es un baile de fuerza en torno a un centro
en que hay, aturdido, un gran deseo.

A veces se alza el telón de la pupila,
sin ruido... entonces una imagen entra,
cruza los miembros, silenciosos, tensos,
y llega al corazón, donde allí muere.

Rainer Maria Rilke
(traducción de Antonio Pau)

PRIMERA PARTE

(1989-1990)

1

El narrador

Me llamo Horacio Muñoz. Soy agente de policía.

Nací en febrero de 1936, en Zaragoza, junto a la Puerta del Carmen, en cuyos gloriosos muros aún pueden apreciarse los balazos del francés.

La noche en que vine al mundo nevó con intensidad, pero eso no sirvió para enfriar los ánimos de los españoles. La Guerra Civil, de la que nada recuerdo, convirtió mi infancia en un lugar oscuro. Nunca hubo paz, sino miedo. Mis padres no nos dejaban jugar más allá del canal porque junto a las tapias del cementerio seguían fusilando.

A veces tengo la impresión de haber sido condenado a un infierno de odio, azufrado por el olor de la pólvora. Pero ¿dónde estaba escrito, si he valorado siempre la bondad de los hombres y la amistad de las letras, que fuese a convivir con el crimen?

Más paradojas: si en mi familia nunca hubo militares, policías, guardias civiles, ¿por qué me hice defensor de la ley?

Mi abuela solía decirme que había salido al tatarabuelo Nepomuceno, quien, allá por la España isabelina, armado con una escopeta y un machete de desollar jabalíes, se había tirado al monte de la guerrilla carlista.

En cambio, mi abuelo y mi padre fueron hombres pacíficos. Ambos eran sastres.

Mi padre murió hace ya muchos años, tan cumplidamente como había vivido. Con la misma pulcritud con que cortaba patrones y solapas nos gobernó a los hijos. Era meticuloso. Todo lo anotaba en su diario y en sus libros contables, las visitas de probador, los plazos de entrega, los cumpleaños, si necesitaba forros nuevos o botones de asta de ciervo para los gabanes de caza, o si había que comprar medicinas para mamá. Hombre previsor, nunca nos faltó de nada. Tampoco a él los respetos del barrio. Hasta las cigarreras le trataban de don.

Aunque era mi madre la que casi siempre estaba enferma, él se despediría primero. Una rápida enfermedad, una infección en la sangre lo aniquiló en seis meses.

La noche en la que iba a morir, mi padre rezó al papa Juan XXIII y al santo del día. Su última voluntad fue concisa como un código. En su testamento dejó especificado hasta el traje con el que le habríamos de enterrar.

En vida, no tuvo otro vicio reconocido que la lectura de novelas policíacas, y me contagió su afición. En cuanto tuve edad para husmear por librerías de viejo, me dediqué a completar sus colecciones.

Vivíamos en Zaragoza, en la parte vieja y siempre en sombras de El Tubo, cerca del café El Plata y de la librería de lance de Inocencio Ruiz. Me encantaba esa minúscula librería, sus desvencijados estantes, respirar el polvo de las cubiertas y descubrir autores que me hicieran sentir la magia y la emoción de la intriga.

Por respeto a mamá, que siempre tenía jaqueca, nuestras lecturas eran furtivas. Desde los bombardeos de la guerra, mi madre experimentaba un invencible repudio hacia el empleo de cualquier arma, incluidos los cuchillos de cocina y, casi, los revólveres y venenos de la ficción. Pero eso no evitaba que a mi padre y a mí nos sorprendiese la medianoche y, a menudo, si él no tenía que madrugar, las claras del alba, recreándonos en las andanzas de Sherlock Holmes, Philo Vance o el malvado Ripley.

Mi carrera profesional, bastante menos heroica que la de un detective de novela, ha ido transcurriendo por diversas ciudades. Estuve destinado en Málaga y en Barcelona, en Ceuta, en Toledo... hasta llegar a Bolscan. Hoy tengo la conciencia tranquila, cincuenta y seis años, mujer, hijos, deudas, sueños incumplidos y un defecto en el pie.

En términos laborales, una minusvalía. Me la causó un disparo perdido en un tiroteo. El impacto del proyectil me hizo perder el sentido. Desperté en un hospital. Una cirugía con mejor balance del esperado, pues el peor de los diagnósticos incluía una silla de ruedas, atenuó los destrozos físicos. En cuanto a los psicológicos... Tardé en acostumbrarme al zapato ortopédico, que todavía hoy me acompleja. Temía enfrentarme a una jubilación forzosa cuando el comisario Satrústegui, a quien siempre estaré agradecido, encontró para mí un hueco en el archivo. En adelante, no iba a disfrutar de la acción, pero volví a sentirme útil.

Desde entonces, creo un poco más en la bondad de Dios. También creo en Shakespeare y en Milton, en San Juan de la Cruz y en Miguel de Cervantes, en el diablo y en la omnipotente voluntad del hombre que tan a menudo, por desgracia, le suplanta.

Algunos de ustedes ya me conocen. No tanto por mi persona, pues carece de toda relevancia, sino por mi relación con Martina de Santo. Cuyos casos, y he tenido el privilegio de participar en varios, sí abundan en un justificado interés.

¿Era Zenón quien afirmaba que una misma realidad podía ser, a la vez, posible e imposible? Viene al caso la aporía porque mi trabajo con Martina ha alterado algunas de mis nociones sobre el oficio policial. Hasta aquel enrevesado crimen que tuvo por escenario el palacio de los duques de Láncaster yo pensaba que... Pero no caeré en la tentación de adelantar acontecimientos.

Vayamos por orden. Todo comenzó en la Navidad de 1989, en la segunda planta de la Jefatura Superior de Policía de la ciudad de Bolscan, donde se encontraba, y allí sigue estando, la sede de la Brigada de Homicidios...

2

Una llamada en Navidad

El caso Láncaster se destapó el 25 de diciembre del mencionado año de 1989. Lo recuerdo perfectamente por dos motivos: porque nevó y porque a casi nadie —citaré una excepción: Martina de Santo— le estimula trabajar en festivos.

En mi familia se celebra la Nochebuena con una copiosa cena. Levantarme tres o cuatro horas después de haber vaciado la última botella de champán me supuso un sacrificio.

Aquella fría mañana del día de Navidad de 1989 entré a trabajar a las ocho y media de la mañana. Saludé a los compañeros de guardia y me dirigí al archivo.

Bajé las escaleras del sótano preguntándome si el presupuesto de 1990 incluiría una partida para pintar los rellanos y reparar los peldaños en los que mi zapato ortopédico sonaba a hueco. La respuesta era: no. Desde un punto de vista presupuestario, la policía no se diferencia de un hospital público. Los médicos exigen láseres, resonancias magnéticas; nosotros, más hombres, más medios, nuevo armamento. Los niveles de responsabilidad se incrementan, pero las inversiones llegan con cuentagotas... A mi archivo, ni aun así. Lancé un deprimido vistazo a las manchas de humedad que oscurecían las paredes y a las oxidadas tuberías por las que bajaban las aguas residuales de los doscientos compañeros que ocupaban las plantas altas y comprendí que todo iba a seguir igual.

Ocupé mi mesa y trabajé durante una hora sin levantar la nariz de mis expedientes, hasta que empezó a dolerme el cuello y necesité cambiar de postura y de actividad.

Ese día no se publicaban periódicos, de modo que subí a la primera planta en busca de un café de máquina y de un poco de distracción.

El edificio estaba más silencioso que de costumbre. Detrás de las puertas de algunas oficinas se oía el tableteo de las últimas máquinas de escribir que aún no habían sido sustituidas por ordenadores, pero los turnos laborales eran de mínimos y apenas había nadie con quien charlar. También las calles estaban prácticamente vacías. Sobre sus aceras, la nieve comenzaba a caer en débiles copos que difícilmente, pensé, recordando otros inviernos, llegarían a cuajar en una nevada.

Acababa de sacar un café negro, doble y sin azúcar, cuando por la puerta principal de Jefatura, frotándose las manos para entrar en calor, apareció Casimiro Barbadillo, el nuevo —a él le gustaría que añadiesen: y flamante— subinspector del Grupo de Homicidios.

Era salmantino, de un pueblo lindante con Extremadura. Y de Badajoz se había traído una novia, Marifé, que cortaba la respiración.

Yo la había visto algunas veces esperándole cerca de Jefatura, paseando con sus vaqueros ajustados y sus largas piernas embutidas en altas botas de cuero. Era morena, con esa cultura del sur de lucir la sonrisa y la piel. «¿Qué opina de la costilla de Barbadillo, Horacio?», me había preguntado el inspector Buj, en uno de los escasos ratos en los que, contrariando su íntima naturaleza, se encontraba de buen humor. «Que es un bellezón», había contestado yo. Y el Hipopótamo, según le llamaban los muchachos, había puesto la guinda: «Tiene vicio.»

Barbadillo me chocó los cinco, como hacía siempre que me encontraba por los pasillos, y señaló una ventana haciéndome notar:

—¿Se ha dado cuenta? ¡Está nevando!

—Hacía años —asentí, con menos ilusión que él. La nieve me deprime, nunca he sabido por qué.

—En mi tierra no saben de qué color es la nieve... ¿Qué tal la Nochebuena?

—En familia. ¿Y usted?

—Marifé me arrastró a la perdición. Estuvimos bailando en esa discoteca de la Milla de Oro y después —Barbadillo me guiñó un ojo— ya me entiende...

—Aproveche, ahora que es joven. ¿Cómo quiere el café? ¡Guarde esa calderilla, hombre! Invito yo. ¿Solo?

—Con leche. Gracias, Horacio. Aceptaré su amable invitación con la única condición de que me acompañe a la brigada. Hay poca faena y podremos seguir pegando la hebra. Porque lo de trabajar el día de Navidad... ¡Hay que ser un pringado o un patriota, no hay término medio!

Sosteniendo con las yemas de los dedos los ardientes vasos de plástico en los que humeaba un agua de color sucio, subimos al Grupo de Homicidios.

La inhóspita sala estaba desierta. Tomé asiento frente a la mesa de Barbadillo y durante un rato estuve escuchándole disertar acerca de las nuevas técnicas informáticas aplicadas a la investigación criminal. En aquel especializado terreno, el subinspector se desenvolvía con notable seguridad. Había hecho un curso en Washington y manejaba nuevos programas destinados a combatir los delitos económicos, la evasión de divisas y el fraude fiscal.

—Estamos en vísperas de una revolución, Horacio.

—¿De qué tipo?

—Cibernética. Por extensión, policial.

Me encogí de hombros.

—A mí, las revoluciones me pillan un poco viejo. El ciberespacio me suena a ciencia ficción. Que quizá, por otra parte, vaya a ser real muy pronto. ¿Quién sabe? Quizás en tan sólo un par de décadas los policías hayamos dejado de ser necesarios y estemos listos para ser sustituidos por robots.

Barbadillo, que ya antes, en el cotidiano ejercicio de sus funciones, había destapado su lado práctico, me desveló ahora una filosofía más fenicia:

—Siempre nos quedará el sector privado. Los sueldos multiplican los nuestros.

Alguien, un tercero, replicó desde la puerta:

—¿Y reconvertirnos en guardaespaldas? ¿En detectives privados para espiar a los ejecutivos en los moteles?

Era Fermín Fernán, Fefé, un veterano de la brigada criminal. Tenía los ojos turbios y todo el aspecto de haberse ido a dormir con una botella.

En consonancia con su aspecto, también era turbulenta su leyenda. A Fefé le habían salido los dientes en la Legión. De allí pasó a la Guardia Civil y después a la Policía Nacional. Como agente era duro, eficaz, pero ciertos defectos le habían impedido ascender en el escalafón: bebía como un pez y le gustaban las prostitutas menores de edad, por lo que en más de una ocasión se había metido en líos. A modo de penitencia, practicaba una detención arriesgada o se iba de copas con el inspector Buj y entre ambos lo solucionaban todo.

Fernán avanzó hacia su mesa y se decidió a saludarnos con mayor formalidad:

—¡A la paz de Dios resucitado, hermanos!

Barbadillo se echó a reír.

—¡Si todavía no estamos en Semana Santa! Es Navidad, Fermín, ¿se acuerda? El Nacimiento y todo eso.

—¿Cómo no habría de acordarme si incluso hoy tengo que apencar como el mulo de Belén?

La resaca le hacía temblequear, pero Fefé sonreía. Algo raro debí de notar en su torcida sonrisa porque le pregunté:

—¿Has visitado al dentista?

Ni corto ni perezoso, con una repugnante naturalidad, Fermín se introdujo dos dedos hasta el paladar, sacó su nueva dentadura postiza y nos la mostró con orgullo.

—Acabo de estrenarla. Mi hija me ha invitado a comer en su casa, por eso la llevo puesta. Espero no retrasarme.

—Hay poco tajo —le garantizó Barbadillo—. Todos llegaremos puntuales a la comida de Navidad.

Se equivocaba. Así es este oficio: cuando menos lo esperas, suena la alarma. Y el teléfono de Casimiro Barbadillo sonó, exactamente, a las diez y cuarto de la mañana de aquel 25 de diciembre de 1989.

3

La pantera de las nieves

Era Berta, una de las telefonistas de centralita.

—Perdone la molestia, subinspector. Tengo una llamada la mar de rara.

—¿Una denuncia?

—No lo sé. Un hombre dice que un animal salvaje se ha escapado de un circo. Está muy nervioso.

—¿El bicho?

La telefonista soltó una risilla.

—El de dos patas.

—Pásemelo —resolvió el subinspector.

Barbadillo se cambió el auricular de oreja. Al otro extremo de la línea, una voz masculina se identificó:

—Bruno Arnolfino, director del Circo Véneto Mundial. ¿Con quién hablo?

—Con el subinspector de guardia.

Expresándose en un pintoresco argot compuesto por palabras procedentes de distintas lenguas, el director del circo comenzó laboriosamente a explicar que habían instalado las carpas en el municipio de Turbión de las Arenas y...

—Sé dónde está Turbión —le interrumpió Barbadillo—. ¿Cuál es el motivo de su llamada?

Tras nuevos circunloquios que acabaron por impacientar al subinspector, Bruno Arnolfino explicó que la principal atracción y estrella de su espectáculo circense había desaparecido.

Algo más interesado, Barbadillo interpretó:

—¿Quiere denunciar un secuestro?

—O una desaparición. No estoy seguro.

El subinspector cogió un gastado lápiz. Para afilarlo, raspó su punta contra la rugosa pintura del radiador.

—Dígame, señor Arnolfino. ¿Quién es esa gran estrella que ha desaparecido de su circo?

—*Romita*, claro está.

—¿Quién?

—*Romita*, la única, la maravillosa... ¿Nunca había oído hablar de ella?

—No.

—¿Lo dice en serio?

—No conozco a artistas de circo —admitió el subinspector—. Puede que me suene algún domador, pero trapecistas...

—*Romita* no es ninguna trapecista —aclaró Arnolfino—. Ni siquiera es una mujer... ¡Es una pantera, una de las pocas panteras de las nieves que ha sido entrenada para actuar ante el público! ¡Seguramente, se trata del único ejemplar en Europa!

Barbadillo anotó en un pedazo de papel: «Y tú, uno de los muchos chalados que hay por aquí.» Pero siguió preguntando:

—¿Cuándo ha escapado ese animal?

El director del Circo Véneto fue incapaz de precisarlo.

—En cualquier momento a lo largo de la pasada noche.

—¿Cómo ocurrió?

Tampoco ahora Arnolfino pudo mostrarse concreto.

—El cuidador no se lo explica. Antes de irse a dormir revisó los cerrojos de las jaulas y, sin embargo...

—¿Hay otros felinos en el circo?

—Está *Goliath*, el león de melena negra; la tigresa *Penélope*; el...

—¿Cuántos, señor Arnolfino?

—Además de *Romita*, ocho.

—¿Panteras, leopardos?

—Leones y tigres. Pantera sólo hay...

—Una, y ya me ha dicho que es única. ¿Únicamente ha echado en falta a esa pantera... cómo era?

—Pantera de las nieves. Se la conoce con este nombre, o con el de leopardo de las nieves, por la dificultad de distinguirla en el bosque, paisaje en el que se mimetiza.

—Le agradezco la lección de zoología, señor Arnolfino, pero acl-áreme una cosa: ¿es una pantera o un leopardo?

—Hablamos de la misma familia de felinos.

—Entiendo. ¿Es negra?

—No. Tiene la piel moteada, por eso se confunde con las ramas de los árboles y con...

Barbadillo le cortó el rollo.

—Se mimetiza, ya me lo ha dicho. ¿Es peligrosa?

—¿*Romita*? En principio, no, pero... ¿quién sabe cómo puede reaccionar si tiene hambre? ¿Si la acosan? ¡Es un felino y, en caso de necesidad, se defenderá o atacará como todos los grandes gatos!

Barbadillo escribió en el papel: «Que de noche no son pardos ni negros, sino moteados.» El subinspector hizo alguna pregunta más y terminó aconsejando a Bruno Arnolfino que se desplazara hasta el puesto de la Guardia Civil más cercano —el de Turbión de las Arenas, sin ir más lejos— para, en previsión de cualquier episodio, accidente o agresión que pudiera originar el desaparecido felino, cursar y firmar debidamente una denuncia. Asimismo, le recomendó que procediera a consultar o a interrogar al personal de su compañía, a fin de intentar esclarecer las circunstancias en que ese animal había podido escapar.

El director del Circo Véneto le escuchó con atención y encareció:

—Sobre todo, señor subinspector, eviten abatir a *Romita*. Se trata de un ejemplar irreemplazable. ¡No se imagina lo difícil que resulta adiestrar a una pantera de las nieves! En cuanto aparezca, haga el favor de avisarnos. Nosotros nos encargaremos de ella.

Barbadillo le aseguró que así lo harían. Arnolfino pareció tranquilizarse. Dio las gracias al subinspector y aseguró que le enviaría a Jefatura, a su nombre, unas entradas «de palco».

Nada más colgar, Barbadillo decidió curarse en salud. Contactó con el cuartelillo de la Guardia Civil de Turbión de las Arenas, poniéndoles sobre aviso, y con la Delegación del Gobierno, a fin que valorasen la eventualidad de dar la alerta en la zona.

—¿Problemas? —le preguntó Fermín.

—Espero que no. —El subinspector nos hizo un resumen de la llamada e ironizó—: ¿Hace mucho que no van al circo?

—Yo, desde que era un niño —recordó Fefé—. Me ponían cachondísimo las domadoras, con esas medias de malla marcándoles el...

El agente Fernán no osó epilogar su grosera frase. En el hueco de la puerta de la brigada acababa de recortarse la silueta de una mujer.

Era la subinspectora Martina de Santo.

4

Algo felino en ella

La subinspectora se había ido de vacaciones un par de semanas atrás. Desde entonces, yo nada había sabido de ella.

Al primer golpe de vista, la encontré cambiada. Había regresado tan delgada como de costumbre, pero muy bronceada. La piel se le había descamado en la frente y en la punta de la nariz. Aunque sus ojos grises seguían brillando con nacarado fulgor, una vaga tristeza, como si algo o alguien la hubiesen decepcionado, se reflejaba en su semblante. A esas alturas, y una vez resueltos los tres casos en los que habíamos trabajado juntos, yo la conocía lo suficiente como para saber que algo personal la estaba afectando.

—Feliz Navidad —dijo Martina.

Al detenerse en el agente Fernán, la sonrisa de la subinspectora se congeló en un helado rictus. La torpe observación de Fefé sobre las domadoras de circo no debía de haberle hecho la menor gracia. Se debería a un efecto de sugestión, por haber estado hablando de leopardos y panteras, o quizás al chaquetón con cuello de piel con que ella había decidido abrigarse en aquella mañana invernal, pero me pareció que de Martina se desprendía un cierto aire felino.

—Viniendo hacia aquí —continuó diciendo la subinspectora, una vez que se hubo desplazado hasta su mesa—,
temía que la mañana, al ser festiva, fuese a resultar impro-
ductiva. Me alegro de haberme equivocado y de que ten-
gamos un nuevo caso a la vista.

Barbadillo no ocultó su sorpresa.

—¿Qué caso, subinspectora?

—El de esa pantera de las nieves. Ya me perdonará, Casimiro —se disculpó Martina, no tanto por haber advertido la nada amistosa expresión de su colega como debido a
que, en efecto, había cometido una pequeña falta de educación—. Estaba apurando un cigarrillo en el corredor cuando escuché en parte su conversación telefónica. Nada me
extrañaría que, en breve, recibamos llamadas procedentes
de algún lugar situado entre el municipio de Turbión de las
Arenas y la franja costera de la Sierra de la Pregunta.

—¿Qué tipo de llamadas?

—De auxilio, naturalmente.

Barbadillo dejó caer, ofuscado:

—Pensaba que no estaba de servicio, subinspectora.

—Y no lo estoy. Venía a recoger unos papeles... Si no
les importa, esperaré.

—¿Esperará a qué?

—A que se produzca la primera de esas llamadas.

La relación entre Casimiro Barbadillo y Martina de
Santo no era mala ni buena; desde que el subinspector se
había incorporado a la sección, era cada día peor. La más
que anunciada competencia entre ambos resultaba difícil
de evitar. Todos en la sección sabían que uno de los dos
iba a sustituir en su cargo al veterano inspector Buj. Martina contaba con el apoyo del comisario Satrústegui. Barbadillo, con el del propio Buj.

—¿Y si no llama nadie? —insistió Casimiro.

—Paciencia —le recomendó Martina—. No tardarán en hacerlo.

—Es una lástima que desperdicie su tiempo. ¿No tiene otros compromisos?

La subinspectora lo negó y me buscó con la mirada. Le sonreí y ella me devolvió una sonrisa un tanto apagada.

¿Habría sufrido un desengaño? ¿Llegó a establecer una relación seria, algún tipo de compromiso con Javier Lombardo, el actor de cine con quien se rumoreaba que había estado saliendo?

Ni yo lo sabía ni creo que lo supiera nadie. Por lo que a sus sentimientos se refería, Martina seguía manteniéndose tan reservada como en ella era habitual. Pero los demás, en especial los que vivían de saquear los corazones ajenos, no siempre lo eran. Mi mujer, adicta a la prensa rosa, me había mostrado una revista en la que se veía a Lombardo, elegido ese año mejor actor europeo en el Festival de Berlín, paseando al atardecer por una playa tailandesa en compañía de una atractiva española que ocultaba sus rasgos con ayuda de unas gafas de sol y de un sombrero. Martina solía utilizar ese mismo borsalino al principio de su carrera, cuando le gustaba vestir con un toque masculino.

En los últimos tiempos había cambiado de estilo. Se presentaba a trabajar más informal, con vaqueros, zapatillas de tenis, camisetas y gastadas cazadoras de cuero, o con pellizas como la que llevaba esa mañana.

Se la quitó, la colgó del perchero y se puso a buscar algo en los cajones de su mesa, seguramente aquellos papeles que había mencionado y que para ella debían de ser de suma importancia, al punto de ir a recogerlos el día de Navidad.

Pero a mí no me engañó. Supe que se encontraba sola,

que había acudido a Jefatura porque prefería estar en la brigada que en cualquier otra parte, y que estaba haciendo tiempo a la espera de esa llamada que con tanta seguridad había pronosticado.

No necesitó aguardar mucho rato. El teléfono de Barbadillo sonó a los pocos minutos. Martina cerró los cajones y volvió a mirarme con expectante intensidad. Tuve la intuición de que muy pronto íbamos a entrar en acción.

No me equivocaba.

5

Comienza la acción

Eran las diez y media de la mañana. Casimiro Barbadillo había descolgado el teléfono.

—Al habla el subinspector de guardia.

Desde el otro extremo del hilo, una voz que parecía corresponderse con una mujer de cierta edad urgió:

—¡Por lo que más quieran, les pido que acudan de inmediato a mi casa! ¡Ha ocurrido algo irreparable!

—Cálmese y dígame su dirección.

—¡Vivo en el palacio de Láncaster!

Fiel a su cáustico humor, Barbadillo garabateó en una cuartilla: «Las cosas de palacio van despacio.» Solicitó a la persona que llamaba:

—¿Le importaría identificarse?

—Mi nombre es Covadonga Narváez.

—Dígame el número de su documento de identidad.

—¡Soy la duquesa de Láncaster!

De forma automática, el timbre del subinspector cambió al tono que se espera de un correcto funcionario entregado al servicio público.

—¿En qué puedo ayudarla, señora? ¿Cuál es el motivo de su llamada?

—Mi nuera Azucena ha muerto —confesó la aristócrata, hablando con dificultad, entrecortadamente—. ¡Ha sido atacada! ¡Vengan pronto, por favor!

La duquesa no pudo seguir. Estaba demasiado alterada para ofrecer una versión coherente de los hechos. Alguien, un hombre que dijo ser hijo suyo, la sustituyó al teléfono. Sus explicaciones tampoco resultaron especialmente claras, pero Barbadillo las fue interpretando en forma de apresuradas notas.

Mientras el lápiz del subinspector rascaba el papel, me dirigí al tablero de corcho donde estaban pinchados los mapas. Tuve que recurrir a la cartografía militar para localizar el palacio de Láncaster. Se encontraba bastante alejado de Bolscan, a unos ochenta kilómetros al oeste, dentro del término municipal de Ossio de Mar y a pie de monte en la vertiente meridional, más abrigada, de la Sierra de la Pregunta.

La conversación entre el subinspector y el hijo de la duquesa apenas duró un par de minutos. En cuanto hubo colgado el teléfono, Barbadillo se puso en pie, cogió la chaqueta y nos hizo el gesto de salir a la carrera.

—Tenemos un cadáver y un montón de interrogantes. ¿Viene con nosotros, subinspectora?

Era, por su parte, una muestra de deferencia, pues el caso le pertenecía. Martina aceptó de mil amores.

—Se lo agradezco, Casimiro. Sugiero que sea Horacio quien nos lleve en coche. De los cuatro que estamos, es el mejor conductor.

—Eso habría que verlo —dudó Fermín.

Diez minutos después, yo conducía a toda velocidad un coche patrulla por la circunvalación elevada que permitía evitar el tráfico del centro. La sirena policial emitía azulados destellos sobre la lámina de nieve que comenzaba a sedimentarse en el pavimento urbano, pero no fue hasta salir a campo abierto cuando pudimos apreciar que, contra mi primer pronóstico, la nevada estaba cuajando.

Cubrí los veinte kilómetros de autovía a ciento ochenta por hora y luego, en lugar de tomar la nacional que discurría por el interior de la provincia, saturada casi siempre por el tráfico pesado de la refinería y los polígonos industriales, decidí jugarme el tipo por la sinuosa carretera de las playas, que discurría entre las sierras costeras y un mar de color plomizo, agitado aquel día por un tormentoso viento.

Por dos veces preguntó Martina a Barbadillo acerca de su conversación con los Láncaster, de qué datos disponíamos para emprender la investigación, sin que las respuestas del subinspector nos aclarasen gran cosa. Tampoco podía hacerlo, pues la información de que disponía era fragmentaria y muy escasa. Casimiro se limitó a repetir que uno de los miembros de la familia Láncaster, una mujer, había perdido la vida en las últimas horas, sin que ni Covadonga Narváez, la duquesa, ni su hijo Lorenzo, que era quien la había sustituido al teléfono, le hubiesen aclarado la causa.

—El cadáver ha aparecido en pleno monte —agregó el subinspector—. Parece que el cuerpo está destrozado. Todo es muy confuso.

Eran poco más de las once y media cuando detuve el coche en una plaza de la pequeña población de Ossio de Mar, un municipio de unos tres mil habitantes que en verano se multiplicaban por cinco.

Seguía nevando. No se veía a nadie. Bajé del automóvil y vi a una mujer a cubierto de los soportales, sentada en un taburete junto a un carrito de flores.

—Perdone. ¿Sabe dónde queda el palacio de Láncaster?

La florista me escrutó con una mirada incolora. Debajo de su gorro de lana asomaba un cabello blanco que parecía espumillón. Señaló hacia la salida de la plaza:

—Siga la calle del Tojo hasta el Puente Medieval y adéntrese en el bosque por el camino de tierra. La Casa de las Brujas queda a unos cinco kilómetros.

—Le preguntaba por la mansión Láncaster.

—La gente de aquí la llama de esa otra manera.

—¿La Casa de las Brujas? ¿Por qué motivo?

—Allí pasan cosas...

—¿Qué tipo de cosas?

—Secretos entre ellos...

—¿Entre quiénes?

—Entre esos malditos Láncaster. Son mala gente, mala de verdad.

—Entiendo —dije, pero no entendía nada—. ¿Es fácil llegar a la Casa de... al palacio de Láncaster?

—Para los forasteros, no.

—¿Hay indicaciones?

—A partir del Puente de los Ahogados, ninguna.

—Indíqueme usted entonces, si es tan amable.

Ella volvió a contemplarme con aquella mirada vacía, y luego, sin fijarla, la desvió hacia un platillo de estaño entre las flores. El mensaje no podía ser más claro. Deposité una moneda. La florista no pareció satisfecha y dejé caer otra. Esta vez funcionó.

—Présteme atención o se perderá. Pasará el segundo puente, tomará primero a la izquierda, después nuevamente a la izquierda, a la derecha luego y otra vez a la derecha.

Le di las gracias, regresé al coche y seguí por la calle del Tojo. A la salida del pueblo vimos el Puente Medieval sobre el río Turbión. A partir de ahí, procuré poner en práctica las orientaciones de la florista.

No debían de ser muy precisas porque, un cuarto de hora más tarde, estábamos perdidos en el bosque.

6

El Puente de los Ahogados

Habíamos atravesado el Puente Medieval, muy hermoso, con ojivas sobre la ría y, más allá, un segundo paso sobre el río Turbión, el puente que llamaban de los Ahogados, cuya estampa, integrada por una sola y apuntada arcada románica tapizada de hiedra, respondía a su lúgubre nombre.

Tras cruzar el Puente de los Ahogados, nos habíamos adentrado por una pista forestal serpenteante entre una arboleda de pinos negros, encinas y robles. A medida que la pista se alejaba de los linderos, el bosque se fue tupiendo con otras especies, avellanos, castaños, arces, y enmarañándose con ortigas, helechos y matorrales cuyo espesor disuadiría de cualquier propósito de penetrar su espinosa muralla. La nieve seguía cayendo, cada vez más espesa, y la pista se iba embarrando a medida que la luz natural, refractada por la bóveda vegetal, se entenebrecía en una láctea oscuridad.

Pronto fue como si la noche hubiese caído. Encendí los faros antiniebla. Tomé, según me había indicado la florista de Ossio, el desvío a la izquierda y, un poco más allá, una nueva bifurcación, también a la izquierda. Pero la pista de tierra se estrechó más y más y el bosque acabó engulléndola.

Volví al Puente de los Ahogados y probé con otro camino. No habíamos recorrido un centenar de metros cuando una barrera de troncos nos impidió pasar. Maldije por lo bajo y regresé marcha atrás, con las ruedas hundiéndose en el barro, mientras Fernán ironizaba sobre mi capacidad de orientación. El subinspector Barbadillo, que iba a su lado en el asiento trasero, le reprendió. Sentada junto a mí, en el puesto del copiloto, Martina se mantenía callada. Con frecuencia miraba hacia lo alto, como revisando las copas de los árboles.

—¿Está buscando algo, subinspectora? —le consulté.

—Un gato grande y con manchas.

—¿El marsupilami?

La había hecho sonreír, cuando algo llamó su atención.

—¡Deténgase, Horacio! ¡En aquella espesura hay alguien!

Pegué un frenazo y la marea de helechos se abrió para dejar asomar una cabeza cubierta por una mata de pelo castaño. Era un cazador. Su escopeta colgaba del hombro. Un perro, un *setter* irlandés de brillante pelaje, saltó a las roderas.

Volví a salir del coche. Un tanto avergonzado, comenté al cazador que nos habíamos extraviado buscando el palacio de Láncaster.

—No es nada extraño perderse por estos parajes —dijo él—. La floresta es muy cerrada y si no la conocen... Tienen que regresar al segundo puente, tomar el camino de la izquierda y luego el de la derecha. Más adelante, virará de nuevo a la derecha y después a la izquierda. Les habrán indicado mal, porque han seguido justo la ruta contraria.

Fermín me miraba con sorna. Traté de justificarme:

—Nos orientó una mujer del pueblo. Con el pelo blanco, sentada en los soportales de la plaza.

—¿La señora Reme? —le sonrió el cazador—. ¿La ciega?

Fermín se echó a reír. Martina había salido del coche. Se acercó al perro y se puso a acariciarlo y a hablarle en voz baja.

—¿Cómo se llama?

—*Mercur* —repuso su dueño.

Al *setter* parecieron gustarle las caricias de la subinspectora. «O consolarle», pensé. Ella le estaba diciendo:

—¿Por qué estás tan nervioso, *Mercur*?

El perro se había puesto a gemir, como si tuviera miedo. Martina preguntó al cazador:

—¿Han visto algo raro? ¿Huellas de algún felino, por causalidad?

—El perro ha olfateado un par de venados, pero está inquieto y no sé por qué. Es la primera vez que pisa la nieve. Puede que sea por eso.

Subimos al coche patrulla. Di la vuelta y conduje de regreso, siguiendo las nuevas indicaciones hasta encontrar el camino correcto.

El bosque se iba aclarando. La blanda pista de tierra desembocó en una extensa pradera en la que trotaban caballos asturcones. Los copos caían suavemente, velando la visibilidad y haciendo crepitar los neumáticos.

Al fondo, desdibujada por la blanquecina luz de la nevada, se alzaba, extraña y fantasmal, una mansión de planta cuadrada coronada por dos torreones. El edificio, aquel extravagante capricho que en el pueblo, y ahora entendíamos por qué, llamaban Casa de las Brujas, tenía algo de castillo, de palacio y de abadía. Para cualquiera de esos

escenarios habría servido como decorado cinematográfico. Y mejor aún, pensé, para una película de terror.

A medida que nos acercábamos, una fuerte impresión
de irrealidad, derivada de aquel estrafalario caserón, se
fue apoderando de nosotros. Yo no había visto jamás, ni
he vuelto a ver, un edificio como la mansión Láncaster.

Su insólita arquitectura me inspiró una instantánea
deducción: tampoco sus habitantes podían ser gente corriente.

7

La mansión Láncaster

Detuve el coche frente a una verja de hierro forjado abierta de par en par. En ambas hojas, con el trazo de una capitular gótica, se recortaba artísticamente una letra mayúscula, la L.

Metí la primera marcha y el coche enfiló un ramal de grava cubierta de nieve que daba la vuelta a una rotonda concebida como un islote vegetal. Continué hasta los jardines delanteros y aparqué a un lado de la fachada principal, junto a otros vehículos: un Fiat deportivo con diseño de los años sesenta, un elegante y moderno Lexus y dos idénticos todoterreno de fabricación japonesa.

Un grupo de nueve personas, seis hombres y tres mujeres, nos aguardaba en la entrada, a cubierto de la nevada bajo una marquesina cuyo estilo modernista chocaba con la galería de arquillos neogóticos o calado corredor que ceñía en su completo perímetro la primera planta.

En altura, el monumental diseño de la mansión se alzaba afiligranándose en elementos barrocos y mudéjares, exacerbados mediante una decoración que alternaba gárgolas y conchas de peregrino con vidrieras emplomadas y geométricos mosaicos destinados a colorear los torreones hasta los aleros de sus pináculos de pizarra.

En cuanto descendimos del coche patrulla, un hombre se separó del resto del grupo y bajó las escaleras para recibirnos.

Llevaba un abrigo austríaco y debajo un traje de pana. Le calculé alrededor de cuarenta años. Tenía un aire tísico, la nariz en pico de loro y los ojos demasiado juntos. Una cerrada barba proporcionaba a su rostro una impronta hosca, casi agresiva. Sin embargo, la mirada era huidiza. Su voz no pretendía darnos la bienvenida y no sonó clara ni franca al decir:

—Soy Lorenzo de Láncaster. ¿Quién de ustedes es el subinspector?

Un tanto intimidado, Barbadillo se identificó. Lorenzo de Láncaster nos fue dando la mano uno por uno. Algo más amablemente, solicitó:

—Les agradecería que hablasen con mi madre. La tranquilizará saber que han llegado.

—No hemos venido para tranquilizar a nadie —le replicó Fermín Fernán.

El noble miró al agente como desde una posición superior.

—Entonces, ¿cuál es su prioridad?

—Por lo que me da en la nariz, investigar una muerte.

La mirada del señor de Láncaster concentró una gran preocupación:

—¿Van a abrir una investigación? ¿Así como así?

—Así como lo prescribe la ley —contestó Fefé, con lengua estropajosa. La resaca no se le había curado con el viaje ni con el frío que estábamos pasando.

Los blancos dientes del aristócrata asomaron entre la barba para esbozar una sonrisa sarcástica.

—Será para los casos en los que se haya cometido un crimen.

Fermín soltó un disparo verbal:

—¿Presume que no se da esa circunstancia o se trata, por su parte, de una declaración de inocencia?

Tanta altanería irritó al dueño de la casa:

—Esa pregunta, que es impertinente, en todo caso deberá contestarla usted.

Como buen discípulo de Buj, Fefé no solía arredrarse ante faltas de respeto o de colaboración, que para él venían a ser una misma cosa.

—Lo haré en cuanto hayamos examinado el cadáver.

—Cállese, Fermín, y vayamos por partes —terció Barbadillo, temiendo que la actitud del agente les causara problemas—. ¿Quiere decirnos dónde ha aparecido el cuerpo, señor Láncaster?

La huesuda mano de Lorenzo señaló más allá del jardín, por encima de los abetos, hacia algún inconcreto lugar de la boscosa ladera cuya visibilidad se difuminaba bajo la nieve.

—Encontramos a mi cuñada Azucena allá arriba, en los prados, a unos ochocientos metros.

—¿De distancia o de altitud?

—De altura.

—¿Se puede llegar en coche?

—No.

—Supongo que allá arriba también estará nevando.

—Y con más intensidad que aquí.

La temperatura había descendido. En aquel apartado valle de la Sierra de la Pregunta, cerrado por altas peñas, no regía la suavidad térmica de la orilla del mar y hacía bastante más frío que en la ciudad. Nuestro aliento se transformaba en vaho. Barbadillo estaba pensando en la posibilidad de llamar a un helicóptero, pero, debido al mal tiempo, lo desestimó. Martina preguntó al aristócrata:

—¿Los restos de su cuñada permanecen a la intemperie?

—En el mismo lugar en que aparecieron.

—¿Han tocado algo?

Lorenzo palideció.

—Yo... Alcé el destrozado rostro de Azucena, pero... No, no toqué nada.

—¿Ha dejado a alguien vigilando?

—A un hombre de confianza. Tiene orden de no permitir acercarse a nadie.

Martina aprobó su actitud e inquirió:

—¿Cuál cree que ha sido la causa de su muerte?

—Por partes, subinspectora... —tornó a postular Barbadillo, pero una decidida Martina le hizo caso omiso.

—Responda, señor Láncaster.

—No lo sé.

—¿Sospecha que su cuñada ha podido ser asesinada?

Lorenzo volvió a vacilar. Era obvio que lo estaba pasando mal.

—No, no lo creo.

—¿No lo cree, no quiere creerlo o no lo sabe?

Dio la impresión de que el hijo de los duques iba a replicar con brusquedad, pero se retrajo y dijo con voz sorda:

—Las heridas son atroces.

—Descríbalas —le pidió Martina.

—Dentelladas, zarpazos... Como si la hubiese atacado alguna clase de fiera.

—¿Un gran felino? —apuntó el subinspector.

Lorenzo volvió a dudar. Deduje que su temperamento era débil y su aparente seguridad una mera y defensiva corteza.

—En nuestros bosques sólo sobreviven unos pocos linces.

—Una pantera ha escapado esta noche de un circo instalado en Turbión de las Arenas —le informó Barbadillo.

—No lo sabía.

—¿Podría ser la causante del ataque?

—Tal vez.

—Si no nos damos prisa —advertí yo—, sucederán dos cosas: que el animal volverá a atacar y que la nieve borrará sus huellas.

—Enseguida nos pondremos en camino —decidió el subinspector—. Nada nos cuesta presentar nuestros respetos a la señora duquesa.

Lorenzo le miró con algo parecido a la gratitud.

—Será un momento. Síganme.

Al comprobar que no se les requería para nada, los empleados del palacio fueron regresando a sus ocupaciones. De su número se desprendía que la familia Láncaster atesoraba una gran fortuna y que sus miembros podían permitirse el lujo de mantener un nutrido servicio doméstico. Antes, en el recibimiento que nos habían deparado esos mismos empleados, alineados a la entrada, silenciosos y estáticos, me había parecido intuir algo anómalo. Ese comportamiento coral no había sido espontáneo. Martina también se estaba preguntando por qué razón el servicio en pleno había sido formado ante nuestra llegada.

—¿No le ha parecido improcedente, Horacio? —me susurró la subinspectora, frenando el paso para que no nos oyeran—. Nadie más que el hijo de los duques tenía por qué estar esperándonos, pero, por algún motivo que no acabo de entender, y que nadie se ha tomado la molestia de explicarnos, han hecho formar a todos los empleados, desde la cocinera hasta ese encorbatado tipo que tiene toda la pinta de ser el administrador. Fue como si nos invitasen a pensar que entre los miembros del servicio pudiera ocultarse algún sospechoso.

Estuve de acuerdo. Y asimismo coincidí con ella cuando, acto seguido, Martina formuló la siguiente reflexión:

—Piénselo bien, Horacio. Todavía no sabemos qué ha pasado, pero ¿habría obrado de otro modo alguien que hubiese pretendido inducir a la policía a prejuzgar un crimen?

—Tiene razón, subinspectora. Y en este remoto paraje —añadí, posando la mirada en una de las diabólicas gárgolas adosadas al muro de piedra sillar de la fachada de la Casa de las Brujas—, conseguir ese efecto no resulta difícil. El propio lugar huele a misterio.

8

La duquesa nos da la bienvenida

Entramos a la mansión.

Sobre el vestíbulo, concebido como un patio interior, una lámpara de araña que pesaría media tonelada pendía de un solo cable de acero. Sus cristales recogían la luz de las claraboyas abiertas en los torreones, proyectándola hacia la planta baja e irisando con reflejos dorados y malvas una confusa decoración de armaduras medievales, relojes de pared y trofeos de caza. Entre una serie de tapices de Flandes, las cabezas de un rinoceronte blanco, de un león y de un extraño cérvido de arbórea cornamenta, un reno, tal vez, colgaban del muro.

Todo era *kitsch*.

Más allá, hacia el corredor principal, y como formando parte de un museo de ciencias naturales, una sucesión de altas vitrinas de madera rubia contenían, embalsamados, pájaros exóticos, felinos, roedores cuyos ojos muertos parecían mirarnos con un inquietante y abetunado fulgor. Había una sección de fetiches africanos y un herbolario dedicado a plantas fosilizadas, además de un gigantesco expositor con monstruos marinos. ¿Qué hacían allí esas especies, trofeos y fósiles? Horas después, ya con la investigación en marcha, sabríamos que la exhibición de semejantes colecciones obedecía a dos incontenibles fervores: por una parte, a la curiosidad científica del destacado naturalista que había sido Jaime de Láncaster, el anciano duque, fallecido el año anterior; por otra, a la pasión por la caza mayor de otro de sus hijos, Hugo.

—¿Le gustaría vivir aquí? —pregunté a Martina en voz baja.

—Sería el sueño de toda mujer enamorada de Barba Azul.

Reí por lo bajo. Semejante concentración de mal gusto me hizo alzar la mirada en busca de la opaca claridad, procedente de las altas claraboyas, que bañaba la planta baja con un enfermizo resplandor. Hasta el arranque de las escaleras helicoidales que comunicaban con los torreones, las tres plantas del palacio quedaban unidas por una escalinata de piedra arenisca, muy ancha en el entresuelo y escindida en dos tramos a partir de los rellanos del primer piso. En la planta baja, más allá del vestíbulo, los pasillos de distribución, dispuestos en forma de cruz, permanecían prácticamente a oscuras. A indicación de Lorenzo de Láncaster, avanzamos por el que se dirigía hacia el ala oeste del edificio.

El palacio estaba envuelto en silencio. Oímos unos pasos a nuestras espaldas y una sombra emergió de la penumbra. Era un sacerdote flaco como un huso, de blancas patillas y amarillenta faz. Se dirigió hacia nosotros como si no rozara el suelo. Las perneras del pantalón le holgaban y el alzacuello le bailaba bajo la nuez. En sus ojos, que sólo miraban a Lorenzo de Láncaster, ardía el dolor. Su voz pareció crujir cuando dijo:

—En esta hora, más que en ninguna otra, no vayas a olvidar que el Señor es misericordioso.

Lorenzo reclinó la cabeza. En un gesto fraterno, el sacerdote le tomó por los hombros y le susurró al oído algunas palabras más.

—Gracias por venir, padre —murmuró el noble, con agradecimiento—. En tan dramáticas circunstancias, nadie podría ayudar a mi madre mejor que usted. —La entereza de Lorenzo volvió a resquebrajarse—. ¿Por qué ha tenido que ocurrir?

El sacerdote se esforzó en consolarle:

—Sólo Dios lo sabe. Tal vez Él nos lo quiera explicar un día. No te atormentes más, Lorenzo.

—¡Pobre Azucena! Si la hubiese visto...

—Tendré que hacerlo para administrarle, siquiera de manera póstuma, la extremaunción. La duquesa me ha insistido en ello.

—¡Mamá está en todo! Yo ni siquiera lo hubiese pensado.

—En el ejército del Señor, cada soldado cumple con su deber.

—Sí, pero... Estoy sobrepasado, padre. Apenas puedo pensar... Haga el favor de aguardarnos junto a la puerta del jardín. Estos señores desean saludar a mi madre. En seguida nos pondremos en camino hacia el lugar donde...

El sacerdote hizo un comprensivo gesto y desapareció por el pasillo. Un deprimido Lorenzo nos fue precediendo hacia uno de los salones. Que más bien era, según pudimos comprobar en cuanto nos hubo abierto sus puertas, una limpia y casi desnuda nave cuyas dimensiones habrían equivalido a las de un salón del trono.

Susurré a Martina:

—¿Para qué emplearán semejante estancia?

Tampoco la subinspectora salía de su asombro. Bóvedas de crucería aportaban a la sala un aire monástico, aunque tan ecléctico o manierista como el resto del palacio.

El muro que daba a la fachada posterior, a los jardines, se diluía en un efecto casi translúcido merced a sus grandes y transparentes ventanales en forma de arcos lobulados sobre finas columnas de alabastro. En cambio, la pared maestra, el opaco lienzo sillar junto al que nos encontrábamos, atrapaba en dorados marcos a otros Láncaster ya difuntos, cuyos retratos al óleo nos contemplaban desde su aristocrática eternidad. Eran idealizadas efigies de duques, marquesas, almirantes, obispos. Cambiaban los uniformes, las condecoraciones, los vestidos, los peinados, pero el cejijunto ceño, las frentes despejadas y las aguileñas narices típicas de los Láncaster permanecían como enseñas de la estirpe.

Una sola pero descomunal mesa oblonga de madera taraceada, en la que bien podría haberse celebrado algún consejo de ministros, centraba la sala. Sobre la chimenea, de un mármol tan blanco como la tumba de un príncipe renacentista, lucía, en campo de plata, el escudo de los Láncaster: bordura de gules, un castillo de oro y dos lobos sosteniendo entre sus fauces sendos trozos de carne ensangrentada.

—Vengan por aquí —nos dijo Lorenzo, rodeando la asamblearia mesa.

Los enormes ventanales invitaban a contemplar los jardines, pero en el exterior la luz era cada vez más oscura. Como pétreas sombras, estatuas de diosas y sátiros se entreveían en el nevado césped, junto a los estanques y las fuentes. En el punto de fuga del paisaje invernal se perfilaba un lúgubre panteón familiar cuya aguja de piedra apuntaba al cielo.

Detrás de la gran sala a la que acabábamos de ingresar

se abría un pequeño despacho octogonal, cuyo techo, a fin de proporcionar a esa habitación, en contraste con las dimensiones del contiguo salón, un poco de recogimiento e intimidad, había sido rebajado con un rico artesonado policromado con las armas, escudos y emblemas de la casa ducal. Había muy pocos muebles: dos butacones tapizados con pieles de guepardo y un escritorio de caoba flanqueado por grandes candelabros dorados y una talla románica de la Virgen de Covadonga.

La duquesa nos esperaba junto a la única balconada abierta en aquel prisma espacial cuyos estucados muros habían sido pintados de color salmón. Parecía que los copos de nieve caían sobre la anciana aristócrata.

Grande de España, dueña de treinta mil hectáreas, de media docena de mansiones y de una veintena de firmas y empresas, Covadonga Narváez estaba sentada en una silla de ruedas, con la cabeza inclinada hacia un lado. No tanto, según sabríamos después, para melancólicamente contemplar la nieve derramándose sobre la majestad de sus jardines, como debido a una lesión cervical.

Lorenzo nos hizo un gesto circular, invitándonos a desplegarnos en abanico, pues la duquesa no se iba a mover. Lo hicimos nosotros, hasta ingresar en su campo de visión.

Doña Covadonga vestía de negro. No llevaba collares ni pendientes. Unos mitones de raso protegían sus manos de la humedad. Su rostro tenía una blancura de arroz. La vida que se le escapaba por los poros de la piel había debilitado su lacio y pajizo cabello, pero sus ojos brillaban con un acopio de orgullo y su voz sonó algo más tersa de lo que en principio habría correspondido a un cuerpo tan torturado:

—En doscientos años de historia del ducado de Láncaster, es la primera vez que la policía entra en mi casa. Sean, en cualquier caso, bienvenidos.

9

¿Dónde está Hugo?

Junto a la duquesa permanecía en pie una mujer joven, con el cabello rizado y un aire dulce. En una primera impresión, resultaba lícito deducir que su ternura residía en su mirada inerme, como necesitada de protección. No era guapa. Su cutis, acaso contagiado del mortecino aire de la mansión, carecía de luz. Aparentaba ser algo mayor, pero no pasaba de los treinta años. Sus planos mocasines, las convencionales medias, un traje de chaqueta gris y una blusa de color pistacho le daban el aspecto de lo que realmente era.

—La asistente personal de mi madre —nos la presentó Lorenzo—. La señorita Elisa.

El subinspector Barbadillo ni siquiera la miró. Se acercó a doña Covadonga y, mientras los demás permanecíamos a una respetuosa distancia, más cerca de la talla de la Virgen que de la dueña de la casa, tomó entre las suyas la mano que la anciana dama le tendía e hizo ademán de besarla. El subinspector debió de pensar que un mínimo protocolo exigía introducirnos debidamente y, como si en lugar de policías fuésemos los invitados a una recepción, se puso a presentarnos, comenzando por Martina.

Al oír el apellido De Santo, la duquesa sondeó:

—¿Tiene usted algo que ver con el embajador?

—Era mi padre —repuso la subinspectora.

Doña Covadonga le sonrió con afecto.

—Entonces... ¿aquella niña de grandes ojos grises con la que desayuné alguna mañana en nuestra embajada en Londres...?

—Yo también la recuerdo muy bien, señora. Era usted tan...

—¿Hermosa? —sonrió la anciana, con un poso de amargura—. Olvidemos el pasado. ¿No son los recuerdos como antiguas joyas que creíamos haber perdido y que, de improviso, cuando ya no esperamos recuperarlas, aparecen por sorpresa en un cofrecito? A pesar de que llevo un diario desde hace años, he perdido muchos de mis recuerdos, y con ellos...

La duquesa estaba esforzándose por erguir la cabeza, pero los músculos de su cuello ya no tenían vigor y volvió a inclinarla.

—Máximo de Santo, todo un caballero... Supe que su padre había muerto, Martina, y lo sentí mucho... Me alegro de volver a verla convertida en toda una mujer... policía.

—En esa condición intentaré ayudarla.

—Se lo agradezco, porque vamos a necesitar apoyo. La horrible desgracia que nos ha golpeado...

—No te alteres, mamá —rogó Lorenzo.

Un líquido temblor anidó en los ojos de doña Covadonga. Sollozó y con la uña del dedo meñique se enjugó una lágrima. Parpadeó y dijo con apenada gravedad:

—Hoy es un día aciago para la casa de Láncaster. Mi nuera Azucena ha muerto.

De la tensión, la duquesa se ahogaba. Tosió e hizo una pausa para tomar aliento.

—Tan sólo llevaba unos meses casada con Hugo. Su

cuerpo ha sido hallado en los pastizales. Mi hijo Lorenzo les conducirá hasta allí.

—Él mismo acaba de adelantarnos alguna información —comentó Barbadillo—. ¿Tiene usted idea de cómo ha podido ocurrir?

Doña Covadonga enlazó las manos y apretó las falanges de los dedos.

—Del relato de Lorenzo he desprendido que fue un accidente.

El subinspector sacó su libreta de notas.

—¿Le importa que le haga algunas preguntas?

—En absoluto.

—¿Estuvo usted anoche con su nuera?

En ese momento, la puerta de la sala se abrió para dar paso a un hombre mayor, obeso, que caminaba dificultosamente con un sombrero en la mano; la otra aferraba un maletín. Ignorando al resto de los presentes, el recién llegado se dirigió sin preámbulos a la dueña de la casa:

—¿Qué tal se encuentra, señora duquesa?

—Bien, José Luis, gracias.

Lorenzo volvió a asumir su papel de anfitrión:

—El doctor Guillén. Nuestro médico de cabecera.

—Me quedaré más tranquilo si le tomo la tensión —dijo el doctor, sin reparar todavía en nosotros. La urgencia que parecía dominarle no le impidió expresarse con un poso de académica pedantería—: ¿Es cierto, duquesa, que acaba de sufrir un episodio de pérdida de conciencia?

Doña Covadonga guardó silencio. Elisa repuso por ella. Estaba nerviosa y no vocalizó con corrección, pero el timbre de su voz sonó melodioso:

—Cuando la señora se enteró de la trágica noticia, sufrió un desvanecimiento. Le hice beber agua. Tomó una pastilla de chocolate y se recuperó.

No sin humor, doña Covadonga corrigió a su asistenta:

—Era un bombón de la Dulcería Núñez. Precisamente de esa caja de bombones de licor que el doctor me tiene expresamente prohibida.

—Es cierto —admitió Elisa con una sonrisa tímida—. Pero hizo efecto. La señora se recuperó en pocos minutos.

El médico nos indicó:

—Señores, por favor.

Parecía decidido a examinar a la duquesa, por lo que nos retiramos a la sala grande. Una vez allí, el subinspector Barbadillo volvió a preguntar a Lorenzo cuándo había sido la última vez que habían visto viva a su cuñada Azucena.

El aristócrata contestó:

—Anoche. Azucena nos acompañó a la misa de gallo, en nuestra capilla.

—¿Qué hizo ella después?

—Se retiró a descansar.

—¿A qué hora?

—Sería más o menos la una y media —calculó Lorenzo.

—¿Alguien la vio salir de su habitación?

—No.

—¿Tenía que abandonar el palacio por algún motivo?

—Que yo sepa, no.

El subinspector se balanceó, impaciente. Quería encaminarse cuanto antes a los pastizales para examinar el cadáver, pero sin parecer descortés. Por otro lado, todavía deseaba preguntarle a la duquesa algo que juzgaba importante. Desde el despacho, escuchamos decir al doctor Guillén:

—Si lo juzga estrictamente necesario atienda a esos

señores, doña Covadonga, pero retírese pronto a descansar.

El médico salió con su maletín y se aproximó a nuestro círculo.

—¡Qué mujer ésta! Ni siquiera me ha dejado que la ausculte. Disculpen... No sabía que eran policías. ¿Hay algún forense entre ustedes?

Barbadillo le adelantó que no tardaría en presentarse el doctor Marugán, director del Instituto Anatómico.

—Somos del mismo curso —afirmó el doctor Guillén; y su cara, surcada de arrugas, se replegó en una sonrisa—: En consonancia con nuestra edad, podría calificársenos como viejos colegas. Aguardaré su llegada, por si puedo serle de alguna utilidad.

El subinspector le dio las gracias. Volvió a entrar en el curioso despacho octogonal cuya abigarrada decoración, un cuadro cubista, la lámpara de diseño industrial, incluso una planta exótica de carnosas flores rojas, parecía tan fuera de lugar como el atrezo de un sueño, y se dirigió a la duquesa:

—¿Cuántos hijos tiene usted, señora?

—Dos. Lorenzo y Hugo.

—¿Por ese orden? ¿Lorenzo es el mayor?

—Sí. Me hubiese gustado tener alguna hija, pero no pudo ser.

—¿Puedo preguntarle dónde está su hijo Hugo?

Lorenzo se situó al lado de su madre. La voz de doña Covadonga tembló:

—Puede preguntarlo, pero yo no puedo responderle.

—¿No sabe dónde se encuentra?

—No. Se marchó y no ha regresado.

—¿Cuándo se marchó?

La mandíbula de la duquesa volvió a temblar.

—Hará tres días.

—¿Por qué motivo?

—Discutió con su mujer —reveló Lorenzo.

Doña Covadonga no pudo contener su disgusto:

—¡No seas indiscreto, Lorenzo!

El subinspector quiso saber:

—¿Cuál fue el motivo de esa discusión?

—Cosas de ellos —contestó con vaguedad la madre.

—¿Desde entonces no han vuelto a saber nada de su hijo Hugo?

—No.

Debido al vencimiento del cuello, la mirada de la duquesa era oblicua. Llevaba los ojos y los labios pintados y el resultado era más bien patético. Lo único que Barbadillo pudo deducir de su expresión fue un inmenso abatimiento.

El subinspector siguió preguntando:

—¿Sabe su hijo Hugo que su esposa ha muerto?

Doña Covadonga se retorció las manos.

—Me temo que no. ¿Tendré que ser yo quien le dé la noticia? ¡Oh, Dios mío!

El subinspector contempló la nieve que no cesaba de caer y que a todas luces iba a dificultar la investigación. Apremió:

—Gracias, señora duquesa. Seguiremos después. Ahora vamos a subir al monte para examinar el cuerpo. ¿Puedo pedirle un favor? No tardará en presentarse el inspector Buj, acompañado por el juez y por un médico forense. Si no hemos regresado, le agradecería que alguien les guiase hasta el lugar donde nos encontremos.

Cuando ya abandonábamos la sala grande, Lorenzo de Láncaster tuvo una reacción extraña. Retrocedió y susurró algunas frases al oído de su madre. Después tomó del brazo a Elisa y la invitó a desplazarse unos metros, alejándola de doña Covadonga y de su silla de ruedas. Igualmente, habló a la asistenta en voz baja, durante casi un minuto.

Acto seguido, el hijo mayor de la duquesa regresó junto a nosotros y nos invitó a salir del palacio.

10

Rugidos cercanos

En el jardín recogimos al cura, que se había puesto una boina vasca y una tricota negra. Portaba los santos óleos en una cajita de terciopelo resguardada por un paño en cuya superficie habían bordado las letras alfa y omega con hilo púrpura.

Seguía nevando. No se nos había ocurrido traer un solo paraguas, pero una especie de mayordomo, un hombre gastado y servil, de nombre Anacleto, nos facilitó unos cuantos, todos iguales, amarillos y rojos, muy llamativos y «patrióticos», según comentó el también muy castizo agente Fernán. Al desplegarlos, comprobamos que eran sombrillas publicitarias de la marca de un mosto sin alcohol, de cuya distribución se encargaba una empresa de la familia Láncaster.

Tras las magras espaldas de Lorenzo y del sacerdote, a quien el primogénito de la casa ducal acababa de llamar «padre Arcadio», atravesamos los jardines hasta llegar a la capilla-panteón, donde la noche anterior se había celebrado la misa de Nochebuena.

Una corona de hortensias rodeaba ese extravagante templo. El ábside aparecía sobrecargado con una decoración mosaica estilo neomudéjar, pero la aguja de piedra, adornada con filigrana de ladrillo, parecía responder a una inspiración más gótica. Aquel panteón tenía algo de arcano y de pagano a la vez. Un niño con atracción hacia lo fantástico se lo imaginaría asediado de brujas y lobos, de druidas y círculos de fuego.

Alargando las zancadas, Lorenzo se internó en la floresta. Yo iba detrás del cura y agucé el oído para escuchar lo que entre ellos hablaban.

—Cualquiera pensaría que sobre este lugar pesa una suerte de maldición —estaba diciendo el padre Arcadio.

Ese temor tenía su base. Tan sólo un par de días atrás, siguió lamentándose el cura, había fallecido la hermana Benedictina, la monja más joven del Convento de la Luz. Un absurdo accidente doméstico le había arrebatado la dicha de existir y de seguir adorando al Señor. Hallándose la novicia en el granero, ocupada en enristrar ajos y cebollas y en limpiar las legumbres de la huerta, parte de la techumbre de la falsa le había caído encima. La superiora había llamado a toda prisa al hortelano, a Jacinto, el hijo del jardinero del palacio, quien había trasladado en su coche a la monja herida hasta el ambulatorio de Turbión de las Arenas. Desdichadamente, la hermana había ingresado cadáver.

El sacerdote musitó, apenado:

—La enterramos ayer por la mañana. La hermana Benedictina era un primor. ¡Con la ilusión que le habría hecho celebrar la Nochebuena y la Navidad!

—Nunca he sabido dónde entierran a las monjas de clausura —comentó Lorenzo, denotando una lúgubre curiosidad—. ¿En el claustro?

—Hay un viejo cementerio conventual en lo umbrío del bosque. Es antiquísimo, de la Edad Media.

—Lo conozco. ¡Pero es pura ruina!

—De hecho, no quedaban nichos y hubo que abrir algunos y agrupar los huesos en los osarios de piedra para hacerle sitio a Benedictina... Y después de esa desgracia, la vuestra... ¡Pobre baronesa! ¡Pobre Azucena!

—Sí —dijo Lorenzo—. Ayer mi cuñada estaba llena de vida y hoy...

Pensé que la locuacidad no encarnaba precisamente una de las virtudes de Lorenzo de Láncaster. ¿A qué obedecería su reserva? ¿A introversión, timidez o a una deliberada prevención inspirada por nuestra presencia? Sin conocerle, resultaba imposible saberlo, aunque era fácil percibir que una pantalla de hielo le aislaba de los demás.

De hecho, parecía haberse olvidado de nosotros. En ningún momento nos dirigió la palabra ni se giró para asegurarse de que le seguíamos.

La senda se empinó. Empezamos a subir una ladera arbolada de castaños de Indias. Calculé que habríamos recorrido en sentido ascendente alrededor de quinientos metros cuando llegamos a un claro del que partían otros dos senderos. Lorenzo eligió el que apuntaba al norte. Supuse correctamente que, antes o después, aquella ruta tendría que morir en la costa.

Paramos un momento para esperar a Fernán, que se había rezagado un poco, y reanudamos la marcha. El bosque se fue cerrando más y más. Nuestros embarrados zapatos resbalaban en las piedras cubiertas de musgo. Mi pierna mala sufría, pero yo no estaba dispuesto a quedarme atrás.

El aire estaba saturado de humedad. Salvo la tenue crepitación de la nieve al resbalar por las ramas, la calma era tan absoluta como supongo lo sería veinte mil años atrás, cuando primitivos cazadores recorrían aquellos bosques en busca de los últimos mamuts, usando como moneda las conchas de la playa y decorando con manos blancas y bisontes rojos las paredes de sus cavernas.

De improviso, un rugido aterrador desgarró el aire.

—¿Han oído eso? —exclamé, deteniéndome y escrutando la vegetación. Pero la maleza no permitía ver más allá de unos pocos pasos.

—Yo diría que ha sonado muy cerca —nos previno el cura.

Un segundo rugido le dio la razón. Fermín sacó su pistola y la esgrimió a ambos lados.

—¿Qué ha podido ser eso, señor Láncaster? —preguntó Barbadillo.

Lorenzo escrutaba los árboles. Como no se decidía a contestar, Martina adujo, yo diría que con un irónico matiz:

—¿Quizás uno de los linces que, nos decía usted, sobreviven por aquí?

—Tal vez —concedió Lorenzo. Trataba de mantener la calma, pero estaba tan alarmado como los demás—. En el coto quedan algunos ejemplares.

La pregunta que Martina hizo a continuación sólo era inocente en apariencia:

—Los linces no suelen atacar a las personas, ¿verdad?

—No conozco ningún caso.

—Tampoco ha reconocido esos rugidos, ¿me equivoco?

Como si la facultad de eludir las respuestas formase parte de sus privilegios ancestrales, Lorenzo pasó junto a Martina, ignorándola, y reemprendió la ruta, limitándose a decir:

—Falta poco. Apresurémonos.

Un trocito de tela había quedado enganchado en un matorral de boj. Lo cogí y lo mostré a los demás.

—Pana. Del pantalón de algún cazador, quizá.

Nadie, salvo Martina, prestó la menor atención a mi casual hallazgo. Guardé el trozo de tela en el bolsillo. Continuamos la ascensión. El bosque no comenzó a abrirse hasta que llegamos a la cumbre de la collada. Una vez libres de la agobiante tutela de los árboles, comprobamos que había dejado de nevar.

En los pastizales, el viento hacía rachear una niebla baja. Bajo su fría luz quise imaginar que en los días claros se otearía desde allí la torre de la Colegiata de Turbión de las Arenas. Pero en aquella fantasmagórica jornada no se veía a cuatro pasos.

—¡Suso! —gritó Lorenzo—. ¿Dónde estás?

—¡Aquí, señor!

Orientándonos por aquella voz, saltamos una cerca de piedra. En mitad de un prado, protegido de la nevada por un chubasquero cuya ajustada capucha le hinchaba la cara como un globo, un hombre parecía estar esperándonos. Era bajo y recio, y su cayado más alto que él. Unos pasos detrás suyo había un bulto cubierto por una lona. Más allá, se intuía borrosamente el muro de una cuadra.

Cuando nos hubimos acercado a aquel campesino, Lorenzo nos abarcó con un gesto.

—Son policías.

—¡Ya era hora, señor! —se congratuló el vaquero. Tenía la cara amoratada por el frío—. Pronto mejorará el tiempo y las huellas se borrarán.

De inmediato las vimos. Se marcaban con nitidez sobre la nieve caída, discurriendo en caprichosos itinerarios. A simple vista, pertenecían a un felino de considerable tamaño.

Un demudado Lorenzo se acercó al bulto tirado en el suelo.

—¿Quieren que yo...?

Aquel pusilánime no pudo seguir. La voz se le cuajó en una especie de quejido. Delegando toda iniciativa, dejó caer los brazos y se alejó hacia la cerca.

Pregunté al vaquero:

—¿Ha tocado usted algo?

—No. Me he limitado a vigilar el cadáver, según me ordenó el señor Lorenzo.

—¿Hay alimañas por aquí?

—Y algún perro salvaje. Sin olvidar las buitreras de los cañones del Turbión. Esos malditos han olido la sangre y he tenido que espantarlos a bastonazos. De lo contrario, la señora ya estaría en sus buches.

Volví a estremecerme, en parte por el intenso frío. Sin que viniera a cuento, oí una exclamación de Barbadillo.

—¿Qué sucede? —le pregunté.

—He olvidado la cámara de fotos.

Martina le tranquilizó:

—No se preocupe. He traído la mía.

—Bien hecho.

Barbadillo indicó al pastor que se alejara y se agachó junto al montículo.

—Prepare la cámara, subinspectora. Veamos qué tenemos aquí.

Con sumo cuidado, Barbadillo fue retirando la lona. Debajo, alguien había estirado, además, una empapada manta de lana que, a juzgar por el olor, habría calentado la silla de alguna caballería.

Debajo de esa manta se dibujaban unos hombros, una pelvis y unas encogidas rodillas. El subinspector terminó de retirarla y la mujer que yacía muerta en el prado hundió en las nuestras su mirada sin vida.

11

Tenemos un caso

Tenía los ojos abiertos, pero la luz de este mundo ya no les podía ser revelada.

La piel de su rostro había sido desgarrada hasta desfigurar sus rasgos. Sin embargo, en el resto del cuerpo, cubierto tan sólo por un camisón salpicado de sangre, no se apreciaban heridas. Al menos, no de la clase de las que hacían irreconocible su faz.

Martina se puso unos guantes de látex y se agachó junto al cadáver. Introdujo un brazo bajo la espalda y manipuló con suavidad el cuello hasta sostener la cabeza. Sus dedos rozaron las heridas, pero los guantes apenas se tiñeron de sangre.

La parte lateral del cráneo que había permanecido en contacto con la tierra había sufrido un terrible quebranto. Como resultado de un fuerte golpe, la bóveda ósea se había partido, provocando pérdida de masa encefálica.

—Esto no pudo hacérselo al caer —arguyó la subinspectora, dibujando el perfil de la herida del parietal con un índice suspendido en el aire—. Alguien la golpeó previamente.

—¿Con qué clase de objeto? —preguntó Fernán.

Martina se concentró en la horrible brecha.

—La superficie impactada no es incisa, sino ancha y plana. Pudieron golpearla con una piedra o una pala, tal vez con una azada... O con un bastón como ése. —La subinspectora señaló el grueso cayado del pastor; al creer que se le estaba acusando de algo, las facciones del vaquero se crisparon en una nublada expresión.

Casimiro Barbadillo transpiraba tensión. Como acababa de hacer Martina, se acuclilló junto a los restos, se puso unos guantes y examinó detenidamente el golpe en la cabeza de la mujer.

—Llevaba usted razón, Martina —admitió al cabo de treinta segundos en los que sólo se oyó el viento ululando entre los árboles y un extraño sonido intermitente, el del mar golpeando los acantilados—. Tenemos un caso.

12

La escena del crimen

La subinspectora asintió, pensativa.

Inmóvil tras ella, la silueta del cura permanecía a la espera. Martina se hizo a un lado para que el padre Arcadio pudiese simbólicamente administrar la extremaunción al mísero cuerpo que ya había liberado su alma.

En cuanto el sacerdote hubo concluido el rito sacramental, la subinspectora se concentró en tomar fotos del cadáver desde diversos ángulos.

Por su parte, el subinspector Barbadillo se había reunido con Lorenzo de Láncaster junto al murete de piedras. El aristócrata fumaba con el ceño fruncido.

Barbadillo le preguntó:

—¿Está seguro de que esa mujer es su cuñada?

—Lo estoy.

—Su rostro se encuentra bastante desfigurado. ¿En ningún momento ha dudado de que fuera ella?

—No.

—¿Quiere acercarse y observarla de nuevo, a fin de asegurarse?

—No hace falta. Es Azucena. No tengo ninguna duda, por desgracia. Lleva sus pendientes y su alianza.

—¿Qué me dice del camisón?

A pesar del frío, Lorenzo se ruborizó.

—Nunca la había visto con esa prenda, como podrá usted suponer.

—Pero ¿aseguraría que es suya?

—Tendrá que preguntar al servicio, a las doncellas.

—Puede estar seguro de que lo haré, señor Láncaster. Ahora voy a requerir el testimonio del hombre que encontró el cadáver. Quédese aquí, porque volveré a recabar su opinión.

El subinspector se acercó al fornido vaquero cuya edad, entre los cincuenta y los setenta años, podía ser cualquiera:

—¿Fue usted quien descubrió el cuerpo?

—Sí.

—¿A qué hora?

—A las ocho y cuarto de la mañana.

Enroscados vellos sobresalían de las mangas del chubasquero del pastor, tapizando sus nervudas muñecas. Barbadillo observó:

—¿Cómo lo sabe con tanta precisión? No lleva reloj.

—No me hace falta.

—¿Es usted de los que calculan el tiempo con el sol, la luna y el sexto sentido?

Inmune a su sarcasmo, el lugareño replicó con otro:

—Y con la próstata. Cada tres horas, como un cronómetro, tengo que levantarme a orinar.

Barbadillo le amonestó alzando una ceja.

—No me interesan sus dolencias, pero sí su nombre. Dígamelo.

El pastor sacó un palillo, le pegó una chupada y se lo dejó en un extremo de la boca.

—¿Para qué?

—Soy policía, ¿recuerda?

El vaquero masculló:

—Suso Rivas.

—El nombre, no el apodo.

—Jesús.

—¿Segundo apellido?

—Ortigueira.

—¿Cuál es su ocupación?

Rivas señaló a Lorenzo de Láncaster. El heredero del título se había alzado el cuello del abrigo y paseaba nerviosamente por el prado.

—Trabajo para los señores.

—¿En calidad de qué?

—Me encargo de la vaquería, del jardín y de las faenas del campo.

—¿Usted solo?

—Me ayuda mi hijo Jacinto.

—¿Querría hacerme un relato detallado de todo lo que ha visto esta mañana, señor Rivas?

El vaquero hizo chasquear la lengua y chupó el palillo:

—No hay mucho que contar.

—Poco o mucho, cuéntemelo.

—Madrugué más que de costumbre, con idea de subir temprano al invernal. Quería juntar una punta de vacas y arrearlas a otro refugio que tenemos en una ladera más abrigada, abajo, en la vallonada, cuando me tropecé con el cadáver tirado en la nieve.

—¿La mujer estaba muerta?

—Como mi abuela en su tumba.

—¿Siempre es usted tan gráfico?

—Me gusta hablar claro. Estaba más muerta que el pavo que ayer sacrifiqué para la comida de Navidad.

La mirada del subinspector contenía una alta dosis de censura.

—¿Ni siquiera intentó reanimarla?

—¿Para qué? Tenía las heridas abiertas, pero la sangre había dejado de manar y no respiraba.

—¿Tampoco a usted le costó reconocer a la baronesa?

—Tuve que fijarme bien, pero era ella.

—¿La conocía mucho?

—De vista y poco más.

—¿No trataba a menudo con la señora Azucena?

El palillo volvió a cambiar de lado.

—No podría decirse.

Barbadillo torció el gesto.

—Tengo entendido que la difunta llevaba menos de un año casada con el señor Hugo de Láncaster. ¿Cuántas veces la había visto usted en ese tiempo?

—Vivían en Madrid. Al palacio sólo venían de vacaciones. Dos o tres tardes se dejaría caer ella por la vaquería para asistir al parto de una vaca o dar el biberón a las terneras. A la señora Azucena le gustaban los animales. Los gatos, sobre todo.

El subinspector sacó su libreta y apuntó esos comentarios.

—Haga memoria. Cuando esta mañana subía usted hacia los pastos, ¿se encontró con alguien?

—Con nadie.

—¿Ni siquiera con algún cazador?

—No vi a nadie.

Barbadillo se estaba preguntando de qué modo una mujer casi desnuda podría haber llegado hasta aquel lugar de difícil acceso. Le trasladó la consulta a Rivas.

—No tengo ni idea —replicó el pastor, a la defensiva.

—¿La señora Azucena había estado alguna vez aquí arriba, en los pastizales?

—Que yo sepa, no.

El testigo no estaba resultando de excesiva utilidad. Barbadillo descargó su malestar.

—Me habían advertido del montañés que nunca se sabe si sube o si baja. ¿Tanto le cuesta contestar?

Rivas no pareció ofendido.

—Somos parcos de palabra. Pero pregunte, que yo intentaré responderle, no sé si a la gallega.

Ambos sonrieron, reconciliándose. Barbadillo cuestionó, señalando la nieve:

—¿Había visto antes huellas como éstas?

—No, señor —repuso Rivas, de mejor humor—. No son de ningún animal de la zona.

—Están por todas partes, rodeando el aprisco.

—Esa fiera intentó atacar el ganado, pero no logró echar abajo el portón.

—¿Cómo lo sabe?

—Hay marcas de garras en los tablones.

El subinspector pegó un grito:

—¡Horacio!

Me apresuré a ir a su lado.

—¿Subinspector?

—Dígale a la subinspectora De Santo que fotografíe el portón de la cuadra. Si hay excrementos, recójanlos para su análisis.

Sonreí forzadamente. Todavía Barbadillo formularía una última pregunta a Jesús Rivas:

—¿Qué hizo usted después de encontrar el cadáver?

—Lo único que se me ocurrió: protegerlo contra las alimañas y bajar a toda prisa para dar aviso al señor Lorenzo. ¿Hice mal?

El subinspector negó con la cabeza.

—A esta desgraciada ya le habían hecho todo el daño que se le puede hacer a un ser humano.

13

Nuevas huellas

Barbadillo volvió a cruzar el prado, hasta el lugar donde esperaba Lorenzo de Láncaster. El aristócrata había encendido otro cigarrillo y fumaba nerviosamente.

Sin vacilar, Lorenzo refrendó la versión de su vaquero.

—Me encontraba desayunando en el comedor del palacio, solo, cuando vi a Suso corriendo...

El subinspector le reclamó concreción:

—¿A qué hora sucedió eso?

—A las nueve. Vi a Suso venir a la carrera hacia la casa y salí a su encuentro. Me comunicó lo que había ocurrido y, sin perder un segundo, subimos al invernal.

Martina y yo acabábamos de acercarnos a ellos. Martina dijo al subinspector:

—Hay marcas de garras en el portón y excrementos frescos en el suelo. ¿Quiere echarles un vistazo?

—Lo haré después, en cuanto haya...

—¿Terminado de interrogar al señor Láncaster?

El noble saltó:

—¿Acaso esto es un interrogatorio?

—Una toma de declaración —quiso tranquilizarle Barbadillo.

Pero Martina no iba a andarse con eufemismos:

—Respóndame a una cosa, señor Láncaster. Antes de dirigirse al aprisco, ¿comprobó si su cuñada estaba en el palacio, si se encontraba a salvo? ¿No dudó en ese momento de que la mujer muerta en los pastos fuese ella?

Me dio la impresión de que Lorenzo reflexionaba sobre las posibles consecuencias de su respuesta. Por lo pronto, decidió evitarla:

—Me gustaría saber qué es lo que pretende inferir de esa pregunta.

—¿Los dormitorios están en la segunda planta?

—Sí.

—Pudo usted haber subido un instante para comprobar si Azucena seguía en el suyo.

—De hecho, lo comprobé.

—Pero algo más tarde, ¿no es cierto? Cuando regresó del aprisco.

—¿Me está haciendo objeto de alguna oscura acusación?

El tono de Martina sonó conciliador:

—Simplemente, pretendía constatar que su primera reacción no consistió en comprobar si su cuñada seguía con vida.

Lorenzo se revolvió:

—¿Por qué tengo la sensación de hallarme frente a un tribunal? ¡El pastor me dijo que creía que la mujer muerta era Azucena!

—Creía —repitió la subinspectora.

—Modérese, Martina —intervino Barbadillo.

—Además —continuó el noble, indignándose más y más a cada palabra—, ¿qué importancia puede tener cuál fuera mi primera reacción?

Martina le miraba serenamente. El hijo mayor de la duquesa acabó de explotar:

—¡No estará pensando que yo...!

La subinspectora encendió con calma un cigarrillo y, con más calma aún, expulsó la primera columna de humo:

—Estoy segura de que tiene una buena coartada.

El aristócrata resopló:

—¡Esto es inaudito!

Barbadillo consideró que debía frenar a su compañera:

—No se precipite, Martina...

Pero ella le ignoró. Señalaba el cadáver.

—Y supongo que su hermano Hugo también dispondrá de la suya.

El heredero de la casa de Láncaster la apuntó con el índice:

—Está prejuzgándonos, señorita.

—Subinspectora.

—Le advierto que esa actitud le puede costar cara. ¡Y tiene gracia que me exija tratamiento! ¡Usted, que no me respeta en lo más mínimo! Deje ya de distorsionar los hechos. ¡Es obvio que a mi cuñada la atacó un animal!

—Puede que tenga usted razón y que haya sido objeto del ataque de una fiera, pero será el forense quien determine con precisión la causa de la muerte. Mientras tanto —añadió Martina—, yo voy a seguir pensando que ese golpe en la cabeza tiene toda la apariencia de responder a una acción humana. Que debió de producirse poco después de que ustedes celebrasen la misa de gallo.

La subinspectora se acuclilló otra vez junto a los restos de Azucena de Láncaster y, después de un silencio, agregó:

—Por los signos cadavéricos, yo diría que su cuñada expiró en torno a las dos de la pasada madrugada.

Lorenzo protestó airadamente.

—¡Eso es pura especulación!

—Reserve sus opiniones personales, Martina —la amonestó Barbadillo.

—Entonces, ¿sigo con las fotos?

Casimiro asintió apretando los labios. Un poco más y se habría oído su rechinar de dientes.

Martina se alejó. Aliviado, el subinspector retomó el mando:

—Acepte mis disculpas, señor Láncaster. A menudo, mi compañera se muestra demasiado impulsiva. Me estaba diciendo usted que llegó hasta aquí en compañía de Jesús Rivas...

—Suso —le interrumpió el pastor.

Barbadillo se enervó.

—Haga el favor de dejar hablar al señor duque.

—Marqués —le enmendó Lorenzo—. Mi título se corresponde con el marquesado de Alda. Mi hermano Hugo es barón de Santa Ana. El duque de Láncaster fue mi padre, don Jaime de Abrantes.

El subinspector admitió:

—No entiendo una palabra de genealogía. ¿O es heráldica? En cualquier caso, señor marqués, intentaremos completar la secuencia de los hechos. Prosiga, hágame el favor.

Con un afectado gesto, Lorenzo arrojó el cigarrillo al aire, haciéndole trazar una parábola.

—Dejé a Suso aquí arriba, de vigilante, y regresé al palacio con la máxima celeridad. Mi madre nos hizo buscar el número de la policía y les dio el aviso. Calculé que ustedes tardarían una hora y media en llegar, de modo que me dio tiempo para regresar al prado. Esta vez —y Lorenzo se tocó el bolsillo de su abrigo austríaco— lo hice provisto de una pistola. Tengo permiso de armas —se apresuró a explicar, sin que el subinspector le hubiese preguntado al respecto—. Se me ocurrió pensar que la fiera que había hecho esto a mi cuñada a lo mejor no andaba lejos. Pero no vi nada raro. Suso me tranquilizó, convenciéndome de que de nuevo podía dejarle solo para regresar al palacio y guiarles hasta aquí.

Barbadillo le había escuchado con total concentración. Resumió:

—En muy poco tiempo, ha hecho usted este mismo camino en cinco ocasiones, tres de ida y dos de vuelta. ¿Está completamente seguro de no haber visto ni advertido algo que pueda ponernos sobre una pista más sólida?

—Nada en absoluto. A menos que... Pero no, debió de ser sugestión mía.

—Dígalo en voz alta y saldremos de dudas.

El marqués vacilaba:

—Sólo fue una impresión.

—¿De qué índole?

—No sé... Como si me vigilaran.

—¿Al cruzar el bosque?

—Sí. Era como si me estuvieran acechando. Lo supe porque ya había experimentado con anterioridad esa misma sensación.

—¿Cuándo? ¿Recientemente?

—El año pasado, en Tanzania. Acompañé a mi hermano Hugo a una partida de caza mayor. Él es cazador. Todos los años participa en alguna batida en África, pero para mí era la primera vez. Nos adentramos en las altas hierbas, con los rifles preparados. La tensión era insoportable. Y sí..., la sensación podría ser exactamente la misma. La de estar siendo vigilado por algo nacido para desgarrar, para herir...

En ese instante, Fermín llegó corriendo desde el aprisco. Informó a Barbadillo, sin aliento:

—Acabamos de encontrar nuevas huellas, subinspector. El alero de la cuadra ha evitado que las borrase la nieve. ¿Quiere venir a verlas?

Barbadillo le acompañó. Martina y yo nos hallábamos examinando las recién descubiertas pisadas. Se diferenciaban con claridad de las de Suso Rivas, que eran bastante más grandes. Parecían corresponderse con unas botas de cazador, talla cuarenta y tres o cuarenta y cuatro.

—Se hunden en la nieve —observé—. Como si su propietario hubiese cargado con algo muy pesado.

Se hizo un silencio. Fermín expresó lo que resonaba en la mente de todos:

—¿Con el cadáver?

—Volvamos de momento a lo que parece más claro —propuse—: al hecho de que a esa desdichada mujer le han destrozado el cráneo. Estoy de acuerdo con la subinspectora en que no lo hicieron aquí.

—¿En qué se basa? —preguntó Barbadillo.

La subinspectora repuso por mí:

—¿Qué sentido tiene arrancar a una mujer de su dormitorio, arrastrarla por un oscuro bosque, matarla en un pastizal y abandonar el cadáver sin robarle las joyas? ¡Es muy raro que una mujer duerma con pendientes!

Entre nosotros se hizo el silencio, pero no la luz. Martina encendió otro cigarrillo y siguió razonando:

—Tal como nos proponía Horacio, reparemos en lo más obvio, en lo que estamos viendo. ¿Con qué nos hemos encontrado? Con una mujer muerta en medio de un prado. Asesinada, tal vez, y rodeada de huellas de un felino cuyos rugidos hemos oído en lo más profundo de la floresta, pero al que en ningún momento hemos visto. Las zarpas de esa pantera —creámoslo, por el momento, así—, marcaron el rostro de la víctima. Sólo la cara.

En el resto del cuerpo no hay mordeduras ni arañazos. ¿Por qué? Tampoco se advierten otros golpes o heridas. ¿A qué se debe? ¿Y cuál es la razón por la que ese fuerte pero aislado impacto en la cabeza haya dejado tan leve rastro de sangre? Puedo estar equivocada, por supuesto, pero les adelantaré algo: esta escena no parece tal, sino un escenario. Hay demasiados elementos y nos resultará muy difícil establecer entre ellos nexos de causalidad. Alguien, sin embargo, desea que los relacionemos y probablemente que erremos al seguir su elaborado guión.

Barbadillo sonrió con un contenido desdén.

—Es usted fantástica, Martina.

—Supongo que lo dice en sentido literal.

—Supone bien. Por lo que respecta a esta investigación, siga suponiendo mal.

—De todos modos, lo tomaré como un elogio.

El subinspector frunció los labios.

—En el fondo, lo es. Desde que la conocí, Martina, me he declarado un rendido admirador de su capacidad de ensoñación. Lástima que en nuestro oficio la fantasía sirva de poco. Para que no me considere, al menos del todo, un mal compañero, le diré que en algo sí estoy de acuerdo con usted: el hecho de que no le hayan robado las joyas es muy extraño.

—Sólo sucede cuando el criminal tiene que salir por pies —opinó Fefé.

—Una idea interesante, Fermín —suscribí—. Quizá no abandonaron el cadáver. A lo mejor, se vieron obligados a dejarlo aquí.

—¿Por qué habla en plural? —cuestionó Barbadillo.

—Porque para trasladar un peso muerto de setenta kilos por cualquiera de los senderos de este bosque, se necesitan, al menos, dos personas. No hay manera de subir en coche hasta aquí.

—Pero sí en moto.

—No hay señales de neumáticos.

—Muy bien. ¿Y por qué razón iban a abandonar el cuerpo en el aprisco?

—A causa del depredador —apunté, aunque con una cierta inseguridad que no pasó desapercibida a los demás—. Sabemos que esa pantera huida del circo anda por las inmediaciones. Los rugidos que hemos oído al venir muy bien podrían haber brotado de sus fauces. Pero no creo, como no parece creer la subinspectora, que los zarpazos que han destrozado el cuerpo de la baronesa sean de un lince.

—El cuerpo, no —insistió Martina—. Sólo la cara.

Barbadillo nos replicó a los dos, con sorna:

—Calma, colegas. Van demasiado deprisa y no sé si en la misma dirección. Tengo otra objeción a esa teoría. Las huellas que acabamos de descubrir se dirigen hacia el norte. Tal vez su dueño intentaba llegar a los acantilados para arrojar el cadáver al mar.

Fermín coincidió:

—Un par de buenas piedras atadas a los pies y nunca más saldría a flote.

—¿Por qué razón no sucedió así? —objeté—. ¿Qué le impidió llegar al mar?

El subinspector se puso un tanto nervioso.

—¿Otra vez está pensando en esa maldita pantera, Horacio? Debería saber que cualquier investigación se basa en el descubrimiento y asociación de hechos palpables... Hágame un favor, Fernán. Compruebe la distancia que nos separa de esos acantilados. Quizás aparezcan nuevos indicios.

Fermín partió ladera arriba. Treinta minutos tardaría en regresar con la noticia de que la costa, muy accidentada, quedaba a poco menos de un kilómetro, resultando bastante duro el acceso hasta sus escarpadas rompientes.

Pero Fefé no descubrió nuevas pruebas ni rastros. Sólo la roca desnuda, más pulida y oscura a medida que se iba acercando al dominio de los vientos y del agitado mar, cuyas olas de espuma gris golpeaban las calas de guijarros y los agrestes cortados.

14

Aparición de Hugo

Justo cuando el agente Fernán retornaba al aprisco, dieron las doce del mediodía. A esa hora, habían arribado nuestros refuerzos.

El hijo de Suso Rivas, Jacinto, un mocetón bien plantado, con un aire celta y un pelo rubio ceniza, había guiado a través del bosque, hasta el prado, al inspector Buj y a otros cuatro agentes, acompañados por el forense titular del Instituto Anatómico de Bolscan, doctor Marugán, y por el juez Andrés Vilanova.

Al igual que, con antelación, habíamos experimentado nosotros, todos ellos habían oído, desde las profundidades del bosque, aquellos rugidos que helaban la sangre.

Una vez que el juez Vilanova y el inspector Buj hubieron examinado el cadáver de Azucena de Láncaster, el subinspector Barbadillo les resumió las primeras pesquisas.

El Hipopótamo estuvo escuchando al subinspector con impaciente atención. Antes de que Barbadillo terminase de hablar, ya se había puesto a dar una rápida vuelta para inspeccionar los alrededores. En cuanto hubo examinado las grandes huellas repartidas por la nieve, Buj ordenó batir los prados cercanos en busca del animal salvaje que, o bien había atacado a la baronesa, o bien se había cebado con sus restos.

Con respecto a las recién descubiertas pisadas del invernal, pronto se aclaró su misterio. Pertenecían a Jacinto Rivas. El joven pastor había subido la tarde anterior al aprisco y tuvo que cargar con una ternera recién parida, de ahí esas profundas huellas. Jacinto aseguró no haber visto a nadie en el monte. Su testimonio no aportó nuevas luces.

Por su parte, y auxiliado por Martina de Santo, el doctor Marugán se concentró en el cadáver de Azucena de Láncaster. Comprobó su temperatura corporal y lo examinó largamente. Los síntomas del rígor mortis se confundían con los provocados por la fría temperatura a que había permanecido el cadáver y el doctor prefirió no arriesgarse a establecer la hora de la muerte. No había otras heridas contusas que las del cráneo ni, en principio, signos de agresión sexual.

El forense coincidió con la subinspectora en la causa del fallecimiento. Aun con las cauciones lógicas, derivadas de emitir un veredicto apresurado, exento de análisis científicos, Marugán se inclinó a atribuir la muerte a la conmoción derivada del violento impacto recibido en la cabeza. Las heridas del rostro eran ciertamente llamativas, pero, matizó el médico, al no haber afectado a los grandes vasos sanguíneos, por sí mismas no habrían resultado mortales.

—¿No hay mordeduras? —se sorprendió Buj.

—No. Sólo zarpazos. Y sólo en la superficie facial. Ni siquiera en el cuello.

—Es muy raro.

—De lo más extraño, desde luego.

Acto seguido, el inspector y el juez demandaron nuevas respuestas a Lorenzo de Láncaster, a quien volvieron a interrogar sobre los últimos movimientos de su cuñada, y acerca de esa discusión entre marido y mujer, entre Azucena y Hugo, en la que Barbadillo no había tenido oportunidad de profundizar.

En esta ocasión, el marqués fue algo más generoso en sus respuestas. Su hermano Hugo, empezó diciendo, había abandonado el palacio tres días atrás, después de una fuerte discusión con Azucena. El propio Lorenzo recordaba haber visto por última vez a su cuñada aproximadamente a la una y media de la madrugada de la noche anterior, en el pasillo de la segunda planta de la mansión, que comunicaba con los distintos dormitorios.

—Celebraron la misa de gallo, tengo entendido —comentó Buj, y preguntó—: ¿Quiénes estaban presentes?

Según la tradición familiar, explicó Lorenzo, los mismos que se habían reunido en otras Nochebuenas, con la única ausencia destacada de Hugo. A la misa de ese año habían asistido doña Covadonga, el propio Lorenzo y su primo Pablo, quien, desde el comienzo de las vacaciones, estaba alojado en el palacio. Su hermana Casilda también pasaba esos días con ellos, pero había cogido gripe y no asistió a la misa. La ceremonia religiosa tuvo lugar en la capilla, a partir, como era de rigor, de las doce de la noche. Había sido celebrada por el padre Arcadio, sobre quien recaía la dignidad de ostentar la capellanía de la casa ducal.

Lorenzo siguió relatando que, por propia voluntad, algunos allegados, como el doctor Guillén, y miembros del servicio doméstico habían asistido asimismo a la misa de gallo. El inspector quiso saber sus nombres y Lorenzo los fue enunciando: Anacleto Muro, el mayordomo; Jesús Rivas, vaquero y jardinero, su mujer, Remedios, y su hijo Jacinto; Mariano Grandes, mozo de cuadras, que había acudido acompañado por sus padres; y, por último,

Elisa Santander, la secretaria personal de la duquesa, quien, estando soltera, y sin compromisos familiares, había optado por renunciar a su período vacacional y trabajaba esas fechas como si fuesen laborables.

Elisa, siguió exponiendo Lorenzo, dormía en la segunda planta, como el resto de los miembros de la familia. La asistenta personal de su madre ocupaba una pequeña habitación contigua al dormitorio de la duquesa. Caso que doña Covadonga necesitase ayuda, podía comunicarse con su alcoba por una puerta interior.

—Una vez finalizada la misa —fue concluyendo el marqués— todos los presentes nos dirigimos al palacio para disfrutar de un chocolate con pastas y del obligado moscatel. Como repetidamente les he dicho, Azucena se retiró pronto a su habitación, alegando estar resfriada, y ya no volvimos a verla hasta encontrarla... muerta.

Lorenzo estaba alterado. Buj le dejó respirar, pero en seguida le preguntó por las relaciones entre Azucena y Hugo.

—Tenían sus diferencias, como cualquier pareja —generalizó el hermano mayor.

—¿Cuál fue el motivo de su última pelea?

—Riñas personales. Cosas de ellos.

El juez le previno:

—Procure ser más preciso, señor Láncaster.

—Yo no estuve presente. Pueden preguntar a mi prima Casilda. Ella sí asistió a la escena.

El inspector rezongó:

—Nadie nos aclararía la causa de su disputa mejor que su hermano Hugo. ¡Estamos hablando del marido, por el amor de Dios! ¿Dónde diablos está?

Lorenzo le echó un ambiguo capote:

—Mi hermano es imprevisible, pero no andará muy lejos. Estará jugando al golf o montando a caballo.

La mirada del juez filtró un fondo de incredulidad.

—¿Con lo que ha ocurrido? ¿Y con este tiempo?

—El del reloj corre en su contra —agregó el inspector—. ¿Saben ustedes en qué proporción, por lo que a los asesinatos de mujeres se refiere, es responsable el marido o el amante? En un noventa por ciento. Dicha ratio irá aumentando a medida que el señor Hugo de Láncaster se demore en aparecer.

El juez Vilanova secundó a Buj:

—Nos urge hablar con el marido.

Lorenzo se había quedado observando un movimiento en la linde del bosque. Aguzó la vista y anunció:

—¡Ahí llega mi hermano Hugo!

15

Un caballero medieval

El barón de Santa Ana salió del bosque. Era alto y joven. Venía solo.

Sin detenerse a hablar con nadie, se dirigió hacia el cadáver de su esposa caminando a grandes pasos.

Nos quedamos quietos, expectantes. A indicación de Buj, el subinspector Barbadillo volvió a descubrir el cuerpo de Azucena de Láncaster. Lo hizo con cuidado y sólo hasta el nacimiento del busto, a fin de evitar al marido el triste espectáculo de su desnudez.

Como para iluminar esa escena en su trágico dramatismo, asomó un tímido sol. La intensa mirada azul de Hugo de Láncaster se humedeció y su dueño se dispuso a regalarnos una de esas imágenes que tardan mucho tiempo en desvanecerse. Se arrodilló, tomó una de las yertas manos de Azucena, se la llevó a los labios y la sostuvo como si dejarla de nuevo sobre la tierra equivaliese a condenarla a morir por segunda vez.

Durante un interminable minuto, oprimiendo esa mano entre las suyas, y también contra su corazón, Hugo permaneció en esa postura de caballero medieval. ¿Quién podía saber qué pensaba y qué veía o quería ver? ¿Tal vez un rostro dormido? En ningún caso una luz, una esperanza en los ojos que tantas noches se habrían cerrado en paz junto a los suyos.

Un cristalino silencio flotaba en el aire. De vez en cuando se oían los ruidos del bosque, el canto de un pájaro o la nieve que, al acumularse, resbalaba a puñados desde las ramas de los árboles, cayendo en golpes compactos. Un rumor de fondo, como procedente del corazón de la tierra, dejaba escuchar el turbulento latido del mar.

Hugo se levantó y su hermano Lorenzo se fundió en un abrazo con él. Pese a la emotividad de aquel instante, y frente a una tragedia que debería de estar destrozándole por dentro, el rostro del barón no expresaba rabia, horror ni desesperación; tan sólo algo así como un melancólico desaliento.

Ambos hermanos se retiraron a la cerca de piedra. Lorenzo sacó un par de cigarrillos, los encendió y le pasó uno a Hugo. El barón se puso a fumar con la vista clavada en la manta con que yo mismo había vuelto a proteger los restos de Azucena. Pero ahora estaba hondamente conmovido y su mirada se empañó en un azul hielo derretido por el fuego del dolor.

Su hermano comprendió que sería bueno alejarle de allí. Le tomó del brazo y le hizo caminar por el prado, sendero arriba.

16

Un fúnebre cortejo

Un cuarto de hora después, aparecieron los camilleros. La ambulancia no había podido subir hasta los pastos y los celadores tuvieron que cargar a hombros sus equipos sanitarios desde los jardines del palacio.

El juez Vilanova decretó el levantamiento del cadáver. Como un fúnebre cortejo, nos pusimos en marcha detrás de la camilla que transportaba los restos de Azucena de Láncaster.

El inspector Buj decidió dejar en el prado a varios agentes, con el fin de precintar y concluir de revisar a fondo los alrededores antes de que la nieve se fundiese, alterando el paisaje y las posibles huellas y pruebas.

Hicimos el camino de regreso sin incidente alguno y sin que volviéramos a oír aquellos rugidos que, en mi subconsciente, seguían relacionándose con las heridas de la baronesa. Pese a la impedimenta de la camilla, los celadores avanzaron con rapidez. El descenso no nos llevó ni veinte minutos.

Faltaban cinco para las dos de la tarde cuando el sendero desembocó en el muro de piedra tapizado de enredaderas que protegía la Casa de las Brujas.

El paisaje estaba cambiando. A la luz solar, los jardines se dejaban apreciar en un bello contraste con el bosque.

Al desembocar en la pradera, el sendero se convirtió en un serpenteante camino de grava que rodeaba la capilla-panteón. Cruzamos los jardines hasta las gigantescas ceibas que, como vegetales atlantes, custodiaban la fachada posterior. La ambulancia había quedado aparcada junto a uno de esos tropicales colosos.

El doctor Marugán utilizó el teléfono del vehículo para advertir al Instituto Anatómico Forense que regresaba de inmediato a la ciudad para practicar una autopsia de urgencia. El médico de la familia Láncaster, José Luis Guillén, conversó brevemente con él, pero, desbordado por la situación, ni siquiera intentó examinar el cadáver de la baronesa, que, enfundado en una lona sujeta a la camilla con tirantes de seguridad, ya había sido instalado en la ambulancia.

Doña Covadonga no pudo recibirnos. Elisa, su secretaria, informó a sus hijos de que la duquesa se encontraba anímicamente hundida. Por orden del médico, se había retirado a descansar. El dramático acontecimiento la había sobreexcitado de manera alarmante, originándole un cuadro de angustia. El doctor Guillén no había dudado en administrarle un sedante.

Lorenzo de Láncaster nos reiteró que tanto los miembros de la familia (acababan de sumarse sus primos Pablo y Casilda, ambos con los semblantes muy serios a causa de la tragedia) como del servicio doméstico, estaban, naturalmente, a disposición de la policía.

El inspector Buj le dio las gracias, pidió un plano del edificio y un despacho aislado donde poder trabajar y anunció que, en primer lugar, se tomaría declaración a cuantas personas habían asistido en la noche anterior a la ceremonia religiosa y a la posterior recepción en el palacio.

La mirada del Hipopótamo se detuvo en Hugo de Láncaster.

—Comenzaremos por usted, señor barón.

17

La víctima estaba embarazada

En su incómodo papel de forzado anfitrión, Lorenzo consideró que la enorme pinacoteca o especie de sala capitular donde esa mañana, apenas unas horas atrás, nos había recibido la duquesa, era el lugar apropiado para llevar a cabo los trámites policiales. Acompañó al inspector y le invitó a ocupar un extremo de la mesa.

Hugo se sentó junto a él. Los dos subinspectores, Martina de Santo y Casimiro Barbadillo, entraron al salón y asimismo tomaron asiento en semicírculo alrededor del barón. Detrás de ellos, en pie, nos situamos Fermín Fernán, otro agente y yo. El barón parecía tranquilo, como si hubiese superado el drama y no le perturbase nuestra agobiante presencia.

La chimenea de mármol verde estaba encendida, pero hacía frío en la estancia. Una luz híbrida, insana para la vista, combinaba la claridad diurna de los ventanales con el artificial resplandor de las lámparas empotradas en la cruz de las bóvedas. Un pájaro, un gorrión, había entrado por algún tragaluz y revoloteaba inquieto, apoyándose para descansar en los falsos capiteles de escayola.

Mientras el inspector Buj repasaba su libreta de notas,

con las observaciones de campo tomadas en el invernal, y preparaba mentalmente el interrogatorio, Lorenzo abandonó la sala, yo diría que con un íntimo alivio. Me moví hacia donde estaba sentada Martina y pude observar a placer a su hermano menor, al barón.

Hugo de Láncaster era un hombre de notable presencia, con una cabeza bien modelada, hombros anchos y un lenguaje corporal tan armonioso como sus perfectos modales. Se había recuperado con notable rapidez del shock sufrido en el prado. A pesar de las tristes circunstancias, su poderoso tórax y su espalda, erguida contra el respaldo de una silla isabelina, rezumaban vitalidad, y de su morena piel emanaba una tónica y saludable energía.

No se parecía en nada a su hermano Lorenzo ni a los Láncaster que, detrás de nosotros, inmortalizados en una serie de decimonónicos retratos al óleo, nos contemplaban con postiza severidad desde sus dorados marcos. Bien diferente a la de Lorenzo y a la de la mayoría de sus antepasados, la nariz de Hugo era recta, griega. Sus ojos, aterciopelados por largas pestañas, podían presumir de un límpido color celeste. El barón vestía con elegancia y sencillez: chaqueta de ante, botas de cuero y unos cómodos pantalones vascos de pana. (Al reparar en su color, extraje con disimulo de mi bolsillo el trocito de tela que había encontrado en el bosque. Era del mismo tono rojo caldero.)

Según la ficha policial que se le iba a abrir de inmediato, Hugo de Láncaster tenía treinta y siete años, tres menos que su hermano Lorenzo. Había nacido en Madrid, como su hermano mayor, y estudiado en Barcelona Ciencias Empresariales y Arte en una escuela privada. Sus ocupaciones se centraban en la gestión de una empresa de producciones audiovisuales y organización de eventos.

Participaba en los consejos de administración de varias empresas familiares, dedicadas a las más diversas actividades, desde la explotación de minas y bodegas a inversiones inmobiliarias.

Hugo no esperó a que nadie le interpelara. Tomó la palabra y nos agradeció que hubiésemos acudido con tanta celeridad, deseándonos toda la suerte para que, en el menor plazo de tiempo posible, lográsemos esclarecer los hechos. Su voz era educada, persuasiva, y no adolecía de acento alguno.

Buj agradeció sus muestras de cortesía y le invitó a contarnos qué había hecho en los últimos días, a partir de la discusión con su mujer y de su decisión de abandonar el palacio.

El barón empezó admitiendo que, desde hacía tres noches, permanecía alojado en el hotel La Corza Blanca, situado en la vecina población de Santa Ana, cuya demarcación —y de ahí, comentó, como de pasada, sin darle ni darse importancia, la relación de afecto que le unía con ese lugar— coincidía con su baronía. El inspector no recordaba exactamente a qué distancia se encontraba Santa Ana. Hugo especificó que distaba cuarenta kilómetros de Ossio de Mar y que la carretera dejaba mucho que desear.

—Antes de casarme —recordó el barón con una sonrisa de tal luminosidad que en esas luctuosas circunstancias, luciendo sus regulares dientes, devino casi obscena—, ya frecuentaba aquel hotelito. Una vez casado, he vuelto en más de una ocasión en busca de descanso.

—¿Ha vuelto solo, ha querido decir? —preguntó Buj.

—Sí.

—¿Sin su mujer?

—Sin compañía, eso es.

—¿No la invitaba a ella? ¿No estaban recién casados?

—A Azucena no le agradaba La Corza Blanca. El establecimiento es muy modesto y carece de comodidades. Está muy lejos de ser uno de esos lujosos hoteles en los que nos alojábamos cuando yo tenía que viajar como productor cinematográfico o representando a la casa de Láncaster.

—Todavía no nos ha dicho por qué ese hotel le gusta tanto.

El barón empleó un tono sentimental:

—Por sus vistas a la costa. Por sus tostadas con nata para desayunar. Por hallarse a diez minutos del campo de golf Los Tejos, cuyas modernas instalaciones he contribuido a dotar, y en cuya Junta Directiva figuro como vicepresidente. Y porque siempre he recibido en La Corza Blanca el trato discreto y familiar que a menudo he echado en falta entre los míos.

Me quedé parado. Tampoco el Hipopótamo acertó a reaccionar frente a aquella sarta de frivolidades. El inspector decidió ganar tiempo.

—De manera que le gusta el golf.

—Me apasiona.

—¿Ha ido a jugar estos días?

—Todas las mañanas —afirmó Hugo, con tal naturalidad que difícilmente, pensé, podía ser fingida—. Regresaba a comer al hotel. Por la tarde, tomaba alguna clase o disputaba unos hoyos.

El barón rubricó esa declaración con una ancha sonrisa. Al Hipopótamo, que estaba sentado al filo de la silla, con las piernas abiertas y las gruesas mejillas todavía enrojecidas por la caminata al aire libre a través de la boscosa ladera, la sangre se le subió a la cabeza.

—¿Eso es todo lo que ha hecho en los tres últimos días, ensayar con los palos de golf?

El tono del inspector era incisivo, pero Hugo no perdió la compostura.

—Jugué bastante, es verdad; me relaja. Y dormí mucho. Eso hice: leer y dormir.

—Aseguran que es bueno dormir —asintió Buj con una sonrisa depredadora; creía tener al pájaro en la jaula—. Yo suelo hacerlo con la conciencia tranquila, ¿y usted?

—También la mía lo está. Tranquilísima.

El Hipopótamo se pasó una mano por la cara. Todo aquello tenía un aire absurdo. Yo mismo estaba descolocado. Aquel lugar, aquellas escenas y los hechos que las habían provocado... Nada parecía haber sucedido en un ámbito natural. Un brillo de irrealidad envolvía la Casa de las Brujas. Incluso sus habitantes parecían vivir al margen del mundo, con sus propias leyes, bajo sus privados ritos.

Clavé mi mirada en Hugo de Láncaster. La ausencia de toda tensión relajaba sus facciones, que eran realmente nobles y que aparentaban albergar tan sólo buenos sentimientos. Recordé haber leído en alguna publicación semanal que, antes de casarse con Azucena, Hugo había estado saliendo con una princesa europea, y llegó a hablarse de boda. ¡Un enlace real, nada menos!

Algo paradójico, sin embargo, sucedía con la imagen del barón. Estuviera o no mintiendo, resultaba veraz. Poseía magnetismo, un don para influir en los demás, pero su postura era un puro contrasentido. No había culpado a nadie de la muerte de su mujer y ya no parecía sufrir, cuando tendría que estar haciéndolo de una manera desgarrada... ¿Y qué tenía de admirable ese dominio, la calma que exhibía ante nosotros?

El Hipopótamo sacó un paquete de Bisonte y encendió un pitillo. En su manaza, el corto cigarrillo sin filtro no parecía más largo ni más grueso que un trozo de tiza.

—A ver si logramos entenderle, señor barón. Hace tres días, el 22 de diciembre, usted se peleó con su esposa y se refugió en ese hotel de la playa de Santa Ana para tranquilamente leer, dormir y mejorar su hándicap en el campo de golf.

Hugo asintió, ahora un poco más serio.

—Estoy atravesando una época difícil. Necesitaba estar solo y disfrutar de algunas de mis aficiones.

—¿Su matrimonio tenía algo que ver con esas dificultades por las que estaba pasando?

—En parte.

—¿Podría ser más explícito?

—¿Qué desea saber?

Buj resopló:

—¿Por qué discutieron su esposa y usted?

Una inesperada interrupción aplazó la respuesta del aristócrata. La puerta se había abierto para dar paso a una uniformada doncella. Hugo levantó una mano.

—Propongo una pausa, inspector. Necesito beber algo caliente. Allá arriba, en los prados, he cogido frío. ¿Nos trae café, Narcisa? ¡Bravo!

Ante semejante exhibición de ligereza, la boca de Buj se abrió y se cerró como la de un pez al que le sobrara el aire. Mientras la doncella depositaba una bandeja ante nosotros, hice una apuesta conmigo mismo: el juego de Hugo de Láncaster iba a durar muy poco.

Las tazas y jarras del servicio de café eran de antigua porcelana china pintada a mano. El barón se sirvió media tacita. Los policías sostuvimos los platillos para que la camarera nos fuese sirviendo. En el solemne silencio de la sala escuchamos tintinear las cucharillas. El café era pésimo, casi tan malo como el de Jefatura, y estaba tan caliente que de su superficie se evaporaban caprichosas espirales de humo. El barón, por educación, fue el último en probarlo. Lo hizo con los ojos cerrados, como si paladease un elixir. Dejó la taza en la bandeja, se limpió los labios con una servilleta de hilo en cuyo ángulo estaba bordado el escudo ducal y dijo:

—La autopsia demostrará que mi esposa estaba embarazada. El padre de esa criatura no era yo. Para demostrarlo, estoy dispuesto a someterme a las pruebas genéticas. A cambio, les rogaría que cerremos este asunto y que los atroces detalles de la muerte de Azucena no salgan de aquí. La prensa se me echará encima. ¡Carnaza es lo único que necesitan esos buitres!

18

Un noble bajo sospecha

Hugo había callado de golpe, acaso avergonzado por este último e inoportuno comentario. Buj acababa de quemarse la lengua al sorber su café y eso no iba a mejorar su humor.

—Agradecemos su franqueza, señor barón. Ese tipo de confesiones son dolorosas para cualquiera.

—Y yo agradezco su comprensión, señor inspector.

—El hecho de que su mujer estuviese embarazada de otro hombre explica el distanciamiento entre ustedes. Ya se ha desahogado con nosotros. Ahora detállenos qué hizo ayer por la noche. No omita nada.

Yo había asistido a numerosos interrogatorios de Buj y conocía sus trucos y promesas, sus fintas y cambios de registros. Supe que se proponía apretarle las tuercas a quien, a buen seguro, consideraba ya como el principal sospechoso. ¿Fue consciente el menor de los Láncaster de que el cerco comenzaba a estrecharse a su alrededor? Si su inteligencia captó el peligro, en absoluto lo dejó traslucir.

Hugo sostuvo sin parpadear:

—Estuve toda la noche en el hotel.

La mirada de Buj le atravesó de parte a parte.

—¿En su habitación de La Corza Blanca?

—Sí.

—¿Dentro de la habitación?

—Eso he dicho.

—¿Durante toda la noche?

—En efecto.

—¿De qué hora a qué hora, con exactitud?

—Desde las once, en que terminé de cenar, hasta las ocho y media de la mañana.

—¿Qué hizo entonces?

—Me desperté, me duché, bajé a desayunar y fui a jugar al golf.

Una ráfaga de desprecio inclinó tectónicamente el cuerpo del Hipopótamo en un ángulo de cuarenta y cinco grados. Buj aplastó el cigarrillo en el platillo de porcelana oriental y preguntó torvamente:

—¿Estaba practicando ese deporte cuando le comunicaron que su mujer había muerto?

—Sí.

—¿Quién le avisó?

—Uno de los *caddies* vino corriendo para advertirme que llamase con urgencia a mi familia.

—¿De qué modo se enteraron en el club de golf de lo que había ocurrido en su casa?

—Elisa, la secretaria de mi madre, había dado conmigo. Le devolví la llamada desde la oficina del gerente del club. Sin darme explicaciones, Elisa se limitó a rogarme que regresase cuanto antes al palacio, pues había sucedido algo muy grave. Al llegar aquí, fue mi madre quien asumió el triste deber de comunicarme la muerte de Azucena.

El inspector insistió:

—¿En ningún momento de la noche pasada abandonó el hotel?

—No.

—Se lo preguntaré por última vez. ¿Está completamente seguro de que no salió de su habitación después de cenar?

—No abandoné la habitación por ningún motivo.

—¿Puede corroborarlo algún testigo?

—Los dueños del establecimiento, supongo. Ah, y mi madre.

—¿La duquesa? —intervino Barbadillo, recordando su primera conversación con la dueña de la casa.

—Sí. Hablé por teléfono con ella.

El subinspector se mostró sorprendido.

—Esta mañana no nos lo dijo. Es más, doña Covadonga aseguró desconocer dónde se hallaba usted.

Hugo aclaró:

—Fui yo quien la telefoneó desde Santa Ana para felicitarle la Nochebuena.

—¿A qué hora hizo esa llamada? —preguntó Buj.

—Sobre las seis de la tarde de ayer.

—Doña Covadonga no parecía recordarlo —reiteró Barbadillo.

El barón hizo un gesto, como disculpándola.

—Últimamente, mi madre no se encuentra bien de salud. Su memoria no es la que era. Si vuelven a preguntárselo, es probable que lo recuerde.

Buj tomó nota mental y formuló una nueva cuestión:

—¿De qué habló con su madre?

—Ella me recordó que el padre Arcadio, como todos los años, vendría al palacio para celebrar la misa de Nochebuena, y me rogó que asistiera a la ceremonia en unión de los restantes miembros de la familia. En un principio, le respondí que lo pensaría, pero finalmente no me decidí a acudir.

—¿De qué modo celebró la Nochebuena?

—Tengo la impresión de haberle respondido, inspector, pero se lo volveré a repetir: cené solo en el comedor de La Corza Blanca y luego me encerré en mi habitación con un buen libro.

—¿Se da cuenta de que faltaban apenas unas pocas horas para que atacasen a su mujer?

—Me doy cuenta ahora; anoche, no.

—¿Llegó a hablar con ella?

—¿Con Azucena? ¡Claro que no!

—¿No pensaba felicitarle la Navidad?

Hugo repuso con contundencia, pero sin asomo de rencor:

—En las condiciones a que se había visto reducida nuestra relación, no.

La misma doncella volvió a entrar para depositar otra bandeja con comida. El Hipopótamo cogió medio sándwich vegetal y se lo metió en la boca. La mayonesa se le escurrió por la barbilla. Fue a limpiársela con una servilleta, pero la salsa pasó al peludo dorso de su mano y de ahí a su chaqueta, una americana barata, de cuadros, como todas las suyas, adquirida en los saldos de un gran almacén. El inspector murmuró una disculpa, hizo un vano intento de limpiar la mancha con el pañuelo y finalmente, un tanto abochornado por su torpeza, la dejó estar, diciendo:

—Mi mujer me acusa de no saber comer. Dice también que, por mi culpa, siempre está yendo a la tintorería.

Hugo de Láncaster le miró con la misma expresión con que hubiese disculpado un error en el salto de alguno de sus caballos favoritos. El barón volvió a servirse media tacita de café y, sin abandonar aquella cálida alacridad que, en el fondo, aunque no en la forma, compartía con su hermano Lorenzo, y que le hacía próximo y distante a la vez, expuso:

—No tengo ninguna experiencia en investigación policial y no creo que su lógica se parezca a los juegos de azar, a una partida de póquer, pongamos por caso, pero voy a mostrarles mis cartas. —Hizo una pausa y miró a Martina—. Sé que piensan que mi esposa ha sido asesinada e intuyo que sospechan de mí.

La subinspectora se mantuvo impasible, pero Buj lo negó al momento.

—Eso no es así, señor barón. Hasta que no dispongamos del informe del forense, ni siquiera habremos resuelto cuál fue la causa de la muerte.

Hugo nos englobó en una mirada de tal transparencia que yo habría podido describir el color de su alma.

—Ésa es una mentira piadosa, inspector.

—No, señor barón.

—Claro que sí. Supongo que en su oficio es un recurso habitual, pero a mí no me engaña. Estoy leyendo sus mentes. Las de todos ustedes, sin excepción, salvo la de ella.

Y señaló a Martina; pero tampoco esta vez la subinspectora replicó a su alusión.

—Se equivoca —volvió a rebatirle Buj—. Nadie hasta ahora ha cuestionado su inocencia.

—Me alegro. Porque puedo asegurarles, y así lo demostraré, que soy inocente. Yo no maté a Azucena. ¿Desean que lo jure?

Nuestra indiferencia le contestó negativamente, pero el menor de los Láncaster se llevó una mano al corazón y nos miró uno por uno. Si la gran mesa de aquel salón hubiera sido redonda, habría tornado a convertirse en un Lancelot.

—Lo juro por el mar. Para mí, es lo más sagrado.

En ese patético momento, pensé: «Le van a caer entre quince y veinte años.»

19

Continúan los interrogatorios

Pero Buj, como viejo zorro que era, no quería arriesgarse a dar pasos en falso. Extremando la prudencia, formuló algunas cuestiones más y luego invitó a Hugo de Láncaster a abandonar la sala. Le encareció que permaneciese en el palacio, advirtiéndole que, al igual que al resto de su familia y del personal, se le tomarían las huellas y una muestra de mucosa o tejido para el análisis de ADN. Dependiendo de los avances de la investigación, habría, con toda seguridad, una nueva ronda de preguntas para él.

En cuanto el barón hubo salido, el subinspector Barbadillo vino a sondearme:

—¿Qué opina usted, Horacio?

—No lo tengo claro.

—¿Está ciego? Fue el barón, no hay duda. Su coartada es débil y esos cuernos que no ha tenido más remedio que confesar implican un móvil de lo más evidente.

—¿Tan fácil lo ve? ¿Procedemos a detenerle ya, sin pruebas, sin confesión?

—¡Abra los ojos, Horacio! Buj lleva razón. La estadística obra en contra del marido, novio o amante. El crimen pasional obedece a mecanismos simples. Uno: un

hombre se enamora de una mujer. Dos: esa mujer lo engaña con otro. Tres: el hombre engañado elimina a la mujer,
al otro o a ambos.

La subinspectora se nos unió. Los dedos de su mano
izquierda jugaban con un cigarrillo sin encender, pero su
rostro seguía mostrándose inexpresivo. Aquella rígida
e impersonal máscara suya era refractaria a cualquier
presunción sobre sus pensamientos. Barbadillo aprove-
chó su presencia para proseguir con su encuesta particular:

—¿Cree que Hugo de Láncaster es culpable, Martina?

Casimiro tenía la costumbre de hablar un tanto inclinado hacia delante, arrimando su cara a la del interlocutor
de turno. La subinspectora lo compensó alejándose medio pasito.

—Todavía no lo sé, pero sí sé que el barón no es tan
buen jugador de golf como ha pretendido hacernos creer.

Si Martina había urdido ese comentario para despistar
a Barbadillo, lo consiguió plenamente. Casimiro le preguntó, fuera de juego:

—¿Qué tiene que ver el golf con la muerte de la baronesa?

Martina estaba luchando contra un deseo furioso de
fumar, pero juzgaba improcedente hacerlo en aquel marco. Se limitó a pasarse un Player's bajo las ventanillas de la
nariz, aspirando su aroma a tabaco rubio.

—El testigo ha incurrido en una imprecisión o error.
Conozco el campo de Los Tejos. He jugado alguna vez
allí y no hay *caddies*.

—No sabía que jugase al golf —dije yo.

—Hay muchas cosas que ignora de mí, Horacio.

Pensé en aquella foto de la revista de actualidad en la
que Martina paseaba con un actor por una playa situada

a diez mil kilómetros de distancia. La mujer apasionada que, dentro de la agente De Santo, escondida en algún íntimo repliegue de su personalidad, podía amar y sufrir encarnaba, en efecto, una completa desconocida para mí. La subinspectora tenía razón. Había muchas cosas que yo ignoraba de ella. En el fondo, tampoco eran asunto mío.

El caso Láncaster sí lo era, de modo que pregunté:

—¿Es relevante que en ese campo de golf haya o no servicio de *caddies*?

Martina reiteró:

—El barón afirmó que fue un *caddie* quien le avisó de que tenía una llamada urgente del palacio. En el club hay varios monitores y empleados de mantenimiento, pero ningún *caddie*.

A Barbadillo le salió la vena satírica:

—¿Quiere decir que cada uno de esos adinerados jugadores tiene que tirar de su carrito sin la ayuda del mulo de dos patas?

—Verá, los *caddies* no son...

—Sé lo que es un *caddie*, subinspectora. Quizás el barón lo confundió con uno de los monitores.

Martina guardó silencio. El subinspector sonrió.

—¿No estará pensando que Hugo de Láncaster es inocente?

—Tal vez. Sobre todo si es posible que, a la vez, sea culpable.

—¿Se trata de un acertijo?

—No por mi parte, pero puede que alguien nos esté formulando uno.

Barbadillo echó atrás la cabeza y los hombros, como si fuera a reírse a carcajadas, pero se contuvo.

—No creo que el inspector Buj pierda el tiempo jugando a las adivinanzas. Está seguro de que el barón es culpable.

—Me he dado cuenta. Y estoy de acuerdo con él.

—Entonces, ¿Hugo de Láncaster mató a su esposa?

—Yo no he dicho eso —repitió Martina.

Como no entendía nada, ni quería bailarle el agua a su compañera, Barbadillo sonrió con desdén y se acercó al Hipopótamo para recibir órdenes. El inspector había hablado con la Guardia Civil de Turbión de las Arenas, cuyos agentes se iban a encargar de batir los bosques en busca de la pantera huida del Circo Véneto. Por otro lado, hacía un minuto que había mantenido un aparte con el juez Vilanova. Ambos intercambiaron impresiones en torno a las declaraciones del barón. El juez adelantó al inspector que iba a decretar secreto de sumario.

Acto seguido, Buj nos ordenó proceder a tomar las huellas, muestras de material genético y primeras declaraciones de todos aquellos que habían asistido a la misa de gallo y que, en consecuencia, pudieron haber mantenido algún tipo de contacto con la baronesa horas antes de morir.

Los agentes nos repartimos las diligencias, nos dividimos en dos grupos y comenzamos a fichar y a sondear a los empleados que componían la pequeña corte del reino de Láncaster. El objetivo fundamental, marcado por el inspector, consistía en llegar cuanto antes a conclusiones definitivas por lo que a los movimientos de la víctima, en las horas precedentes a su muerte, se refería. Yo estaba, precisamente, tomando declaración a Anacleto, el mayordomo, cuando el propio Buj vino a encargarme un perfil de Azucena de Láncaster.

—No tenemos ni idea de quién era esa mujer, Horacio. Necesito un informe exhaustivo.

—¿Para cuándo lo quiere?

—Para esta noche. Arrégleselas como mejor le parezca, pero entréguemelo.

El Hipopótamo aspiraba a saberlo todo de Azucena de Láncaster. Desde cada uno de sus movimientos a lo largo de las últimas veinticuatro horas hasta diversas cuestiones de fondo: si procedía de noble cuna; cómo y cuándo había conocido al barón; si trabajaba o no... Y, muy especialmente, los entresijos de su vida privada: de dónde sacaba el dinero, si era religiosa, si se drogaba o bebía, y con cuántos hombres, desde el verano a esta parte, había mantenido alguna clase de relación que pudiera considerarse hasta cierto punto personal. De esa acotación temporal deduje correctamente que el inspector acababa de hablar por teléfono con el doctor Marugán y que el forense, desde la sala quirúrgica del Instituto Anatómico, le había confirmado que, tal como nos había anticipado el barón, su mujer estaba embarazada de pocos meses.

Hablé con Elisa, la secretaria de doña Covadonga. Desde el primer momento, se comportó con suma amabilidad y me mostró su franca disposición a proporcionarnos datos útiles sobre la fallecida baronesa. Comenzando por su nombre completo: Azucena López Ortiz; su edad, veinticinco años; su profesión, azafata de vuelo. Asimismo, Elisa, cuyos deseos de colaborar renovaron mis esperanzas en una pronta solución del caso, me proporcionó el teléfono de los padres de Azucena, a quienes doña Covadonga, antes de retirarse a descansar, había comunicado la cruda noticia de la muerte de su hija.

La familia de Azucena residía en un pequeño pueblo de Zamora, cerca de la frontera portuguesa, mal comunicado por carretera y peor por vía férrea. Por eso, y porque seguramente la nieve dificultaría el paso por los puertos de montaña, sus padres tardarían bastantes horas en presentarse en el palacio.

Elisa no sabía apenas nada del pasado de Azucena. No era la única. En la mansión Láncaster, ninguno de los empleados pudo aportar datos fiables sobre su vida anterior.

Como la mayoría de ellos, Elisa daba por supuesto que la baronesa, antes de acceder al título nobiliario, era una chica corriente; que entre Hugo y ella había surgido una historia de amor y que, a partir de su boda, asumiendo su nueva condición, la ex azafata había abandonado su trabajo y amoldado sus hábitos al estatus de su marido.

—¿Cuál era la relación de Azucena con su suegra, la duquesa? —pregunté.

—Azucena respetaba mucho a doña Covadonga —repuso Elisa—. Estaba pendiente de ella y le hacía compañía. La ayudaba a pasar a limpio su diario, cuya tinta se había corrido porque, en un descuido, se le cayó al estanque.

—¿Qué hacía Azucena el resto del tiempo?

—Era adicta al cine. En uno de los torreones hay una salita de proyecciones. La señora Azucena pasaba muchas horas encerrada, viendo películas de cine clásico, en blanco y negro. También paseaba por los bosques o montaba a caballo. Cuando su marido, don Hugo, el barón, estaba fuera, en viajes de trabajo, doña Azucena se iba a visitar a las monjas, al Convento de la Luz, o se acercaba a las playas, para nadar.

—En verano, claro.

—No crea. Hace unos días, con mal tiempo, cogió su traje de neopreno y fue a bañarse a la playa de Santa Ana. Le gustaba mucho la vela. Junto a su marido, llegó a participar en alguna regata. El barón dispone de un velero en el puerto de Ossio de Mar. Algunos fines de semana los pasaban navegando y divirtiéndose con otros amigos.

De pronto, caí en la cuenta de que Elisa tenía demasiada información para ser una simple asistenta.

—¿Cómo sabe todo eso?

La secretaria enrojeció.

—De vez en cuando, la señora duquesa me distingue con alguna confidencia.

Asentí, asegurándole que cualquiera se las haría a una persona tan diligente y comprensiva como ella, y volvió a enrojecer, pero esta vez de placer. Esa cálida reacción me hizo desprender que Elisa no debía de estar muy acostumbrada a los elogios. Le doré un poco más la píldora y le rogué que me mostrara alguna foto de los barones.

Elisa me acompañó al despacho que solía utilizar Hugo durante sus estancias en la Casa de las Brujas. En una de las estanterías descansaba una fotografía de la pareja. La secretaria creía que había sido tomada durante su luna de miel, en algún lugar del océano Índico.

En esa imagen, Azucena y Hugo posaban a bordo de un yate. Él la rodeaba con su brazo. Al fondo de la instantánea se veían una playa muy blanca y una hilera de bungalows sobre pilastras. Azucena llevaba gafas de sol y el pelo húmedo, como si acabara de bañarse. Hugo la miraba con una expresión de felicidad y ella le devolvía una sonrisa enamorada.

20

Pablo y Casilda

Elisa me facilitó otros datos y detalles de interés, pero se mostró muy reservada a la hora de emitir opiniones particulares sobre Azucena y Hugo como pareja.

Para ser sincero, fueron Pablo y Casilda, los primos hermanos de Lorenzo y Hugo, quienes en mayor medida me ayudaron a comprender un poco mejor a Azucena y su relación con su marido.

Después de buscarles por diversas dependencias del palacio, pude dar con ellos en las grandes cocinas. En una de las mesas en las que normalmente comía el servicio, ambos hermanos estaban compartiendo unos cafés con leche y hablando en voz baja. Acababan de tomarles las huellas y seguían limpiándose los dedos con toallitas de papel.

Pedí permiso, lo obtuve y me senté con ellos. Seguramente, no estaban acostumbrados a enfrentarse a esa larga serie de preguntas sin respuesta que comportan las muertes violentas.

—¿Un café, señor?

Sin yo pedirlo, la cocinera me lo había ofrecido. Sumándolos desde la noche anterior llevaba demasiados y, además, no había comido en toda la mañana, pero acepté en nombre de mi úlcera, que también tenía derecho a sentirse viva y sufrir.

Sin tener el porte de su primo Hugo, con quien guardaba un cierto parecido, Pablo de Abrantes era bastante apuesto y, desde luego, como en seguida evidenció, extremadamente educado, casi hasta la frontera con la timidez.

Pablo vestía al estilo británico: chaqueta de tweed, camisa de cuadritos, chaleco de lana y corbata de punto, todo en tonos marrones y verdes y combinado con unos zapatos de ante y una gorra de fieltro. Su piel, como la de su hermana, era muy blanca.

Por su parte, Casilda de Abrantes, a la que yo había reconocido sin dificultad, pues había hecho algunos papeles para el cine y aparecía con cierta frecuencia en los periódicos y en la televisión, poseía una de esas bellezas frágiles, tirando a lánguidas, que parecen vayan a quebrarse a la menor contrariedad. En su fotogénico rostro no resultaba sencillo rastrear rasgos de sus primos, ni tampoco de su hermano Pablo.

Pese al amargo trance que estaba viviendo, Casilda irradiaba serenidad. Era comunicativa, espontánea, una ventana abierta al aire fresco en el claustrofóbico universo de la Casa de las Brujas.

—¿Es verdad que han matado a Azu? —me preguntó ella, en cuanto les expliqué que habíamos abierto una investigación para aclarar lo sucedido con la baronesa.

Una de las normas básicas de un buen investigador reside en no decir toda la verdad a los testigos, y ni siquiera una parte salvo cuando ella sola asoma la patita en forma de prueba irrefutable. Reduje mi respuesta a la necesidad de aclarar ciertos elementos en el entorno de la muerte de la baronesa y les animé a ayudarnos en nuestras labores de investigación.

Ambos primos, sobrinos de la duquesa por parte de su esposo, el fallecido duque don Jaime, de cuyo hermano menor eran hijos, accedieron a ayudarme en lo posible y a hablarme con sinceridad de la relación entre Azucena y Hugo, en los buenos y en los malos momentos.

Tanto Casilda como Pablo estaban absolutamente convencidos de que las peleas entre ellos —que habían sido, al parecer, bastante frecuentes— eran consecuencia de su pasión. Ninguno de los dos hermanos albergaba la menor duda acerca de la inocencia de Hugo.

—¿Quién les informó de la muerte de la baronesa?

—Nuestro primo Lorenzo —contestó Casilda.

—¿Qué explicación les dio?

—Que Azucena fue atacada por un animal salvaje.

Sorbí mi café y probé a disparar con salvas:

—¿Qué creen, que Azucena abandonó de noche el palacio o que fue forzada a hacerlo?

Pablo repuso con prudencia:

—Lorenzo no lo sabía. Nos dijo que la policía iba a averiguarlo.

Recordé que, según Lorenzo, tres días antes, Casilda había asistido a la última discusión entre Hugo y Azucena, la que motivó su separación, y le pregunté el motivo. Según el testimonio de Casilda, se pelearon porque Azucena, en ausencia de Hugo, había salido a montar a caballo con Eloy Serena, vecino de los Láncaster en las tierras colindantes y dueño de un picadero cercano. Hugo se había puesto celoso y le organizó una escena.

Anoté el nombre de Eloy Serena en el cuaderno de mi memoria y rogué a los primos que me resumieran lo que habían hecho la tarde anterior.

—No salimos del palacio en todo el día —dijo Pablo.

—Te equivocas, hermano —le enmendó Casilda—. A media mañana dimos una vuelta por los jardines. El jardinero nos dijo que seguramente iba a nevar. Hacía un frío polar, como hoy, y me constipé.

—Tienes razón. Por la tarde te pusiste fatal.

—Tuve que quedarme en la habitación, muerta de asco.

Ya de noche, habían cenado en el salón comedor, en compañía de la duquesa, de Lorenzo y de la propia Azucena, aunque sin Casilda, que tenía fiebre. A los postres, comenzaron a presentarse los asistentes a la misa, invitados, como otros años, por la familia. Algunos, los de más confianza, tomaron café con ellos. En cuanto llegó el padre Arcadio, cogieron los abrigos y se dirigieron hacia la capilla. Estaba helando. La oscuridad era prácticamente absoluta y había comenzado a nevar. A pesar de las estufas que la duquesa había hecho encender, la capilla-panteón estaba helada como un sepulcro.

Apenas hubo concluido el acto religioso, regresaron a la mansión, tomaron un chocolate con pastas para entrar en calor y se quedaron un ratito de tertulia. Aquejada de un fuerte catarro, Azucena había sido la primera en retirarse a descansar, alrededor de una media hora o tres cuartos antes que el resto.

Repasamos de nuevo cuanto había sucedido en la mañana, en la tarde y en la noche del día anterior y escuché luego el anecdótico relato con que ambos hermanos accedieron a ilustrarme sobre su vida en la mansión, cuando los primos coincidían en pasar algunos días juntos, bien en las vacaciones de verano, bien para Navidad o Año Nuevo.

Di las gracias a Pablo y a Casilda por su colaboración

y, sin salir de las cocinas, me puse a interrogar al resto del servicio, tal como los subinspectores me habían encargado.

La cocinera que me había servido el café se llamaba Ramira y era de Ossio de Mar. Del mismo pueblo procedían Adela, su ayudanta en los fogones, y la sobrina de ésta, Margarita, una especie de maritornes, menor de edad, que empleaban como costurera, planchadora y pinche.

Una vez que hube terminado de interrogarlas, me sumé a las tomas de declaración del resto de empleados, que estaban siendo interpelados en la sala capitular por Fermín Fernán y por otro agente, llamado Eladio Maestro.

Fueron declarando el administrador, los dos jardineros, padre e hijo, el mozo de cuadras, las doncellas, el doctor Guillén... A todos ellos se les formularon cuestiones tendentes a iluminar las últimas horas de la baronesa. Respecto a su vida anterior y a su vida privada, nadie parecía saber una palabra, de modo que decidí pedir ayuda a Martina.

Tras suministrarle unas cuantas informaciones, le rogué que supervisara ella misma los interrogatorios del resto de los empleados y me liberase para poder cumplir el encargo del inspector. No olvidé informarle de la existencia de un vecino, Eloy Serena, que había mantenido cierta relación con Azucena y, tal vez, despertado los celos de Hugo; recomendé a la subinspectora que comprobase la coartada del tal Serena.

Martina no había perdido el tiempo. Le había pedido al administrador, Julio Martínez Sin, un tipo alto y grueso, con un inquietante aspecto, datos sobre las actividades empresariales y financieras del matrimonio Láncaster, y luego se había puesto a revisar las habitaciones de la segunda planta, dormitorio por dormitorio. A excepción, lógicamente, del de doña Covadonga, pues la duquesa seguía descansando.

—No se agobie, Horacio —me dijo la subinspectora, decidida a echarme una mano—. Yo me encargaré de sustituirle. Cumpla el cometido que le ha confiado el inspector Buj.

Le di las gracias y quedé en libertad para coger un coche y regresar a Jefatura, a fin de reunirme con los miembros de la brigada de Información y elaborar un informe en condiciones sobre Azucena López Ortiz.

¿Quién era, realmente, la mujer que había aparecido muerta en el prado? Eso es lo que íbamos a averiguar.

21

Breve historia de Azucena

En medio de la penumbra del atardecer, con un mar y un cielo que, como el destino de Hugo de Láncaster, se ennegrecían minuto a minuto, conduje de regreso a Bolscan por la accidentada carretera de la costa.

Eran las cuatro de la tarde de aquel ajetreado día de Navidad cuando llegué al edificio de la Jefatura Superior. Iba pensando en cien cosas a la vez y aparqué el coche en tal estado de dispersión que olvidé las llaves puestas y me dejé encendidas las luces de posición.

Entré al vestíbulo, bajé al archivo, cogí algunos materiales que necesitaba y me encerré en el Grupo de Información, con los agentes que a esa hora estaban de turno.

Tres horas después, a las siete y media de la tarde, con el estómago vacío como una bolsa de aire, sin haber descansado un solo minuto, sin haber tenido ni siquiera tiempo para llamar a mi casa, había conseguido reunir una mínima pero ya orientativa serie de datos sobre Azucena de Láncaster.

De repente, noté que se me desenfocaba la vista. Tenía ganas de vomitar.

—Te has puesto más pálido que el conde Drácula —me

advirtió uno de los compañeros con los que había estado trabajando hombro con hombro.

—Estoy en ayunas. No he comido nada desde hace doce horas. Bajo al bar y vuelvo.

Salí a la avenida. Una fría y tormentosa noche había caído de nuevo sobre la ciudad.

Me metí en el bar El Lince, que hacía chaflán con Jefatura. El espejo de la barra, con grasa en el marco y pegatinas de la selección española de fútbol, me reflejó desencajado, lívido, con una incipiente y blanquecina barba y una expresión tan adusta que no me reconocí. Devoré unas tapas recalentadas, bebí con avidez dos cañas de cerveza y saboreé un café largo y negro que me hizo resucitar.

Con el cuerpo algo más compuesto, estuve en condiciones de reintegrarme a mis tareas. Volví a tomar asiento en una de las mesas de Información, redacté un perfil básico y lo envié por fax al palacio de Láncaster, donde el agente Fernán, tal como habíamos quedado, se encargaría de recogerlo y entregárselo al inspector Buj.

Ese primer informe mío rezaba así:

> Azucena López Ortiz. Nacida en Madrid el 22 de marzo de 1964. Hija de Jaime López Andrade, carnicero, y de María Pilar Ortiz Cutí, ama de casa. En la actualidad, sus padres residen en una población de Zamora, Mesas de Loria, donde regentan una charcutería.
>
> El matrimonio López-Ortiz tuvo dos hijas, Mercedes y Azucena. La mayor, Mercedes, falleció de una sobredosis de heroína a los 22 años. Su cadáver apareció en un piso de alquiler en el madrileño arrabal del Pozo del Tío Raimundo. Entre 1982 y 1984, Mercedes

López Ortiz había cumplido una condena de dos años de prisión por tráfico de estupefacientes.

La segunda de las hijas, Azucena, estudió en Madrid, en el colegio de Las Descalzas, en régimen de internado. Posteriormente, hizo cursos de peluquería y modelaje y se matriculó en la Escuela de Azafatas, dentro de los cursos de Auxiliares de Vuelo.

Yo tenía buenos contactos en el Aeropuerto de Barajas. No era la mejor hora para molestar a nadie, pero la suerte me sonrió a la tercera llamada telefónica.

Uno de los controladores aéreos que en ese momento se encontraba operativo, Mateo Escuín, había colaborado con nosotros en casos anteriores y se alegró de volver a saber de mí. Escuín no había olvidado a aquella azafata joven y bonita, muy simpática, que destacaba por su espontaneidad y por su carácter alegre.

—Se llamaba Azucena, es verdad —recordó Mateo, situándola al primer golpe de memoria—. Siempre estaba sonriendo. ¿Me dices que ha muerto? ¡Ésas no son noticias para darlas en un día como el de Navidad!

Escuín ignoraba que aquella desenfadada muchacha, la guapa azafata que él había conocido, había llegado a emparentar con la aristocracia. Confié al controlador que en su muerte parecían concurrir algunas circunstancias anómalas y fue él, dándose cuenta de que mi llamada obedecía a un acto de servicio, quien se puso rápidamente a buscar datos. Encontró en su agenda los números telefónicos de dos azafatas amigas suyas, que también lo habían sido de Azucena. Por entonces, eran solteras. Escuín había salido varias noches a tomar copas con aquella pandilla.

—Eran muy divertidas —añadió—. Si recuerdo algo que pueda resultarte de interés, volveré a llamarte.

Le di las gracias y marqué el primero de los números que me había dado. No lo cogían. Lo intenté otra vez y después me pasé al segundo. Tuve suerte: me contestó una voz femenina.

Según la información del controlador, esa mujer que acababa de responderme tenía que ser Lara Mora. Escuín me había dicho que vivía cerca del aeropuerto. Debía de ser muy cierto, y muy cerca, pues oí el ruido de fondo de un avión que aterrizaba o despegaba.

Le expliqué quién era y por qué llamaba.

—¿Y por qué me molesta a mí? —fue lo primero que, un tanto asustada, me preguntó Lara Mora.

Traté de persuadirla para que me hablase acerca de su fallecida amiga. Superado el primer sobresalto, Lara vino a decirme que no es que temiera que Azucena fuese a terminar así, pero que, en el fondo, no le extrañaba.

—Le atraían los hombres que menos le convenían —sentenció.

De ese comentario presumí que Lara conocía a Hugo de Láncaster y que el barón no era santo de su devoción. No me equivocaba. Lara fue una de las pocas amigas que había asistido a la boda de Azucena en Madrid. Le dejé caer que, para la policía, el barón podía estar ocultando un doble juego, y le pedí que me contase de qué modo Hugo de Láncaster había conocido a Azucena. No le costó franquearse. Todo lo contrario. Se puso a hablar por los codos, inconteniblemente. Con paciencia, le fui sacando lo sustancial.

Nuestra conversación duró cuarenta y cinco minutos, de los quince que me habrían bastado. Cuando colgué el auricular me ardían las orejas de apoyarlo y tenía jaqueca. Depuré los comentarios de Lara, transcribiéndolos en papel y, acto seguido, los pasé a limpio en un archivo nuevo del procesador de textos.

La información procedente de la señorita Mora y relativa a Azucena de Láncaster quedó ordenada de la siguiente manera:

Hugo de Láncaster y Azucena López Ortiz se conocieron a finales de octubre de 1988, en el curso de un trayecto aéreo Madrid-Nueva York. Las demás azafatas identificaron al barón en cuanto se hubo acomodado en su asiento de primera clase. Pero fue Azucena la primera que les llamó la atención sobre él. «¿Os habéis fijado en ése? Es el hijo de la duquesa nosécuántas, el famoso playboy rompecorazones. ¿No es guapísimo?» El avión despegó. Hugo se tomó un par de whiskys. Se había fijado en Azucena. A cada rato, con cualquier excusa, le daba conversación. Ella estaba encantada.

Aterrizaron en Nueva York. Era de noche. La tripulación desembarcó y las azafatas se dirigieron a un hotel concertado para dormir unas cuantas horas. Más bien pocas porque, nada más amanecer, tendrían que embarcar de nuevo, de regreso a Madrid. De todas formas, quedaron en cambiarse y en salir a cenar algo rápido por los alrededores de su hotel. Cuando Azucena se estaba duchando, sonó el teléfono de su habitación. Salió del cuarto de baño y descolgó el auricular.

—¿Adivina usted quién era? —me había preguntado Lara en nuestra larga conversación telefónica, jugando un poco conmigo.
—¿Barba Azul? —había bromeado yo.
Ella había asentido:
—Sólo que el monstruo usaba seudónimo: Hugo de Láncaster.

El barón la invitó a cenar. Azucena aceptó y esa noche ya no regresó al hotel. Al día siguiente, le contó a Lara que Hugo era un hombre maravilloso, irresistible, y que la había respetado en todo momento.

El noviazgo fue muy breve y se mantuvo en secreto hasta la boda. Entre aquella primera cita en Nueva York y la fecha de su enlace civil no habían pasado cuatro meses.

Por deseo de la novia, se casaron en un Juzgado de Madrid. La madre de Hugo, la duquesa, no asistió a la ceremonia, y tampoco su hermano Lorenzo. Hubo muy pocos invitados. El banquete nupcial se celebró sin especiales dispendios en un restaurante de la Gran Vía al que Azucena solía acudir con sus amigas. A la salida, Hugo había alquilado una limusina que los llevó directamente al aeropuerto, desde donde emprenderían un largo viaje a Male, la capital de las islas Maldivas. El regalo del novio consistió en un viaje de ensueño por las costas del Índico.

De regreso a Madrid, el matrimonio se instaló en un amplio apartamento situado en el paseo de La Habana. La vivienda era propiedad del marido. A partir de ese momento, Azucena dejó su trabajo como azafata y se dedicó a emprender gestiones para abrir un negocio propio, una boutique o una galería de arte. Dichos planes, sin embargo, nunca llegarían a materializarse.

Justo acababa de teclear en el ordenador estos últimos comentarios de Lara Mora cuando me pasaron una llamada telefónica.

Era Martina de Santo.

22

La Corza Blanca

La subinspectora había dado momentáneamente por finalizadas sus diligencias en la Casa de las Brujas y se encontraba en La Corza Blanca, el hotel de costa, de Santa Ana, donde Hugo afirmaba haber pasado las últimas noches. El inspector Buj y otros agentes estaban con ella.

—¿Qué hace el inspector? —pregunté.

—Ahora mismo está con los dueños del hotel, sacándoles toda la información sobre su huésped.

—¿Han comprobado ya la coartada de Hugo de Láncaster?

—Se mantiene en pie —dijo Martina—. El barón estuvo aquí toda la noche, sin salir para nada.

—Buj no querrá creerlo.

—Tendrá que aceptarlo.

—¿Va a solicitar una orden de detención?

—Lo hizo antes de dejar el palacio, pero el juez no quiso concedérsela. —Martina vaticinó—: No obstante, si el inspector encuentra el mínimo resquicio, meterá a Hugo de Láncaster en un coche patrulla y lo trasladará al calabozo.

—Dudo que se atreva. Los Láncaster son poderosos.

—Al inspector no suele influirle la jerarquía social —admitió Martina—, es una de sus escasas virtudes. A propósito de jerarquías, Horacio, hablé con Eloy Serena. Le llamé y acudió al palacio para testificar. ¿Recuerda a aquel cazador con quien nos tropezamos en el bosque? ¡Era él! Posee el picadero y otros negocios, explota la gasolinera de Turbión y algunos cotos de caza. Además, ocupa un escaño de senador. Su mujer y él cenaron con otros matrimonios y la velada se prolongó hasta las cuatro de la madrugada. Su coartada es sólida.

—¿Le preguntó por su relación con Azucena?

—Declaró que la conocía de apenas unas cuantas veces. Ella estaba aprendiendo a montar y habían practicado juntos, pero Serena negó cualquier relación personal.

—¿Qué va a hacer usted ahora, Martina?

—Este hotel es muy acogedor. Creo que me quedaré a pasar la noche.

Pensé que me tomaba el pelo.

—¿En La Corza Blanca? ¿Lo está diciendo en serio?

—Ya he reservado habitación. Pretendía ocupar la de Hugo de Láncaster, pero han lavado las sábanas y limpiado el suelo y el baño, por lo que cualquier intento de encontrar huellas sería inútil.

—¿Huellas de otra persona, quiere decir?

—Tal vez el barón no pasó la noche solo.

—Los dueños del hotel lo sabrían.

—No parecen muy despiertos. ¿Querría hacerme un favor, Horacio, si no está muy cansado?

—Pensaba quedarme a esperar los resultados de la autopsia.

—¿Le han adelantado algo desde el Instituto Anatómico?

—Todavía no. He llamado un par de veces, pero no

concluirán hasta pasada la medianoche. Acabo de terminar el dossier sobre Azucena que me encargó el inspector. De manera que estoy a su disposición, subinspectora. ¿Qué necesita?

—Una geneaología de la familia Láncaster.

—¿Dónde puedo conseguir ese historial?

—Tengo un amigo especialista en heráldica, Julio Castilla Alcubierre. Vive cerca de Barcelona, en Sant Cugat. No dispongo a mano de su número telefónico, pero estoy segura de que podrá localizarle. Pídale de mi parte un informe sobre el origen del Ducado de Láncaster y sus principales protagonistas, así como una relación actual de sus ramas familiares.

—Cuente con ello.

—Perfecto. Le veré mañana, Horacio.

—No deje de llamarme a lo largo de la noche, si necesita cualquier cosa.

—No creo que tenga tiempo. Voy a estar muy ocupada.

—¿En qué?

—Me he propuesto dar una vuelta por el campo de golf.

—¿A estas horas? ¿Con qué objetivo?

—Me gustaría comprobar la distancia a la que se encontraba Hugo de Láncaster del edificio del club social cuando le comunicaron que tenía una llamada urgente del palacio.

—¿Qué importancia puede tener eso?

—Mucha.

—¿Por qué motivo?

Martina adoptó un tono paciente:

—Como recordará, Horacio, esa llamada desde el palacio, realizada por Elisa, la secretaria de la duquesa, se produjo a las nueve y media de la mañana. Sin embargo, el barón no llegaría al prado donde reposaba el cadáver de su esposa hasta pasadas las doce y media. Empleó, por tanto, tres horas para realizar un trayecto dividido en tres tramos bien diferenciados: primero en coche, por carretera comarcal, desde Santa Ana hasta Ossio de Mar, un recorrido de cuarenta kilómetros que yo misma acabo de hacer en cuarenta y cinco minutos; los cinco kilómetros de pista desde el Puente de los Ahogados hasta el palacio de Láncaster, que vienen a suponer otro cuarto de hora, más el sendero a través del bosque que ambos ya conocemos, y que, recorriéndose a buen paso, puede cubrirse perfectamente en otros veinte minutos. Una hora y media, más o menos, generalizando, en total. Él demoró tres.

—Quizá tuvo un accidente o su coche se averió.

—Hemos revisado su automóvil, un Fiat descapotable. Está en perfectas condiciones. Y no hubo accidentes en esa carretera comarcal.

—Se retrasaría por cualquier otro motivo.

—¿Por cuál, Horacio? Teniendo en cuenta que no se detuvo en la carretera, y que dentro del palacio estuvo simplemente unos minutos para recibir, de boca de su madre, la noticia de la muerte de su mujer, sólo se me ocurre una causa por la que el barón pudiera entretenerse y emplear tanto tiempo de más en su desplazamiento desde Los Tejos.

—¿Cuál?

—El golf.

—¿Cómo dice, subinspectora?

Al otro lado del hilo oí cómo Martina encendía un pitillo. Me contestó:

—Sospecho que Hugo de Láncaster siguió jugando tranquilamente, a pesar de que le avisaron de que tenía una llamada familiar de carácter urgente.

—Eso no es posible.

—¿Por qué no?

—No tendría lógica.

—Dígame un elemento en este caso que la tenga. Uno solo.

Negras sombras en un aquelarre de sospechas se agitaron en mi imaginación, pero mi perspicacia no alcanzaba siquiera a vislumbrar quiénes bailaban junto a la maléfica hoguera de la Casa de las Brujas. Un tanto aturdidamente, formulé una duda que se acababa de nuclear en mi cerebro:

—¿Por qué motivo iba a retrasar el barón su llegada a la escena del crimen, si es que fue tal?

—Esa cuestión es clave, Horacio. Existen varias respuestas, pero sólo una de ellas obedece a un acto de voluntad: Hugo quería que nosotros llegásemos al aprisco antes que él.

—Con todos mis respetos, subinspectora, no acabo de entenderlo.

—Todavía hay muchas cosas que tampoco yo comprendo, Horacio.

—Me refiero a su razonamiento, en su conjunto. Una y otra vez acumula usted indicios contra el barón y, sin embargo, se obstina en considerarle no culpable.

Martina guardó silencio.

—¿Sigue ahí, subinspectora?

—Sí, pero voy a dejarle, Horacio.

—¿Va a ir a ese campo de golf?

—Así es. Y, en caso de que me dé tiempo, visitaré también el Circo Véneto, en Turbión de las Arenas.

—¿Sola?

—Lo prefiero.

—Tenga cuidado. Recuerde que una pantera y un asesino andan sueltos por las inmediaciones. Supongo que irá armada.

—Esté tranquilo.

Colgamos al mismo tiempo, con bastante intranquilidad por mi parte. Martina tenía una gran confianza en sí misma, pero esa virtud la llevaba a menudo a mostrarse demasiado intrépida y a correr riesgos innecesarios.

Miré el reloj. Eran las diez y media de la noche de un día de Navidad decididamente distinto.

Una larga velada se extendía ante mí. Estaba persuadido de que iban a seguir sucediendo acontecimientos. Para mantenerme despejado, bajé a la primera planta en busca de otro café. Después llamé a mi mujer para que no me esperase despierta.

—No pensaba hacerlo —me replicó—. Y no necesito discurrir demasiado para adivinar con quién estás.

Di un respingo. Esa clase de salidas no eran habituales en ella. No acerté a resolver si se sentía molesta. Por si las moscas, pregunté:

—¿No estarás celosa?

—Cualquier otra lo estaría, Horacio. Esa mujer tiene algo muy especial.

—¿A quién te refieres?

—Lo sabes muy bien.

—¿A Martina de Santo?

—No, hombre. A la madre Teresa de Calcuta.

—Confía en mí. No tengo nada de donjuán ni de esos hombres irresistibles que vuelven locas a las mujeres.

—No existen hombres irresistibles, sino mujeres aburridas.

—En ese caso, puedes estar doblemente confiada. Martina de Santo no se aburre jamás.

Colgué el teléfono y me quedé mirando la pared. Yo

sabía, y mi mujer también, que estaba jugando con fuego y que mi relación con Martina de Santo podía complicarse más de la cuenta con algún sentimiento política y policialmente incorrecto.

Respecto a que no existían hombres, y asesinos, irresistibles, yo no podía estar de acuerdo.

De lo contrario, no creería que Hugo de Láncaster era uno de ellos.

23

El profesor de heráldica

Como tarea siguiente, me propuse consultar a aquel experto en heráldica que me había recomendado Martina. La fortuna seguía jugando a mi favor porque pude hablar con él al primer intento, en cuanto uno de mis compañeros me hubo conseguido su número telefónico en el municipio de Sant Cugat.

Julio Castilla Alcubierre tenía una voz espaciosa y profunda, de locutor de radio de programas nocturnos. No me costó imaginármelo en batín, inclinado sobre un tablero, revisando con ayuda de una lupa desleídos pergaminos y cartularios miniados.

Sin pérdida de tiempo, le expuse la petición de la subinspectora. En cuanto cité el noble apellido de Hugo, Julio Castilla exclamó:

—¡Los Láncaster! ¡Protervo destino el suyo!

—¿Por qué? ¿Qué les diferencia?

—Todo. Suponen una rareza en la aristocracia española, comenzando por esa tilde en la primera sílaba del apellido. Cito de memoria, pero puede que sea el único caso en que un ducado ha revertido a la Corona por falta de descendencia.

—En ese caso —objeté—, la estirpe se habría extinguido. No existiría.

—¡Y nada se habría perdido! —fue su implacable anatema. En un tono más irónico, Castilla prosiguió—: A menudo, sin embargo, la historia se muestra piadosa y concede una segunda oportunidad a sus hijos espurios. Se lo aclaro porque esos advenedizos Láncaster no permanecerían mucho tiempo en plebeyo anonimato; supieron recuperar el título tan sólo unos pocos años después de haberlo perdido.

El historiador calló durante unos segundos, como si algo le preocupara o le hubiese distraído.

—Perdone, suelo hablar demasiado, venga a cuento o no... ¿Me ha dicho usted que era el señor...?

—Horacio Muñoz.

—¿Policía?

—¿No me cree?

—No, no es eso. Claro que sí... Tiene usted voz de policía y de aragonés.

—Nunca me habían dicho lo primero.

—Es más obvio aún que lo segundo ¿A qué departamento pertenece, a Robos? Es con el que más trabajo.

—Me ocupo del archivo.

—¡Entonces es usted colega mío, amigo Humberto!

—Horacio.

—Discúlpeme, soy terriblemente despistado.

—¿No es usted historiador?

—¿Y qué tiene que ver? Le contaría cosas del gran Mommsen que... Pero estábamos con los Láncaster. Habándole nuevamente de memoria, podría asegurarle que el primer duque de esa casa, un tal Antonio Manuel, murió, sin hijos, durante los últimos años del segundo reinado de Fernando VII. Posteriormente, ya en la Regencia, aparecería un inopinado heredero, un hijo secreto o bastardo, un tal Felipe Javier, quien, después de mucho litigar, y seguramente de aflojar la bolsa, recobraría la dignidad nobiliar para su propio disfrute y para el de sus descendientes. Desde entonces, ese árbol con más de un ahorcado ha venido creciendo como la mala hierba.

Yo había empezado a tomar notas, pero me detuve en seco.

—¿Ahorcados, ha dicho?

Al otro lado del hilo, como si le hubieran dado cuerda, Castilla Alcubierre seguía hablando, didáctico y caudal. Tuve que repetir:

—¿Es que en el pasado de la familia Láncaster hubo algún crimen?

El profesor expuso con aire metafórico:

—El palacio que ese ducado ha construido en los aledaños de la historia tiene demasiadas habitaciones oscuras... Es una saga tenebrosa, créame, propensa a la rivalidad y a la tragedia...

—Espere un momento, profesor.

—¡Lo sé! ¡Voy demasiado deprisa! Mi taquígrafa me lo recrimina siempre...

El heraldista se echó a reír; tenía una risa de cabra, con álgidos y contagiosos hipidos.

—¡Si ella no me sigue —añadió, sin ánimo de burla, pero sin poder dejar de carcajearse—, figúrese usted!

—Creo, señor Castilla, que deberíamos reordenar todo este material y...

—¡Perfectamente, Heriberto, y a su plena disposición! Si me concede un par de días y un número de fax o apartado de correos tendré el gusto de remitirle un informe lo más completo posible, juntamente con mis honorarios.

Ni se me había pasado por la imaginación que aquel colaborador de Martina nos fuera a girar una minuta. Balbuceé:

—Ese tema tendrá que hablarlo con la subinspectora De Santo. Yo no estoy autorizado.

El profesor dudó; le oí respirar por la boca. Debía de ser bastante mayor, pensé; y, quizás, asmático. En sus respuestas previas, ya me había parecido que tenía el hábito de encabezar cada réplica con una interjección; ahora me dio la razón.

—¡Mi querida y divina Martina! En atención a ella, rebajaré mi tarifa habitual. Le debo un gran favor a esa gran mujer policía, amigo Heraclio.

—Preferiría seguir siendo Horacio, un simple conocido.

—¡Horacio, nada menos! ¡Como el vate! Discúlpeme. A las cosas corrientes, como los nombres de las personas vivas, no les presto mayor atención.

Me tragué el sapo y pregunté:

—¿En qué le ayudó Martina de Santo?

—¡Fue emocionante, le contaré! El año pasado, mi librería, establecida en el barrio gótico barcelonés, sufrió un robo. No tuvo nada de extraño, pues me había dejado las llaves puestas. Y fue precisamente ella, la subinspectora, quien logró localizar algunos valiosos incunables en el mercado negro. De no ser por su competencia profesional, se habrían perdido de manera irremisible. Después hicimos muy buenas migas. ¿Sabe usted, Hipólito, que la subinspectora es una experta en heráldica?

—¿Quién? —me asombré—. ¿Martina?

—¡La baronesa de Oyambre, sí!

Pensé que aquel hombre no estaba en sus cabales.

—Se equivoca de persona, señor Castilla.

Volví a oírle respirar por la boca, tumultuosamente. Su voz sonó airada:

—Le diré una cosita, mi muy querido señor Higinio: es muy raro que, en cuestiones históricas, yo cometa algún error. Los De Santo disfrutan de una baronía. Sólo que no la han ejercido. El padre, Máximo de Santo, el embajador, quien, como usted sabrá, murió hace unos pocos años, nunca rehabilitó el cargo, y su hija lleva el mismo camino.

La subinspectora jamás me había hablado de eso. ¿Sería cierto? ¿Realmente era baronesa? Me di cuenta de que el experto no podía tener ningún motivo para mentirme y acusé una especie de pudor, como si indirectamente me estuviera inmiscuyendo en la vida privada de Martina.

Reconduje la conversación hacia otros asuntos relacionados con los Láncaster. El profesor me tuvo un rato más al teléfono, refiriéndome episodios del clan a medida que acudían a su caprichosa memoria y salpicándolos con sus anécdotas como librero.

Un botoncito rojo se puso a parpadear delante de mí, en la mesa circular de la brigada de Información. Tenía otra llamada y me despedí de aquel despistado sabio con un renovado principio de jaqueca y taquicardia, por haber tomado demasiado café. Antes de colgar, Julio Castilla Alcubierre me destinó una última, exclamativa y admonitoria consigna:

—¡Nunca se fíe de un Láncaster, amigo Virgilio, no tienen pedigrí!

24

Conclusiones de la autopsia

Acababan de dar las once y media de la noche cuando colgué el teléfono y me precipité a atender la otra línea. Al extremo del hilo estaba Angorenagoitiazu, uno de los forenses auxiliares de Marugán en el Instituto Anatómico. Yo tenía buena relación con él.

—Buenas noches, Horacio.

—Igualmente, Ango. Encantado de saludar a alguien que me llama por mi nombre.

—Yo lo hago siempre, pero no puedo decir lo mismo de ti. ¡Intenta pronunciar mi apellido!

Me eché a reír.

—Respiré cuando supe que tus colegas del Anatómico te llamaban Ango. ¿Qué me cuentas? ¿Tenemos noticias de la mujer?

—Y muy frescas. Puedo adelantarte los primeros resultados de la autopsia. No es el procedimiento más ortodoxo, Horacio, y lo sabes, pero, dada la hora, te requeriremos para que traslades la información al inspector Buj. Al equipo de investigación le resultará útil.

—Te escucho.

—Básicamente, la víctima, Azucena de Láncaster, falleció por un golpe sufrido en el cráneo. En esa herida hemos encontrado una esquirla o viruta metálica cuya aleación podrá concretarnos, en cuanto reduzcamos el campo de posibilidades, qué tipo de objeto fue esgrimido y, tal vez, incluso, dónde fue fabricado.

—¿Habéis establecido la hora de la muerte?

Angorenagoitiazu asintió:

—Afirmativo, pero no ha sido fácil. La exposición del cadáver a la intemperie ha alterado el proceso de degradación calórica. Hemos fijado la data en torno a las dos de la madrugada.

Recordé que Martina de Santo la había calculado con absoluta precisión y a simple vista.

—Eso sólo puede significar una cosa. Que Azucena de Láncaster fue asesinada dentro de la mansión.

—Sois vosotros quienes tenéis que sacar conclusiones.

—Ésta es muy clara. ¿Y qué hay de las marcas de garras en el rostro, Ango?

—¿De los zarpazos? ¡Esto te va a gustar, Horacio! Hemos encontrado un pedacito de uña clavado en una de las mejillas de la mujer, cerca del hueso maxilofacial. Una punta, afilada y negra, con restos de resina.

—¿Resina?

—Afirmativo. No tiene nada de extraño, teniendo en cuenta que algunos de esos felinos suben con facilidad a los árboles. Pero hay algo más importante que debes saber. La víctima estaba embarazada de tres meses. La criatura que estaba esperando era un varón.

—¿La violaron?

—Negativo.

—¿Había mantenido...?

—¿Actividad sexual reciente? Negativo.

Protesté:

—Déjame terminar las preguntas, Ango.

—Afirmativo. Formula la siguiente.

—¿Han aparecido otros restos en el cadáver de la mujer, huellas, cabellos?

—Afirmativo. Varios pelos. La mayoría pertenecen a un felino, pero, ¡atención!, creemos que al menos uno es humano.

No pude ahogar una exclamación triunfal:

—¡Buen trabajo! ¡Ya es nuestro!

La risa de Ango sonó en sordina. Baremó:

—En un setenta por ciento, afirmativo.

—Dependiendo del fiscal, un noventa. ¿Algo más que debamos saber?

—Un último detalle, Horacio. Los pulmones de la víctima contenían restos de agua. Como imagino que vas a preguntarme qué puede significar eso, te responderé que sólo hay una explicación: forzosamente, el cuerpo tuvo que haber permanecido sumergido durante algún tiempo. Al menos unos minutos.

—Suficiente para ahogarse.

—Afirmativo.

—¿Nada más, Ango?

—Por el momento, no.

—Es más que suficiente, muchas gracias.

Comencé a transcribir esos primeros datos de la autopsia para no olvidarme de nada, pero me estaba cayendo de sueño y le pedí a uno de los muchachos que fuese a buscarme un café. Luego llamé a La Corza Blanca y pregunté por Martina de Santo. Hasta una veintena de señales sonaron antes de que un hombre contestara, adormilado, que la señora por la que yo preguntaba, y que efectivamente estaba alojada en el hostal, había salido hacía un rato y no había regresado aún.

¿Dónde estaría la subinspectora? Traté de imaginármela atravesando los campos en medio de la oscuridad o investigando en el circo del que había escapado aquella fantasmagórica pantera, y tenebrosas imágenes de una mujer sola rodeada de sombras me hicieron temer que pudiera estar corriendo peligro. Tuve un mal presentimiento e insistí a la recepcionista para que, en cuanto regresara, Martina de Santo se pusiera en contacto conmigo.

25

El amante de la reina

Apenas una hora después, el fax del servicio de Información escupió un documento a mi nombre. Lo firmaba Julio Castilla Alcubierre, genealogista e historiador, diplomado en Nobiliaria y miembro de honor del Colegio Heráldico de España e Indias.
Empecé a leer:

Estimado Héctor:
He aquí resuelta su petición. Como me pareció que se desconcertaba o azacanaba usted cuando le mencioné la cuestión de mis honorarios, he decidido suprimirlos. La calidad del informe solicitado es, no obstante y como comprobará en cuanto me haga la distinción de leerlo, la misma.

Pasé a la segunda página, en la que arrancaba el dossier:

El origen del Ducado de Láncaster se remonta al año de su fundación, 1799. La constitución de esta nueva dignidad llevaba la firma del rey Carlos IV, pero a quien realmente debió Antonio Manuel de Láncaster, primero de los duques, su aristocrático ascenso fue a la reina María Luisa de Parma. No en vano, años atrás, Antonio Manuel había sido su fogoso e incondicional, pero no necesariamente único, ni fiel, amante de cama.

Uno de ellos, tan sólo. Porque, como la historia ha terminado por admitir, María Luisa, siendo princesa de Asturias, mantuvo sucesivos amoríos entre los más bizarros de los guardias de corps encargados de custodiar a las Reales Personas.

Nieto de Isabel de Lancaster, duquesa de Abrantes (de la que tomaría el patronímico, incorporándole tilde en la primera sílaba), Antonio Manuel había quedado excluido de la línea sucesoria en favor de su hermano mayor.

Era un joven apuesto y audaz. A su llegada a la corte, llamó pronto la atención de la princesa, al punto de enamorarla y sustituir en los favores de María Luisa a otro guardia de corps, Eugenio Portocarrero, futuro conde de Montijo. Antonio Manuel disfrutaría de la intimidad de la princesa mientras se prolongó su pasión. Que, aun siendo intensa, no duraría mucho, pues pronto sería sustituido en el lecho real por otro compañero de armas, Juan María Pignatelli, hijo del marqués de Mora.

En el terreno amoroso, la princesa de Asturias demostró ser insaciable. Ni siquiera con su ascensión al trono, convertida en reina de España, iba a abandonar la esposa de Carlos IV sus eróticos escarceos. Tan sólo en su madurez, y contando con el tácito permiso del complaciente monarca, permitiría que el ambicioso Godoy encauzase su pasión erótica hacia una relación más estable, que incluía su consideración como valido.

Marginado de sus favores carnales, Antonio Manuel proseguiría su oscura carrera militar. Tuvo otras relaciones, pero nunca, al menos de manera oficial, descendencia.

En 1799, por la vía de la intercesión de la reina, sería nombrado primer duque de Láncaster, con una modesta asignación económica y la donación de un pequeño predio en la Sierra de la Pregunta. Tras tomar posesión de su Ducado, se retiraría de la vida pública. Fallecería, como consecuencia de la fuerte coz que recibió de un caballo, en 1827.

A raíz de su muerte, el Ducado de Láncaster revertió a la Corona. Pasó el tiempo y, en 1835, un desconocido que afirmaba ser hijo de Antonio Manuel y llamarse Felipe Javier de Láncaster se presentó en la corte, recién cumplida su mayoría de edad, para reclamar el título de su supuesto padre. Avalado por su partida de bautismo y por una carta de puño y letra de su progenitor, un documento autógrafo que había permanecido en secreto, bajo la custodia del párroco de Ossio de Mar, fue repuesto en su dignidad nobiliaria.

La fortuna económica llegaría a la casa de Láncaster más adelante, con la primera revolución industrial, al calor de las obras del Ferrocarril del Norte y de explotaciones mineras en Asturias y León. El hijo mayor de Felipe Javier, Manuel de Láncaster, fundó una compañía naviera que se hizo con el monopolio del transporte de tropas a las colonias, principalmente a Cuba y a Filipinas, muchas de cuyas manufacturas regresaban a la península a bordo de sus barcos mercantes.

Amigo personal del rey Alfonso XII, Manuel de Láncaster llegaría a ser, siempre en la sombra, uno de los financieros de la confianza de sus sucesivos gobiernos. Las privilegiadas informaciones que de los altos cargos recibía, unidas a su talento natural para los negocios, elevaron los ingresos y la consideración pública de la casa de Láncaster, convirtiéndola en sinónimo de riqueza y poder.

El prolijo informe de Castilla Alcubierre continuaba desarrollando la historia de los Láncaster hasta bien entrado el siglo XX. Leí el párrafo referente al enlace de la última duquesa, madre de Lorenzo y Hugo:

En febrero de 1941, recién finalizada la guerra civil, Covadonga Narváez contrajo matrimonio con su primo, Jaime Alves-Dasirte, duque de Abrantes. La unión, celebrada en el santuario de Covadonga, contó con la presencia del general Franco y de su esposa, Carmen Polo, amiga personal de la novia. En ese enlace confluían dos intereses complementarios: la riqueza de los Láncaster, por un lado, y el rancio abolengo de los Abrantes, por otro. En dos palabras: se aliaba el dinero contante y la sonante nobleza.

En ese momento, volvió a sonar el teléfono. Era Martina de Santo.

26

Agua en los pulmones

La subinspectora acababa de regresar de su excursión nocturna al campo de golf y me llamaba desde su habitación de La Corza Blanca.

Me apresuré a informarle de que acababa de recibir el informe histórico de Castilla Alcubierre, así como un primer avance de la autopsia. Resumiéndole sus resultados, comencé mencionando el descubrimiento de un cabello humano en el cadáver de Azucena de Láncaster, cuyo análisis de ADN podría despejar la identidad de su agresor.

Paradójicamente, esa novedad, acaso decisiva, no pareció interesar a Martina. Renunciando a desentrañar su inexplicable desinterés, continué informándole:

—El golpe en la cabeza de Azucena de Láncaster se produjo con un objeto o herramienta de acero. En cuanto a la data de la muerte, como usted apuntó, ha quedado establecida en torno a las dos de la madrugada. ¿Se da cuenta de lo que eso supone?

—Dígamelo usted.

—Que la baronesa fue asesinada dentro de la Casa de las Brujas.

Aquella conclusión tampoco estimuló la capacidad deductiva de la subinspectora. No sólo eso, sino que discrepó de tal tesis:

—No necesariamente, Horacio. Desde el momento en que Azucena se retiró a descansar a su dormitorio hasta la que ya podemos considerar hora oficial de su muerte, transcurrieron unos treinta minutos. En esa media hora en que estuvo sola, Azucena pudo salir del palacio por su propio pie o pudieron sacarla a la fuerza y asesinarla fuera.

Me tomé unos segundos para reflexionar y concedí:

—Eso facilitaría la explicación de otro dato que asimismo ha revelado la autopsia: en sus pulmones había restos de agua.

Esta vez, Martina sí pareció interesada.

—¿En qué proporción?

—Lo ignoro.

—Solicite al Instituto Anatómico más información, hágame el favor.

—¿Qué necesita saber?

Martina concretó:

—Si el agua es dulce o salada, en primer lugar. En segundo, durante cuánto tiempo permaneció sumergido el cuerpo. Y, en tercer lugar, si su inmersión en una corriente de agua o en el mar fue previa o posterior al golpe recibido en la cabeza.

Apunté los términos de la consulta y le pregunté a mi vez por sus pesquisas en el campo de golf.

—La noche era muy cerrada —dijo ella— y he tenido dificultades para establecer los movimientos del barón en el campo de golf, pero me ratifico en mis sospechas. Creo que Hugo de Láncaster no nos dijo toda la verdad.

—Lo imaginaba. Es culpable, está claro.

—Estoy de acuerdo con usted.

—¡Me alegro de que haya cambiado de opinión! El asesino no podía ser otro.

—Yo no he dicho que el barón lo sea.

A veces, lo que desde fuera me parecían caprichosas obcecaciones suyas tenían la discutible virtud de poner a prueba mis nervios. Me eché atrás en la silla, exasperado.

—¡No logro entenderla, Martina!

—No se impaciente, Horacio. Todo apunta a que el enigma al que nos enfrentamos no se va a resolver de hoy para mañana. Un mecanismo complejo y seguramente diabólico se ha puesto en marcha, y mi pensamiento, para solucionarlo, deberá de madurar paralelamente a su desarrollo. Precisaré de algún tiempo para llegar a conclusiones definitivas, pues hay elementos cuya naturaleza desconozco. Eso, unido al carácter extravagante del crimen, me hace temer que la muerte de Azucena de Láncaster no vaya a ser la única que tenga que lamentar el entorno de esa difícil familia.

Intenté sonsacarle alguna opinión más, pero la subinspectora se cerró en banda. Cambié de tema y le pregunté si había tenido tiempo de investigar en el circo.

—Lo dejaré para mañana. Es tarde y estoy cansada. Me propongo dormir unas cuantas horas y, en cuanto despierte, bajar a saborear ese desayuno a base de tostadas con nata que tanto apasionaba al barón.

—Que descanse, Martina. Yo seguiré un rato más al pie del cañón.

—Mi habitación dispone de número directo. Llámeme si se producen novedades.

Cumpliendo con ese compromiso, yo volvería a marcar el teléfono de La Corza Blanca seis horas después, a las ocho y cuarto de la mañana, cuando en el caso Láncaster se hubo producido un nuevo giro.

27

Aparece el arma del crimen

Pasaban de las tres de la madrugada cuando decidí bajar al archivo para descansar un rato. Apoyé la cabeza en la mesa, con los brazos cruzados como almohada, y me dispuse a dar una buena cabezada. Y, verdaderamente, debí de conseguirlo, porque no recuperé la conciencia hasta pasadas las siete de la mañana, cuando desperté aturdido y sin saber muy bien dónde me hallaba.

Faltaba poco para el amanecer. Me lavé la cara, tomé otro café y regresé a la brigada de Información. Todavía no había llegado nadie.

Ocupé la hora siguiente en reordenar mis notas, consignando con la máxima precisión de que fui capaz cuanto Martina de Santo había hecho o dicho hasta el momento en relación con el caso Láncaster. Me movía el propósito de ir cotejando sus predicciones y análisis con la posterior evolución de los acontecimientos, a fin de evaluar hasta qué límites era capaz de llegar su raciocinio policial.

A esas alturas, yo estaba sobradamente convencido de hallarme ante un cerebro privilegiado. Algo, tal vez la misma fuerza que a ella le impulsaba a superarse, me estimulaba a estudiar sus mecanismos y carencias, a fin de incorporar los primeros a mis propios sistemas de trabajo y de ayudar a Martina a vencer las segundas.

A las ocho y catorce minutos me pasaron de centralita una llamada anónima. Pudo haberla atendido cualquiera de mis colegas que desde las ocho habían comenzado a fichar en la sección, pero me tocó a mí y me resultó excitante.

Era una voz ambigua. Estaba usando un simulador y se expresaba a base de distorsionados susurros. Con el corazón golpeándome dentro del pecho, escuché las tres frases que el enigmático comunicante había preparado y que seguramente leyó:

—Escúcheme con atención porque no lo repetiré. Hugo de Láncaster mató a su mujer. Busquen en el bosque, cerca del panteón, y encontrarán el arma.

—¿Oiga? —grité—. ¿Quién es usted?

Se oyó un clic. Llamé a centralita para comprobar si habían grabado la llamada, pero lamentablemente no había sido así.

No tardé ni treinta segundos en volar al despacho de Buj.

El inspector acababa de llegar a Jefatura. Se había afeitado mal, haciéndose un feo corte justo encima de la nuez. Los párpados le pesaban, vencidos por el sueño. La noche anterior había regresado tarde a la ciudad, después de interrogar por segunda vez en la Casa de las Brujas a Hugo de Láncaster. Pese a algunas lagunas en sus afirmaciones, el juez le había denegado nuevamente la orden de detención y la prisión preventiva.

Informé a Buj de la llamada anónima. El Hipopótamo pegó un bote en la butaca y, de pronto, todo el mundo a su alrededor entró en acción.

Mientras el inspector impartía órdenes y mandaba localizar a la unidad de perros rastreadores, bajé a mi cubículo del archivo para llamar a Martina a La Corza Blanca y poner sobre aviso a la subinspectora. No había terminado de hablar con ella cuando Fernán vino a buscarme por orden directa del Hipopótamo, a fin de que volviera a conducirles de regreso a la Casa de las Brujas.

En esta ocasión, la caravana policial quedó integrada por cuatro coches patrulla que nos trasladaban a una docena de agentes. La unidad de perros rastreadores había sido requerida por la Guardia Civil para proceder a la búsqueda de aquella pantera huida del Circo Véneto, pero ambas operaciones eran complementarias y los cuidadores, según le habían asegurado al inspector, se nos unirían con los perros en la mansión Láncaster. Los perros sólo necesitarían una prenda de Azucena para encontrar lo que alguien, por medio de la anónima llamada a Jefatura, quería que encontrásemos.

La mañana era muy fría y el cielo de un azul cobalto. Con un placer que hacía tiempo no experimentaba apreté el acelerador y me lancé por la carretera de la costa.

Llevaba a mi lado a un malcarado Buj que a cada recta, como en los viejos tiempos, me exigía que pisara a fondo, de modo que acabé derrapando en las curvas perfiladas de hielo y obligando a los demás conductores a jugarse el tipo.

Ni siquiera al atravesar los minúsculos centros urbanos, que solían coincidir con las calles principales de aquellos pintorescos pueblos, respetamos las señales de limitación. Debía de ir a noventa por hora cuando rodeé la misma plaza de Ossio de Mar donde, en la mañana anterior, aquella florista ciega me había confundido al intentar orientarme. Al salir del pueblo me desvié hacia la sierra y, casi sacando chispas al pretil, hice derrapar las ruedas sobre la boca del Puente Medieval del río Turbión. Sólo aminoré al llegar al otro puente, el de los Ahogados, más estrecho, y luego a la pista de tierra, más angosta aún, que se adentraba en los espesos bosques.

Ya no nevaba, pero soplaba un viento polar y la nieve caía desde lo alto de las copas de los árboles en forma de lluvia de flores de cristal. Una niebla espesa rebajaba la altura del mundo y nuestras sirenas destellaban contra los fantasmales abetos.

En la Casa de las Brujas no estaba ninguno de los dos hermanos. Pablo de Abrantes, el primo, que nos recibió en la entrada principal, nos dijo que Lorenzo se había sumado a la batida que la Guardia Civil había organizado con un grupo de cazadores de Turbión para ir tras los pasos de la huidiza pantera. Respecto a Hugo, Anacleto, el mayordomo, nos informó de que había madrugado y salido muy temprano de la casa con su Fiat deportivo.

—¿Adónde? —preguntó Buj, de pésimo humor, y maldiciendo por lo bajo al juez Vilanova.

—No lo dijo —repuso el sirviente.

—Despierte a la señora duquesa —le ordenó el inspector—, quiero hablar con ella.

—Mi tía no se encuentra bien —dijo Pablo—. Les rogaría que, en consideración a su salud...

El Hipopótamo apartó al primo con brusquedad y entró al vestíbulo de la mansión. Distribuyó a algunos de sus hombres, ordenándoles que registrasen hasta el último rincón en busca de Hugo de Láncaster y, seguido por otra media docena de agentes, salió en tromba hacia el jardín de la parte trasera. Allí, emparejados con sus cuidadores, que los sujetaban de sus correas, le esperaban los perros, dos pastores belgas. Sus negros pelajes relucían de humedad.

—¿Dónde le dijeron que estaba el arma? —me preguntó Buj, rugiendo literalmente.

—Cerca del panteón —recordé.

Nos distribuimos alrededor de la capilla, en cuyos muros abundaban las gárgolas y motivos mitológicos que parecían inspirados en una Biblia negra. Partiendo de sus muros, fuimos abriendo el campo de búsqueda.

Una hora después, en pleno bosque, pero realmente muy cerca, a tan sólo unos cincuenta metros del panteón, apareció el arma del crimen. Uno de los perros la localizó en una pequeña hondonada tan tupida de vegetación que apenas entraba la luz del sol.

Se trataba de un palo de golf. Lo habían enterrado de forma apresurada, apenas a unos treinta o treinta y cinco centímetros de profundidad. Para ocultarlo se habían limitado, como toda precaución, a extender sobre la removida tierra unos cuantos puñados de hojas muertas.

El inspector examinó el palo. La pastilla de acero estaba manchada de barro, pero en la empuñadura de cuero se leían las iniciales H. M. L: Hugo María de Láncaster.

La caza del hombre, el deporte favorito de Buj, había comenzado.

28

Un disparo perdido

Buj regresó a la mansión Láncaster y tomó posesión del despacho octogonal de la duquesa. Cogió los papeles que había sobre el escritorio y los dejó en el suelo. Encendió un Bisonte, se arrellanó y, utilizando el teléfono dorado de doña Covadonga, fue previniendo a cuantas fuerzas, cuerpos y unidades de élite creyó oportuno movilizar para impedir que el barón pudiera escapar.

Media hora después, el subinspector Barbadillo entró sin aliento a ese mismo despacho para informar al inspector de que en la batida de cazadores desplegada en los bosques acababan de producirse novedades.

Por un lado, la pantera del Circo Véneto había sido finalmente descubierta y abatida a tiros. Por otro, y según acababa de referirles Jesús Rivas, el jardinero, quien formaba parte del grupo de escopetas, un cartuchazo perdido había alcanzado accidentalmente a Lorenzo de Láncaster. Agentes de la Guardia Civil se habían encargado de trasladarle, herido de levedad, a uno de sus vehículos y de ahí al hospital más próximo.

Nada más salir Barbadillo del despacho octogonal, a las once de la mañana de aquel 26 de diciembre de 1989, la duquesa de Láncaster se hizo conducir ante Buj. Elisa, su secretaria, empujaba la silla de ruedas.

Mortalmente pálida, doña Covadonga exigió al inspector que abandonase de inmediato su casa.

—Desde que ha llegado usted, sólo he recibido disgustos. No es de mi estilo expresarme así, pero su comportamiento me parece intolerable. No quiero que sus hombres sigan molestando a mis empleados. No quiero que se siente usted en mi butaca, que utilice mi mesa, llame con mi teléfono, suelte a sus perros por mi jardín. Mis hijos son inocentes de toda acusación y uno de ellos acaba de resultar herido. ¡Pienso hablar con el gobernador! ¡Voy a resistirme con todas mis fuerzas a que, con su mala educación y sus peores intenciones, siga usted arruinando el orden y la paz de mi existencia!

Buj se había puesto en pie delante de la talla de la Virgen de Covadonga. La propia efigie parecía recriminar su presencia.

—Siento ocasionarle tantas molestias, señora duquesa, pero me enfrento a un homicidio y una de mis primeras obligaciones consiste en investigar si alguno de los residentes en el palacio, ya sean empleados suyos o miembros de su familia, tiene responsabilidad en la muerte de su nuera.

La ira hizo que Covadonga Narváez reuniese el suficiente vigor como para, apoyando las manos en los reposabrazos de su silla de ruedas, incorporar medio cuerpo. Que temblaba de pies a cabeza cuando gritó:

—¡Fuera!

El inspector se fue de la Casa de las Brujas, pero directamente a solicitar una orden de busca y captura contra Hugo de Láncaster.

29

Juicio y condena

Pasaron las fiestas navideñas y el barón no apareció. La policía de medio país iba tras sus pasos, pero era como si se lo hubiese tragado la tierra.

El Hipopótamo había podido averiguar que, el mismo día 26 de diciembre, Hugo de Láncaster había atravesado la frontera francesa, por Hendaya, con su Fiat deportivo. A partir de ahí, su pista se esfumaba. Por otra parte, la vida de su hermano Lorenzo no llegó a correr peligro. Como consecuencia del disparo que había recibido en un hombro tuvo que ser intervenido quirúrgicamente. Le fue diagnosticada una lenta pero favorable recuperación.

La Guardia Civil intentó aclarar de qué boca de fuego había salido esa munición, pero los análisis de balística no se correspondieron con ninguna de las armas que a lo largo de la mañana de aquel aciago 26 de diciembre habían abierto fuego creyendo vislumbrar en la floresta a un peligroso animal. Cuyo dueño, Bruno Arnolfino, director del Circo Véneto, puso el grito en el cielo y una nueva denuncia, esta vez contra la Guardia Civil, por haber animado a sacrificar, y de manera, a su juicio, harto injustificada, a su valioso leopardo de las nieves.

La noticia de la muerte de la baronesa Azucena de Láncaster había ocupado páginas enteras en los periódicos, pero la de la fuga del barón tardó un poco más en saltar a las redacciones. Hasta que el 2 de enero de 1990, un periódico de tirada nacional abrió su portada con una fotografía de Hugo y un titular más propio de sucesos que de las revistas rosas. En adelante, la prensa del corazón ya no iba a llamarle «seductor de princesas». Titulares como «Huye del país un aristócrata con las manos manchadas de sangre» o «Nuevo fracaso de las fuerzas policiales» desataron una tormenta política y mediática.

Transcurrieron otras tres semanas de incertidumbre. La policía perdió el tiempo investigando pistas falsas en el Caribe y en Canadá.

Finalmente, Hugo de Láncaster sería detenido el 27 de enero de 1990 en la ribera del Adriático.

Agentes de la Interpol lograron localizarle en una diminuta isla próxima a la localidad turística de Dubrovnik. El barón estaba hospedado —o más bien, según la versión policial, oculto— en la villa de Abu Cursufi, un ex diplomático libanés de dudosa reputación en las embajadas, porque como traficante de armas su prestigio se extendía hasta Oriente Medio.

El fugitivo, que en ningún momento reconoció serlo, se entregó sin resistencia. Hugo de Láncaster mostró asombro ante el hecho de que la policía le estuviera buscando y justificó su viaje a Croacia en base a negocios pendientes. Con esa calma y dominio de sí que ya le conocíamos, afirmó ignorar que la justicia española le hubiese declarado prófugo. En aquellas cuatro últimas semanas —sostuvo— no había recibido requerimiento judicial alguno ni, en otro orden de cosas, tuvo necesidad de comunicarse con sus familiares. Cuando se le preguntó a qué obedecía su aislamiento, se limitó a contestar: «Asuntos personales.»

Agentes españoles custodiaron su traslado a Madrid. Un enjambre de cámaras le aguardaba en el aeropuerto de Barajas. Sus abogados, Pedro Carmen y Joaquín Pallarols, amenazaron con demandar a aquellos medios que prejuzgasen su culpa. Pero la penosa imagen del barón, rodeado de policías y cámaras, entrando a empujones, con las muñecas esposadas, al coche celular, abriría las noticias de la tarde.

Estimando que concurría un nuevo riesgo de fuga, el juez dictaminó prisión provisional. A partir del 28 de enero de 1990, Hugo de Láncaster dormiría en la prisión de Carabanchel. Un mes más tarde, sería trasladado a la prisión de Santa María de la Roca, a ochenta kilómetros de su residencia familiar, en una de cuyas celdas dobles quedó confinado.

Su juicio tendría lugar justamente un año más tarde, en la segunda quincena del mes de enero de 1991.

Como principales argumentos y pruebas, la fiscalía presentó el palo de golf, con las huellas del acusado, y el cabello descubierto en el cuerpo de la víctima; cabello que, efectivamente, según la prueba de ADN, pertenecía a Hugo; aduciéndose como móvil una relación extramatrimonial de Azucena.

Asimilados los informes policiales, oídos los diversos testimonios y las conclusiones de las partes, la Sala de la Audiencia Provincial de Bolscan, presidida por el juez Nicolás Peregrino, había sentenciado a Hugo María de Láncaster como culpable del parricidio de su esposa, Azucena López Ortiz, a dieciocho años de privación de libertad y a compensar con una millonaria indemnización a la familia de la víctima.

El condenado reingresó en la prisión de Santa María de la Roca para cumplir su pena.

Pasaron los meses. A medida que la suerte del barón iba dejando de ser noticia, los amigos del famoso recluso fueron abandonándole a su suerte. Pronto, el régimen de visitas de Hugo se redujo a unas pocas caras.

La más asidua y gratificante para él era seguramente la de su abogado, Pedro Carmen. Un penalista que llevaba fama de no haber perdido ningún caso importante y que tampoco estaba dispuesto a dejarse ganar en el llamado «caso Láncaster», cuyas extrañas y morbosas circunstancias lo habían convertido en el suceso del año.

SEGUNDA PARTE
(1990-1991)

30

Un abogado llamado Carmen

A lo largo de mi carrera policial, he conocido a numerosos abogados defensores.

La mayoría de ellos eran y son vocacionales. Bien de turno de oficio, bien de millonarias minutas. Estos últimos no creen en nada; acaso, en sí mismos.

Más económicos y sinceros suelen resultar aquellos otros que consideran al ser humano por encima de la condición de cliente, y a la persona como un noble sustrato que, de abonarse con el fertilizante de la ética, acabará por producir hermosas flores.

Ninguno de esos genéricos perfiles se correspondía con Pedro Carmen.

Hay, por supuesto, otra clase de abogados, más realistas o serios, que no sueñan con hacer magia en las salas de los Juzgados, pero sí con ganar el suficiente dinero como para mantener un despacho abierto durante su vida laboral. Su romanticismo se cura y la veteranía acaba enseñando a sus conciencias a maquillar la intrínseca maldad de sus peores clientes. Letrados así descreen de la redención por la pena, de la integración. Saben, en su fuero interno, que el asesino nato no tiene cura, y por eso, allá en su íntimo juicio, reciben las sentencias condenatorias con un alivio que la sociedad comparte.

Tampoco era ése el arquetipo de Pedro Carmen.

En los Juzgados le llamaban *El Destornillador*. En cierta medida, por su cráneo mondo, esa calva cabeza enhiesta sobre un cuerpo ahusado de femenina cintura, con el pecho hundido y caderas de botella o diosa cicládica; y, también, por su compulsiva manera de retorcerse las manos mientras hilvanaba interrogatorios que tenían algo de torniquete y vuelta de tuerca.

Al margen de esos rasgos, de su empedernida soltería o de sus inefables chalecos, el prestigio de Pedro Carmen descansaba en su cosecha de sentencias absolutorias.

En la década de los ochenta, prácticamente no había perdido ningún caso de relieve.

Algunos de sus más célebres litigios habían merecido la difusión de la prensa. Los periodistas especializados en tribunales valoraban su humor ácido y su franca disposición a facilitarles sus tareas informativas. Al tenerlos ganados de antemano, sus crónicas jaleaban la insolencia con que solía enfrentarse a los fiscales, elogiando sus recursos escénicos y su oratoria.

Curiosamente, Pedro Carmen no concedía entrevistas. Él no revelaba la razón, pero tenía miedo de que su prestigio se resintiera si le preguntaban por la condena que él mismo había sufrido tiempo atrás, cuando sólo tenía dieciocho años.

Como consecuencia de una riña tabernaria, otro adolescente con el que se había peleado se golpeó la cabeza contra la barra de un pub. Moriría horas después, de miserable manera, tirado en un callejón de la zona de bares. El joven Pedro Carmen Lóbez fue condenado a ocho años de reclusión en Santa María de la Roca. En la cárcel estudiaría Derecho y padecería aspectos de la naturaleza humana que no había creído existieran ni en los más profundos círculos del infierno.

Su penitencia carcelaria le marcó a fuego, pero jamás hablaba de aquel período de su vida.

Por todas estas razones y por algunas otras que sería huero enumerar, Pedro Carmen era, sin duda, un hombre singular y un abogado de perfil aparte. Su afán de superación, sus éxitos y, ¿por qué no?, sus exóticos chalecos, le clasificaban como una rara especie de abogado defensor.

Tanto, que sólo la integraba un individuo.

Él.

31

Día de los Inocentes

Aquella fría mañana del 28 de diciembre de 1991, Día de los Inocentes, Pedro Carmen llevaba un chaleco de seda amarilla con palmeras bordadas en hilo esmeralda (las hojas) y color caldero (los rugosos troncos). Lo había combinado con una corbata azul estampada de lunares y con una americana beis mallada a cuadros de color vino. Hasta los botones de piedra irisada de su camisa resultaban llamativos. «Es un hortera», pensaba Joaquín Pallarols, su socio. Pero antes se hubiese dejado cortar la lengua que osado ofenderle. Al fin y al cabo, la estrella del bufete era el Destornillador.

Cuando Carmen, así combinado, entró a su despacho de la tercera planta del número 25 de la Gran Vía de Bolscan, Luci, su secretaria, se le quedó mirando con la misma expresión con que habría observado un cuadro de Jackson Pollock.

El abogado la saludó, se quitó el sombrero con que ocultaba su calva y lo arrojó al perchero. Siempre fallaba.

—¿Qué tal? —preguntó separando los brazos como un actor en su escenario.

Solía mostrarse afectado, pagado de sí. Luci sabía hasta qué punto era vulnerable al elogio. Nada le agradaba tanto como que le felicitasen por sus éxitos profesionales. Quizá, que alabaran su estrafalario gusto por la ropa, lo que a Luci, por lo general, le resultaba imposible. Otros días se había presentado con atuendos que rozaban lo grotesco, pero esa mañana...

—¿Qué, cómo estoy? —insistió.

La secretaria seguía sin habla.

—¡Sé sincera, Luci! —la conminó Pedro—. Me enfrenté al franquismo para defender la libertad de expresión y no voy a despedirte por decir lo que pienses.

Luci balbuceó:

—Está usted... Indescriptible.

Él se quedó a media sonrisa. Con los adjetivos mantenía una relación de amor-odio. Tanto podían ser enemigos como aliados de su lenguaje jurídico. Desde el estrado, solía utilizarlos para sembrar ambivalencias. Una de sus recurrentes paradojas se acogía a una humorada: «Frente a un tribunal —bromeaba, si estaba en confianza— sólo hay dos cosas más efectivas que un buen testigo: una minifalda y un adjetivo calificativo.»

Dijo a Luci:

—¿No deberías añadir algún atenuante, para que yo pudiese acatar tu veredicto?

El tono de su secretaria fue ecuánime:

—Si uno llega a aceptarse tal como es, los demás deberán respetarle.

—¿Confucio?

—Sócrates. Creo.

—No se enfadará, la cicuta le hizo efecto. ¿Sigues con tus clases de yoga?

—Ahora estoy leyendo a los sofistas.

Luci era así, descarada, esnob, pero muy eficaz. Pedro

volvió a mirarla, sonriente pero con rastros de sueño. Era temprano, las ocho y media. La noche anterior, después de cenar, el abogado se había quedado trabajando en un caso difícil. Se había acostado tarde, de madrugada. El cansancio hinchaba su poco saludable rostro.

—Puedo aceptarme a mí mismo, Luci. Puedo, incluso, aceptar tus consejos. Pero bajo ningún concepto puedo aceptar que sigas tratándome de usted.

Aquello era nuevo. Extrañada, la secretaria se retiró el mechón de un complicado moño que dejaba entrever las raíces castañas de su falso cabello rubio.

—Como usted mande.

—¿Por qué no me tratas de tú, sin formalismos? ¿No hace un siglo que me soportas?

—Once meses, don Pedro. Todavía no se ha cumplido un año desde que comencé a trabajar para usted.

—*Con* usted. Las preposiciones son importantes, Luci, tanto como los adjetivos.

Nerviosa, la secretaria hizo repiquetear sus uñas en un cenicero de barro. Ella no fumaba. El vacío cenicero contenía caramelos para los clientes. Pedro eligió uno de naranja. Tras llevárselo a la boca, cogió media docena más, para refrescar su aliento durante el resto de la jornada.

—¿Estás insinuando que te toca un aumento de sueldo?

Luci iba a responder diplomáticamente, pero su jefe se le adelantó:

—No correré el riesgo de perderte. Me propongo mejorar tus condiciones económicas. Por supuesto, recibirás la extraordinaria de Navidad... ¿Qué, no dices nada?

Ella quiso agradecérselo, pero le falló la voz.

—Yo...

—¿Me tutearás, a partir de ahora?

—Si usted... Si tú quieres.

—Lo ordeno.

—De acuerdo... Gracias.

—¿Nada de señor Carmen, en adelante, nada de don Pedro?

—No. Sólo...

—¿Sólo Pedro?

Luci se turbó.

—Sólo Pedro.

El Destornillador retorció las manos y las apoyó sobre la mesa, una a cada lado del bolso de imitación Loewe que al reverso llevaba escrito a bolígrafo el nombre de su propietaria, Lucía Martínez Martín, seleccionada para el bufete Carmen & Pallarols por una agencia especializada en secretariado de alta dirección —pese a lo cual, por disposición de Pallarols, que se ocupaba del régimen laboral de los empleados, Luci venía cobrando poco más que el salario mínimo—, y se inclinó hacia ella.

—¿Puedo hacerte una pregunta personal?

Luci guardó silencio. La hipnótica mirada de su jefe la puso nerviosa.

—¿Te apetece cenar conmigo esta noche?

La chica tragó saliva.

—Si es por trabajo...

Los ojos saltones del Destornillador la perforaban como un berbiquí. Tras unos segundos de vacilación, Luci consintió.

—Si tú...

—Perfecto, gracias. Reservaré en un chino. No, mejor en un restaurante japonés, tiene más clase. Disfrutaremos con la comida, tomaremos unas copas y luego... ¿quién sabe?

El rostro de la secretaria se arreboló.

—¿Qué se propone, señor Carmen?

—¿Volvemos al tratamiento oficial? Puedes estar tranquila, Luci. Eres una gran chica, aunque un poco... ¡Inocente!

Apenas unos segundos después, en cuanto Pedro hubo exclamado la palabra mágica, se abrieron de golpe las puertas que daban al pasillo. Joaquín Pallarols, con su secretaria, Montse, otros dos abogados titulares y un grupito de pasantes irrumpieron a los gritos de «¡Inocente, inocente!».

Luci se hundió en su silla. Anegados en decepción, sus ojos llorosos señalaban a su jefe como al culpable de una traición. Hasta su voz sonó empañada:

—Esto es... insultante.

—Venga, niña —la consoló Pallarols—. Don Pedro no pretendía ofenderte. Sólo era una broma.

—De muy mal gusto.

—No hemos hecho más que respetar la tradición —intentó justificarse Pedro—. Todos los años le toca al nuevo. Y, en la presente edición de nuestra tradicional inocentada, la nueva, Luci, eras tú...

Hubo un coro de risas y renovados gritos de «¡Inocente, inocente!». Pedro reclamó silencio. Con una humildad que difícilmente se habría interpretado como un signo de arrepentimiento, añadió:

—El aguinaldo navideño iba en serio. Sin embargo, es posible que me haya pasado de la raya. Acepta mis disculpas, te lo ruego.

—No tiene importancia —dijo Luci.

Pero estaba al borde de las lágrimas. Su compañera Montse se acercó a consolarla.

—Se acabó la diversión —dijo Pallarols—. ¡Al trabajo, vamos!

Abogados y pasantes se dirigieron a sus despachos. Pallarols abordó a su socio.

—¿Tienes que ir hoy por el Juzgado, Pedro?

—Dentro de un rato.

—Antes quisiera hacerte una consulta.

—Házmela ya.

Joaquín bajó la voz:

—Hemos detectado una maniobra financiera que afecta a los capitales del Ducado de Láncaster. Una inversión en Singapur, con una evidente finalidad evasiva.

—¿De cuánto dinero estamos hablando?

—Mi contacto me dice que han girado a través de varias cuentas. Es difícil saber la cantidad exacta. Podría ser muy elevada.

—¿Quién dio la orden de transferir?

—Lorenzo de Láncaster, con el visto bueno del administrador de la duquesa, Julio Martínez Sin.

Pedro torció el gesto. Martínez Sin era un ultraderechista, antiguo guerrillero de aquel grupo autodenominado Cristo Rey. Habían sido particularmente violentos. Su especialidad consistía en entrar en los campus universitarios con bates de béisbol, cadenas y *dobermans* o perros lobo entrenados para morder carne de comunista. Pedro Carmen conocía a Martínez Sin de haberle visto en el banquillo. Años atrás, en Barcelona, el propio abogado había conseguido procesarle, a él y a un par de sus secuaces, por lesiones a una estudiante de la Liga Comunista Revolucionaria.

—No me gusta ese tipo.

—Ni a mí —coincidió Pallarols; quien, sin embargo, había coqueteado con la derecha radical.

—¿Sigue conservando la confianza de la duquesa?

—Eso creo.

—Me gustaría saber cuánto le estará robando.

—Algún día se sabrá.

Pedro estiró una sonrisa sarcástica.

—¿Pronto tendré que hacerme cargo de su defensa, quieres decir?

Pallarols enarcó las cejas. Las tenía finas y en pico, como vencejos gemelos.

—¿Le defenderías contra nuestros propios intereses? Tendrías que tirar de la manta y en la casa de Láncaster hay mucho que tapar.

—Buena pregunta.

—Pues respóndela.

—Lo haré: sí.

Los finos labios de Joaquín se curvaron hacia abajo.

—¿Representarías a ese arribista? ¿En serio?

Retorciéndose las manos, el Destornillador asintió.

—Todo el mundo tiene derecho a una defensa legal.

Pallarols chasqueó la lengua.

—Supongo que si alguien destripase a mi santa madre después de secuestrarla y violarla con el desatascador de los urinarios públicos de una estación de autobuses me replicarías con la misma lección de ética profesional. ¡No me contestes! —añadió en tono avinagrado.

Pedro pareció levemente desconcertado por aquel repentino ataque de mal humor de su socio. Joaquín acababa de hacer un gesto extraño, alzando y haciendo descender un brazo en el aire. Acto seguido, sin añadir nada, salió del despacho soplándose el flequillo rubio, que le daba un cierto aire nórdico. O, según decían otros, muy de su cuerda, un toque de distinción.

32

Un par de ligas color manzana

Pedro permaneció junto a la ventana, pensativo.
Desde hacía algún tiempo, Pallarols utilizaba cualquier excusa para trasladar pequeñas discrepancias, meramente anecdóticas, a terrenos más comprometidos de su relación profesional. «¿Serán celos?», pensaba Carmen. Pero no quería problemas con Pallarols. Se propuso ajustar su agenda del día siguiente para comer con su socio y tratar asuntos relativos al despacho.

Pallarols era de mejor cuna que él. Y un dandi, que se atildaba hasta resultar un tanto cursi. Joaquín solía lucir trajes italianos, hechos a medida en Roma, donde poseía un apartamento. «Mi colega tiene la exclusiva de los chalecos», solía bromear Pallarols cuando le preguntaban por el extravagante estilo de vestir de Pedro Carmen. Dependiendo del interlocutor, podía añadir: «De los chalecos y de las causas perdidas.»

Carente del talento procesal de su socio, Pallarols prefería aquellos casos que presentaban sólidas opciones de victoria. Con mayor motivo si atañían a la alta sociedad, a las grandes familias que confiaban en él como abogado y gestor. A diferencia de lo que sucedía con los Láncaster y con otras familias de abolengo a las que representaba, del árbol genealógico de los Pallarols no colgaban títulos nobiliarios, pero su clan pertenecía a la casta dirigente. El propio Joaquín era hijo de un naviero y consejero del Banco de España. Estaba casado con la heredera de un rico constructor. Pedro Carmen había oído decir que la mujer de su socio no tendría a su nombre menos de veintitantos pisos. El matrimonio Pallarols era fanático del golf, de los caballos y de los coches. Que Pedro supiera, pues los alternaba con frecuencia, aparcándolos en las plazas alquiladas por el bufete en el garaje de uno de los edificios de la Gran Vía donde se concentraban prestigiosas firmas de abogados y agentes de inversión, Joaquín poseía cuatro automóviles: dos Porsches y dos Jaguars de diferentes colores, con los que, en una insólita muestra de coquetería, solía combinar zapatos y corbatas. Pedro le había insistido en que se abstuviese de lucir esos vehículos de lujo por las inmediaciones de los Juzgados, pues la ostentación perjudicaba a la firma, pero Pallarols hacía caso omiso.

Desde el día en que decidieron asociarse, no pasaba una jornada sin que Pedro Carmen volviera a preguntarse qué tenían en común un niño bonito de Pedralbes, como Pallarols, y el hijo de un obrero comunista andaluz represaliado por el franquismo, como él.

Al margen de la sinergia económica, no había respuesta. Ambos habían estudiado en Barcelona, pero no llegaron a coincidir en la universidad. Sus carreras profesionales acabaron desembarcando en Bolscan por muy distintas razones. Fruto de su asociación, sus respectivas clientelas y cuentas corrientes habían crecido. Gracias a Pedro, Joaquín Pallarols se había introducido en la actividad financiera de los sindicatos. Merced a su socio, el otrora alternativo y laboralista Carmen había dejado de defender a obreros metalúrgicos y a delincuentes de poca monta para dar cobijo legal a las ovejas descarriadas de la clase alta, y especializarse en asuntos fiscales.

Por ese resquicio, Pedro se había colado en los palacios nobiliarios y conocido a algunos de los últimos aristócratas. Cuando Hugo de Láncaster fue detenido, su madre, doña Covadonga Narváez, consultó con varios abogados, Pallarols entre ellos. Fue precisamente Joaquín quien recomendó a la duquesa que confiara a su colega la defensa de su hijo. «Deme una razón para contratar a ese señor», le planteó doña Covadonga. «¿Una sola?», repuso Pallarols con esa fatua confianza en sí mismo que tan buen resultado le daba entre sus blasonados clientes. «Si me lo permite, le proporcionaré dos: con la toga puesta, Pedro Carmen es capaz de convertir el agua en vino; y, a puerta cerrada, es el mejor negociador que conozco, y los conozco a todos. Si hay alguien capaz de salvar a su hijo, ése es mi socio. Contrátele. No se arrepentirá.»

La mañana seguía nubosa. Una cenicienta luz deslustraba las calles de Bolscan.

La calefacción estaba al máximo. Hacía calor en el despacho. Pedro abrió una ventana y se quedó mirando una ambulancia que pasaba a toda velocidad en busca del hospital más cercano. Años atrás, los inviernos solían ser más templados, pero en las dos o tres últimas Navidades las temperaturas habían descendido. Pasó el índice por el cristal. Un leve vaho nublaba el rótulo: «Carmen & Pallarols. Abogados Asociados.» Pedro inspiró una bocanada de aire.

—Pasa a mi despacho —le dijo a Luci.

Su secretaria le siguió sonándose la nariz.

—¿No estarás llorando?

—No, señor.

—Ya te he dicho que lo siento —volvió a disculparse el abogado—. ¿Qué más puedo hacer para dejar de sentirme como un detestable machista? ¿Golpearme el pecho, arrastrarme ante ti o, en lo que sería mi peor opción, arrancarme los cuatro pelos que me quedan en el cogote?

Luci dejó de sonarse y se esforzó por sonreír.

—No le queda ningún pelo.

—La doble negación equivale a una afirmación. En este caso, y no me importaría, a una cabellera.

—Me he comportado como una estúpida, señor Carmen. De todos modos, no iba a tener un buen día.

Esa frase activó el instinto procesal del Destornillador.

—¿Ha sucedido algo que yo deba saber?

—Nada importante.

—Yo decidiré si lo es. Suéltalo.

—He discutido con mi novio.

—No sabía que tuvieses pareja.

—Soy reservada con mi vida privada. Si tengo una relación, de mí no sale.

—¿Cuál fue el motivo de la bronca?

—Cosas nuestras.

—¿Podrías ser más precisa?

—¿Y usted, menos indiscreto?

Pedro le enfocó una de sus teatrales miradas. En relación con sus actuaciones judiciales, poseía todo un repertorio. Aquélla quería decir: «Las cartas boca arriba.»

—He dicho que lo sueltes. Te sentará bien.

Ella bajó la vista.

—Íbamos a casarnos esta primavera.

—¿Y qué pasó? ¿Tu carta astral te recomendó aplazar la boda?

—No fue por mí... Me ha dejado por otra chica. Por Tere, una de mis mejores amigas.

El duro corazón del abogado pareció enternecerse con un gramito de compasión.

—¡Y nosotros con nuestra estúpida inocentada!

—Olvídelo, don Pedro. Ustedes no tenían por qué saberlo y la broma tuvo su gracia.

—El trabajo redime las penas. También las mías. Veamos mi agenda, Luci.

Ella tomó asiento frente al escritorio. Las manos del penalista desaparecieron tras una muralla de expedientes. Luci comenzó a comprobar sus citas.

—En primer lugar, a las nueve y media, recibirá al señor Tobías Marco. Su carpeta está a la derecha, con un post-it pegado.

—¿Era una reclamación por...?

—Incendio. —Pedro asintió, sin comentarios; Luci prosiguió—: A las diez, una hija del señor Vidal Prada, Ernestina...

El abogado estaba rebuscando sus gafas. Las encontró y se las puso. Bajo la desnuda bóveda de su cráneo, la redondeada montura de pasta proporcionaba a su rostro un aire intelectual.

—¿Accidente involuntario?

—Sí.

—¿Con qué resultado?

—Un peatón herido.

—¿Era un menor?

—En efecto. Un niño de once años.

Pedro leyó el expediente en zigzag.

—Está en fase de calificación. Sigamos.

—Después, a las once, recibirá a doña Matilde Rúspide, viuda. Supuestamente estafada por los socios de su difunto marido, el fabricante de galletas.

El abogado enarcó una ceja. Eran canosas, rectas y anchas, un venerable arquitrabe para las inquietas cuevas de los ojos.

—Salvo intercesión divina, hay poco que rascar. En principio, es un caso perdido, pero haremos sudar al fiscal. Y puede que doña Matilde encuentre algún documento comprometedor. Continuemos, Luci.

—A las doce, la señorita Ludmila Paraíso, detenida bajo acusación de...

—¿Es ése su nombre?

Luci se ruborizó.

—Se trata de una profesional.

El abogado se quitó las gafas y las sacudió por las varillas.

—¿De una puta, quieres decir?

—Creo que sí.

—¿Lo crees, tienes la certeza o lo sabes con seguridad? Desde un punto de vista procesal, el matiz sería definitivo.

—Esas cosas se saben.

—¿Te dio copia del carnet?

—Sí.

—Déjame ver.

Luci le entregó la ficha. El abogado había recibido a esa cliente un par de meses atrás. Conservaba el recuerdo de una mujer exótica, de pómulos como huesos de nísperos enterrados bajo la piel, pero el fotomatón la había condenado de antemano. El nombre real de esa cliente era Francisca Sobrellano. Nacida en Cuenca, veintiocho años. El letrado suspiró.

—Conquense, quién nos lo iba a decir. La llamaré Ludmila, suena mejor. Prosigamos.

La secretaria recitó:

—El resto de la mañana lo ocupará usted en los Juzgados. A la una, diligencias del caso Martín Rogado; a la una y media, cita con Aníbal Nuez, el constructor, por la fianza pendiente. A las dos y media, comida en el restaurante Los Cazadores, con el juez Toharia. Ya por la tarde...

—Sólo de pensar en la tarde me entran ganas de encerrarme en el baño y no salir ni para hacer pipí.

Luci sonrió.

—Debería relajarse más a menudo. Se está usted matando.

—Tienes razón. Pero ¿cómo evadirme? Aborrezco el deporte. La naturaleza me produce urticaria. La música, estrés. El cine, jaqueca. Para combatir las corridas de toros estaría dispuesto a sentar en el banquillo a un picador. Este despacho es mi refugio; los Juzgados, un búnker para mí. No conozco más evasión que la soñada por los presos que no he conseguido liberar. —Pedro volvió a separar los brazos, en un gesto clásico en él—. ¿Qué puedo hacer? ¿Cómo distraer mi obsesiva mente?

La secretaria depositó la agenda en el único ángulo despejado del escritorio. Se retocó la blusa y dijo:

—Conozco una fórmula para aliviar tus tensiones.

El jurista se frotó los ojos.

—¿Tengo los oídos taponados o acabas de tutearme?

Ella pasó por sus labios una húmeda barra de color frambuesa. «Su lengua», pensó él, dejándose invadir por una fuerte pulsión de clara génesis sexual.

El tono de Luci se hizo insinuante:

—Al fin hemos roto el hielo. No te imaginas cuánto tiempo hace que esperaba con ansia este momento.

Su jefe tragó saliva. «¿Ansia? ¿De qué?»

—¿Vas a seguir tuteándome?

—¿Ahora te molesta?

—Claro que no.

—Acabo de descubrir que me encanta hacerlo. ¿Pensabas que estoy hecha de algún material insensible?

—Todo lo contrario...

Ella se levantó y lo enlazó con sus brazos.

—¿No presumes de ser tan sincero? ¿Qué te impide dejarte llevar por tus instintos básicos?

—El Código Penal —apostilló él, intentando bromear. Pero ella lo mantenía ceñido a su cuerpo y la respiración del abogado se estaba acelerando como las revoluciones de un viejo motor en el torno de un taller. Buscó un poco de aire y no lo encontró: el perfume de la chica llenaba de primavera su despacho.

Los ojos de Luci no se desliaban de los suyos.

—No estamos hablando de trabajo, Pedro. Más de una vez te he sorprendido mirándome las piernas. ¿Quieres ver lo que llevo debajo o prefieres reservarte para esta noche?

El penalista se pasó la mano por la calva. Gotas de sudor perlaban su frente. Farfulló:

—¿Vamos a salir a cenar?

—He reservado en tu restaurante favorito, el Matusalén. Espero no desperdiciar la velada con un anciano. ¡Demuéstrame que todavía eres un macho joven y lleno de vigor!

La chica lo estrechó aún más y, en un arranque de pasión, le ofreció los labios. El Destornillador recordó su edad: veintitrés. ¿La suya? Cincuenta y siete. A dos centímetros de su boca masculló:

—Debo de estar soñando.

—Tú eres el sueño, Pedro. Para cualquier mujer.

—No es cierto. Soy feo, calvo...

Ella le hizo sentarse y mimosamente se acomodó en el brazo de la butaca. Las yemas de sus dedos se aplicaron a desabotonarle el chaleco.

—Me encantan tus camisas de seda.

—Si a ti te gustan...

—Prefiero tu piel.

El abogado notó la boca seca.

—Tengo la espalda llena de pelos.

—Me atraen los hombres rudos.

—Hace meses que no hago el amor. ¡Qué digo! ¡Años!

—Yo te pondré al corriente.

La falda de la chica resbaló al suelo. Con la sangre alborotada, Pedro se enfrentó a un conjunto de ropa interior de color manzana, con dos ligas ciñendo unos muslos de inesperada rotundidad.

—¡Alguien tendría que detener esto...! ¡Ten compasión, Luci, por el amor de Dios!

La secretaria sonrió.

—Sólo existe una manera de echar el freno.

—¿Cuál? ¡Rápido!

—Grita conmigo: ¡Inocente!

La puerta del despacho se abrió para dejar paso a un río de colegas en mangas de camisa, que reían como posesos.

33

Noticias del Supremo

Abochornado, Pedro agarró el expediente de Ludmila Paraíso y se lo incrustó en el regazo para disimular su erección. Luci se había tapado y reía con ganas en compañía de Montse, la secretaria de Pallarols. Éste lo hacía desencajado, sujetándose las caderas. Superada la primera oleada de humillación, Pedro decidió tomárselo con deportividad. La risa acudió a su garganta y compartió el jolgorio general hasta que otra de las secretarias entró para entregarle un sobre certificado.

—Acaba de llegar, señor Carmen. Parece urgente.

El abogado desgarró el sobre. A sus expertos ojos, acostumbrados a evaluar y calificar en un breve lapso de tiempo, determinadas frases del documento brillaron como subrayadas por una mina de luz. Esgrimió la primera página, en la que se veía el sello del tribunal.

—¿Qué es esto, otro chiste?

—¿A qué te refieres? —preguntó Pallarols.

—A esta sentencia del Tribunal Supremo declarando inocente a Hugo de Láncaster. ¡Si es otra inocentada, tiene maldita la gracia!

Se hizo un silencio. En el bufete nadie ignoraba el particular empeño de Pedro Carmen con el caso Láncaster, en el que había batallado hasta la extenuación. Algunos pasantes habían intervenido en la redacción del recurso de casación. Todos pensaban que iba a ser desestimado, pero ese pronóstico no había descorazonado al Destornillador. El recurso, elevado ante el Tribunal Supremo, no incluía nuevas pruebas. Volvía a incidir en el carácter indiciario de las reunidas por la acusación, desde el punto de vista de la defensa meramente circunstanciales, y cuestionaba el grado de fiabilidad de los análisis de ADN, así como la supuesta correspondencia entre la aleación de acero y fibra del palo de golf presentado como prueba y la viruta metálica incrustada en la herida del cráneo de la víctima, esquirla que era de hierro. Sin mencionar errores de procedimiento en la toma de declaraciones y recogida de huellas, y de una investigación policial que, en su conjunto, la defensa consideraba confusa, estaba también esa punta de uña clavada en la mejilla de la mujer muerta que no coincidía con las garras de la pantera abatida cerca del aprisco.

La verdad se fue abriendo paso. Pallarols se puso a aplaudir. En seguida, el resto le imitó. Pedro volvió a enrojecer, pero esta vez de placer. Comprobó que el documento había sido remitido a las partes desde el alto tribunal y leyó en zigzag las conclusiones de la sentencia. Su sonrisa brilló.

—¡Hemos ganado!

Pallarols le palmeó la espalda. Pedro buscó a su secretaria con la mirada:

—Hazme un favor, Luci. Ponme con el director de la prisión de Santa María. Es urgente.

—¡Esto hay que celebrarlo! —propuso Joaquín—. ¡No todos los días sacamos de la cárcel a un grande de España!

Pedro asintió, orgulloso.

—Lo mojaremos esta noche, decidid dónde. Invito yo. ¡Acusaré de desacato al que falte!

—¿Desea que me arregle para usted? —preguntó su secretaria, despertando nuevas risas—. ¿Me pongo algo especial?

—Vuelve a usar ese liguero, Luci, y me arrojaré sobre ti como un tigre hambriento.

—¿Se trata de una amenaza o de una promesa, señor Carmen?

El abogado sonrió, rejuvenecido por el triunfo.

—Pedro.

—Está bien —convino ella.

—¿Nada de señor Carmen, en adelante?

—No.

—¿Nada de don Pedro?

—No.

—¿Sólo Pedro?

—Como tú quieras.

—Eres maravillosa, Luci. Un día de éstos deberías casarte conmigo.

El despacho estalló en otro jolgorio. Luci replicó, sin dejar de coquetear:

—¿Y destruir su mito de soltero de oro? Le contestaré después de pasarle esa llamada.

—Gracias. Y también a todos vosotros —añadió el abogado, con una emocionada sonrisa—. No hay nada que me guste tanto como compartir el éxito. Gracias, de corazón. Sois...

Le escocían los ojos. No pudo seguir. Prefirió retirarse hasta dominar sus sentimientos y poder enfocar con frialdad la nueva situación de su cliente.

¡Hugo de Láncaster, libre!

Era uno de los mayores éxitos de su carrera. Al no esperarlo casi nadie, el triunfo todavía resultaba más valioso. Se debía a su constancia, pero también a la firmeza de su cliente. Ni siquiera en sus momentos más negros el barón había dejado de proclamarse inocente.

Sin embargo, y pese a la euforia que le embargaba, Pedro se preguntó al ocupar su butaca: «¿En serio has llegado a tragarte que no la mató?»

No tuvo tiempo para reflexionar. El teléfono sonaba. Luci le comunicó:

—Le paso a don Juan Bandrés, director de la prisión.

Pedro cerró los ojos para concentrarse en lo que iba a decirle, pero se vio a sí mismo en la cárcel, en el ala sur de Santa María de la Roca, estudiando en su catre libros de Derecho con un ojo morado por las palizas que le pegaba otro preso de su edad. No tuvo entonces la suerte de contar con la ayuda de un buen abogado.

—¿Señor Bandrés? Soy Pedro Carmen. Represento al barón de Santa Ana.

—Lo sé.

—¿Sabe también por qué motivo le llamo?

—Supongo que disponemos de la misma información. Canten victoria, de momento.

Pedro se amostazó.

—¿Sólo por ahora?

—Algunos pájaros echan a volar —salmodió Bandrés—, pero dejan atrás el nido. Tampoco se está mal aquí. Usted lo sabe por experiencia.

El abogado encajó el golpe. Al ser provocador por naturaleza, y llevar fama de ello, de vez en cuando se le volvían las tornas y recibía una inesperada dosis de su propia medicina.

La conversación siguió en un tono más formal, aunque sin abandonar ese juego del gato y del ratón típico del mundillo penitenciario. Al colgar, el abogado se mostraba satisfecho. Finalmente, y como no podía ser de otra manera, el alcaide se había mostrado dispuesto a colaborar.

La puesta en libertad de Hugo de Láncaster era cuestión dc horas.

34

Un enfado de Buj

Lo que aquella misma mañana, 28 de diciembre de 1991, había sucedido en la Jefatura Superior de Policía de Bolscan tardaría mucho tiempo en ser olvidado.

La semana anterior, un comité de disciplina celebrado en la sede de la Dirección Nacional, en Madrid, había decidido cesar en su cargo al inspector jefe Ernesto Buj Guisol.

Algunas de sus últimas actuaciones, sus abusos de poder, sus más que discutibles y, a menudo, violentos métodos, habían colmado la paciencia de una cúpula policial que pretendía modernizar el Cuerpo, eliminando las últimas rémoras de la etapa franquista.

Para desempeñar en adelante la jefatura del Grupo de Homicidios, la reunión de mandos resolvió nombrar a la subinspectora Martina de Santo, a la que se ascendía al grado de inspectora. Se acordó asimismo que, previamente a su publicación en el boletín, el cese le fuera comunicado al interesado, al propio Ernesto Buj, por el comisario Conrado Satrústegui, su jefe directo.

El comisario decidió coger el toro por los cuernos y pasar el mal rato cuanto antes. Al día siguiente de esa reunión en Madrid, su secretaria citó al inspector.

Lo hizo a una hora poco habitual. Eran las diez y cuarto de la mañana del día de los Santos Inocentes de 1991 cuando Ernesto Buj entró al despacho del comisario Satrústegui. Seguramente pensaba que lo hacía para recibir la encomienda de algún servicio especial.

El Hipopótamo se había sentado enfrente de su superior cuando Satrústegui le soltó la noticia sin introducción ni prólogo, como una ducha fría.

Buj se dio una palmada en el muslo y se echó a reír:

—¡Muy ocurrente, comisario!

Satrústegui lo miraba con cara de funeral. El inspector dudó:

—Se trata de una inocentada, ¿verdad?

El comisario no había reparado en la fecha y la maldijo para sí. Tenía tanto trabajo que no sabía en qué día vivía.

—Me temo que va en serio, Ernesto.

Buj se lo quedó mirando con una enconada expresión. El labio inferior se le aflojó y sus astutos ojillos se entornaron hasta quedar reducidos a dos rayas del mismo brillo feroz con que debía de estar esculpida y pulida su alma.

—¿Por qué me hacen esto, comisario?

Un vacilante Satrústegui vertebró como pudo la respuesta que traía preparada. Estaba nervioso y echaba balones fuera mientras las punteras de los zapatos de un cada vez más tenebroso Buj rascaban el linóleo del suelo, como un toro bravo a punto de embestir.

—¿Por qué?

Satrústegui le pidió comprensión:

—Se trata de adelantar su jubilación, simplemente. No vea fantasmas. A todos nos tocará.

Pero Buj, que ya debía de estar proyectándose a un

banco de la Gran Vía, sin nada que hacer, con su perro, *Cisco*, buscándoles las cosquillas a los chuchos de otros jubilados, no iba a rendirse tan pronto. Se engalló. Sacó a relucir sus méritos, sus éxitos. ¿Quién había organizado el Grupo de Homicidios? ¿Quién, a lo largo de los últimos años, de las últimas décadas, había solventado los casos más peliagudos, desde aquel del Piscinero, el socorrista que ahogaba a sus víctimas, a la detención de un comando etarra que hacía seguimientos al alcalde de Bolscan con vistas a pasaportarlo al otro barrio?

—¿Le sigo refrescando la memoria, comisario? —vociferó el inspector, fuera de sí—. ¿Hablamos del caso Láncaster? ¿Quién lo habría solucionado, esa señorita De Santo protegida de usted?

Satrústegui no estaba preparado para su incontrolada explosión. Había supuesto que Buj terminaría aceptando, mal que bien, su tránsito laboral. Nada más lejos de sus previsiones que la escena fuese a degenerar en un motín.

Pero el Hipopótamo estaba fuera de sí. En medio de una rociada de saliva, disparó al comisario un torrente de reproches. Cuando se hubo quedado sin aliento, le arrojó al escritorio la pistola y la placa.

Satrústegui no se movió. Permaneció sentado, rígidos los músculos del cuello. Cuando estalló la traca final se le incendiaron las pupilas, pero tampoco se movió de su butaca. Loco de ira, el Hipopótamo se levantó de su silla, la tiró y fue de un lado a otro del despacho, vociferando, amenazando al comisario con escandalosas revelaciones y con llevarse a más de un político por delante.

Salió de tal portazo que los cristales de las ventanas temblaron como si un caza de combate acabase de sobrevolar los tejados de Jefatura.

35

Toro Sentado

En el bar de la prisión de Santa María de la Roca, un viejo presidiario limpiaba la barra. Pilas de vajilla sucia le esperaban en el fregadero.

La cafetería no tenía ventanas. Su planta rectangular, baja de techos, olía a dormitorio comunal. A cuadra.

El espacio resultaba claustrofóbico. Dos hileras de focos lo iluminaban entre ocho de la mañana y ocho de la tarde. «Es como una granja de pollos», se había quejado Hugo de Láncaster, la primera vez que entró allí. «De pollas, dirá usted», le había replicado Pepe Montero, un carterista de Almería con fama de contar buenos chistes.

Gestionado por los presos, el bar se mantenía abierto durante todo el día. Sólo cerraba entre las dos y las tres de la tarde, coincidiendo con el horario de la comida. No se servía alcohol.

Eran, sin embargo, las dos y media de aquel 28 de diciembre de 1991 y todos los presentes, incluida una pareja de celadores, estaban consumiendo bebidas alcohólicas.

Al fondo, en la mesa habitual, la partida de póquer llevaba disputándose desde las dos y cinco minutos. Como de costumbre, los jugadores eran tres: Rodrigo Roque, un promotor inmobiliario condenado por estafa múltiple, el narcotraficante gallego Marcos Mariño y el barón Hugo de Láncaster.

Además de ellos, en la cantina había un par de reclusos. Cada uno ocupaba una mesa distinta, separadas entre sí. No hacían nada especial, pero no dejaban de observar a los jugadores.

De esos dos presos, el más próximo a la barra, Ramón Ocaña, tenía un aire agitanado y ojos vivos de los que emanaba una sensación de peligro. Penaba por varias violaciones y una muerte, la del marido de una de sus víctimas, que le sorprendió agrediendo a su mujer en el garaje de su casa. Ocaña le arrancó una oreja de un mordisco y después lo estranguló, mientras la mujer huía a denunciarle.

El otro preso, Óscar Domínguez, alias Toro Sentado, destacaba por su envergadura.

En el presidio habría sido difícil encontrar a otro hombre capaz de enfrentársele. Sentado o de pie, Toro tenía manos como guantes de portero de fútbol y hombros cuadrados que seguía esculpiendo en el gimnasio de la prisión. En su época de luchador, llegó a ser campeón de España. Había inventado una llave mortal de necesidad: «la pajarita». Tras derribar a sus rivales, los inmovilizaba sobre la lona. Les cruzaba los brazos detrás de la espalda y, sentándose sobre sus lomos (de ahí, su sobrenombre artístico), les presionaba la nuca hasta que sus huesos crujían como si fuesen a partirse por la mitad.

En un portal del Barrio Chino de Barcelona, con esa misma llave, con la «pajarita», Toro Sentado le había roto el cuello a un boxeador de peso wélter que había cometido el error de liarse con su mujer. El infortunado púgil no murió de puro milagro, pero ya no volvió a subir a un ring. Desde una silla de ruedas, lo tenía difícil. En cuanto a la mujer de Toro, la paliza que recibió de su marido necesitó cirugía estética y reconstrucción facial.

A Óscar «Toro Sentado» Domínguez le habían caído ocho años, de los que llevaba cumplidos la mitad.

Como recluso, su comportamiento en Santa María de la Roca había sido ejemplar. Su abogado alimentaba fundadas esperanzas de obtener en breve el tercer grado para él. Y, en pocos meses, su libertad.

36

Póquer en la cárcel

A escasos metros de Domínguez y Ocaña, dos celadores, Manuel Arcos y Rafael Cuevas, conocidos entre los reclusos como Copito de Nieve y Chita (para los presos, todos los funcionarios, empezando por Kong, el director, eran «monos»), conversaban en la barra de la cafetería, alargando unas cañas de vino tinto con gaseosa. Se estaban quejando de lo cara que resultaba la Navidad para sus modestas economías familiares.

—Quería regalarle un abrigo nuevo a mi mujer, pero los Reyes Magos me han hecho un roto —estaba lamentándose Rafael Cuevas.

Tenía una boca terrible, con las palas dentales hacia afuera. La chata nariz le daba un aire entre femenino y simiesco, de ahí su infamante apodo de Chita.

—Y todavía falta por llegar la factura del otro manirroto, el del trineo —sumó.

—¿Papá Noel? —adivinó Arcos tras un corto pero intenso esfuerzo mental.

—Ese capullo, sí.

—¡Deja de llorar, compañero! ¿Sabes qué es lo bueno de las familias numerosas?

—Tú dirás.

—Que se fornica cantidad. ¿Y quieres saber qué es lo malo?

—Tú dirás.

—¡Que siempre es con la misma! —rio Arcos.

Las entendederas de Cuevas llevaban fama de cortas. No acabó de pillar el chiste.

—¿Y eso qué tiene de malo?

—Déjalo, Rafael, y sigue con el del trineo.

Cuevas pinchó unos berberechos con el palillo.

—Pues verás, Manolo. Papá Noel tenía cinco cartas que atender. No creas que los chicos de hoy en día se conforman con balones de fútbol. Ni las niñas, con muñecas. El sueldo se me va en Scalextrics y karaokes.

Comprensivo, Manuel Arcos hizo aletear sus blancas pestañas. La cruda luz de los focos resaltaba su extraña cara con una maquillada blancura. Una epidemia de pecas se repartía por su albina piel. Le estaban saliendo unas misteriosas manchas, como pardos lunares de los que brotaban vellos tiesos como alambres. El médico le había prohibido tomar el sol. Arcos no se lo había dicho a nadie, pero temía agarrar un cáncer de piel. Ese pánico le provocaba una ansiedad que le hacía comer sin control. En los últimos tiempos, había engordado. El estómago le oprimía la chaquetilla. Su pistola colgaba bajo un flotador de grasa.

—Cinco bocas, ahí es nada.

Una resignada expresión entristeció el rostro, ya de por sí apagado, de Rafael Cuevas. «Pone el mismo morrito que la mona cuando parece que se la vaya a chupar a Tarzán», decía Pepe Montero, el showman oficial de las Nocheviejas, haciendo reír a los demás presos. Cuevas le confió a su colega:

—Y la cosa no se para ahí, Manolo. Estamos embarazados.

Por respeto a la noticia, Arcos dejó de rascarse un sobaco.

—Me enteré hace cuatro días —explicó el futuro padre—. Mi socia, la Paca, se ha hecho la prueba.

—¡Enhorabuena, machote!

—Casi preferiría que me dieses un préstamo. O algún consejo.

El celador albino se echó a reír.

—¿Nunca has oído hablar de la marcha atrás?

—¿Qué es eso, un anuncio de coches?

—¿En qué mundo vives? Ya sabes, una retirada a tiempo...

A Cuevas le llevó un rato cogerlo. Cuando cayó, chasqueó los dedos.

—Eso es fácil de decir. Pero en cuanto he puesto la quinta, no hay quien me pare...

—Fíjate en mi parejita —le invitó Arcos—. Niño y niña, punto. Producto de la tracción y de la marcha atrás. Freno, aceleración...

—¡Eh, vosotros, traednos unos whiskys!

Ambos guardianes se volvieron. Un congestionado Rodrigo Roque les dirigía gestos desde la mesa de póquer. Pese a reclamar más bebida, el promotor tenía el vaso medio lleno. Los ojos le ardían, febriles.

—Ya está cocido —susurró Cuevas—. Éste sale a tracción, pero en carretilla.

—¿Me habéis oído, monos? —siguió vociferando Roque—. ¡A mover los culos!

—¿Qué pasa con su educación? —le repuso Arcos, también a gritos.

Sin embargo, el celador indicó al viejo preso de la

barra que sirviera una copa. Como por arte de magia, una botella de whisky apareció bajo la fregadera. El propio Arcos, haciendo de camarero, acercó el vaso al tapete.

Roque le espetó:

—¿Y los demás señores, qué, Copito? ¿No se les atiende?

Marcos Mariño empezó a protestar; también él quería otra ronda. Hugo de Láncaster ni siquiera se inmutó. El barón se limitaba a fumar y a estudiar sus naipes.

—Ya lo has oído, Copito —gruñó Roque—. ¡Aire!

El obeso cuerpo del guardián se balanceó con aire burlón.

—¿Tomarán los señores una docenita de ostras? ¿Un bogavante, una centolla?

Roque lo miró con irritación.

—¿De qué vas, gorila? ¿Eso no será una seña?

—Aquí el único tramposo es usted.

El promotor arrojó las cartas contra la mesa. Los vasos tintinearon.

—¿Me vas a hablar tú de honradez?

Al ver que había bronca, los dos presos que observaban la partida se levantaron y se acercaron a los jugadores y al celador. El otro guardia, Cuevas, se movió en la barra lo justo para cortarles el paso. Roque había aferrado por las solapas a Manuel Arcos.

—Tu sobre... —le pareció oír a Cuevas. La voz cavernosa de Roque, condenado por estafar a sus compradores de pisos baratos e, indirectamente, por causar, al derribarse uno de los edificios, la muerte de uno de sus clientes, prosiguió rugiendo—: ¿Y sabes lo que te digo, Copito? Que te lo doy muy a gusto. Es mi política social, la que no practica tu gobierno. A cambio, exijo calidad. La misma que siempre garantizó mi inmobiliaria. —Su rabia se desbordó—: ¿Qué estoy haciendo aquí? ¿Qué culpa tengo yo de que se hundiese un puto suelo? ¡Malditos jueces!

Arcos le permitió desahogarse. Una tarde y otra tenían lugar escenas parecidas. Era puro teatro, un sucedáneo de las diversiones a las que estaban acostumbrados cuando disfrutaban de libertad. Mafiosos de la construcción como Rodrigo Roque o capos como Marcos Mariño no podían disfrutar allí, en Santa María de la Roca, de lujos, mujeres, comidas en restaurantes donde un menú costaba lo que el presupuesto semanal de la cesta de la compra de la familia de un funcionario de prisiones, pero se divertían bebiendo, apostando al póquer y provocando a sus guardianes. Cuando se pasaban de la raya, éstos, sabiendo perfectamente que incluso esa actitud formaba parte del juego, les llamaban al orden.

De hecho, Arcos acababa de sentar de un empujón al constructor. Roque trastabilló con la silla. Toro y Ocaña intentaron de nuevo acercarse a la timba. El celador Cuevas les cerró el camino, esgrimiendo la porra.

—¡Vosotros, al pabellón!

—¡Que te jodan, Chita! —masculló Ocaña—. Es lo que te va, por delante y por detrás.

—¡A callar, escoria! —le ordenó Cuevas—. ¡Cada uno a su celda!

Ambos reclusos se retiraron con caras largas, pero sólo hasta la entrada del bar. Encendieron cigarrillos y se quedaron fumando uno a cada lado de la puerta.

Rodrigo Roque había vuelto a acodarse al tapete y repartía cartas. Tampoco esa vez se iba a desbordar el río. Todos conocían los límites. La cuerda podía tensarse; romperse, en ningún caso.

Más tranquilo, Arcos regresó a la barra, junto a Cuevas.

—No son malos chicos. Los hemos tenido peores. De

vez en cuando se aceleran, pero saben dar marcha atrás. No como tú, pardillo.

—¿Te refieres a...?

El albino hizo un gesto obsceno.

—Freno, aceleración, freno...

En ese momento, la puerta de la cafetería se abrió de par en par. Con traje negro y corbata de respeto, como si regresase de un funeral, hizo su entrada el director del centro, Juan Bandrés.

—Es Kong —susurró Marcos Mariño, barriendo el tapete con la mano para retirar los billetes.

Los celadores quedaron paralizados. Era la primera vez en mucho tiempo que Bandrés pisaba la cantina. «Y justo va a descubrir el pastel», pensó Arcos. Los apostantes había retirado su dinero, pero no los naipes. Se miraban, sin saber qué hacer. Pero el director no había ido a imponer castigo alguno. Su voz sonó neutra, casi amable:

—¿Querría acompañarme a mi despacho, señor Láncaster?

El barón se incorporó. Su rostro expresaba ansiedad.

—¿Hay noticias para mí?

Bandrés repuso, cauto:

—Es posible.

—¿Relativas a mi apelación? Mi abogado me ha dicho...

El director se limitó a indicarle que le siguiera. Al salir al patio, Hugo tuvo la vertiginosa sensación de que el tiempo se aceleraba hacia atrás. Se vio a sí mismo a los veintiocho, a los dieciocho años, y también en algún momento de su perdida infancia, corriendo con un pantalón corto y sandalias de cuero y sonriendo con una especial complicidad a su prima Casilda cuando cazaban ranas en el estanque del palacio o pescaban cangrejos en el río Turbión, lanzando las nasas debajo del Puente de los Ahogados. Su cabeza daba vueltas. Preguntó, con un nudo en la garganta:

—¿Van a soltarme?

El alcaide se hizo el sordo. Hugo tuvo que esforzarse para conservar la calma.

—Contésteme, se lo ruego.

Bandrés le anticipó, a regañadientes:

—Iba a comunicárselo en mi despacho, oficialmente, pero... Las próximas serán sus últimas horas en prisión.

La sonrisa del barón brilló.

—Era lógico. Soy inocente.

—El Supremo le ha dado la razón. Saldrá libre en cuanto hayamos resuelto los trámites necesarios.

Hugo se echó a reír suavemente.

37

El final de algo grande

Una vez que el comisario le hubo comunicado su cese, el sargento Buj salió de la Jefatura Superior como un toro herido. Ni siquiera se daba cuenta de que arrastraba su barata americana de cuadros. El nudo de la corbata se había aflojado en torno a su cuello de campesino e iba, pese al frío, en mangas de camisa.

Entró al bar El Lince, la tasca que hacía chaflán con el edificio policial, y reclamó al camarero:

—Un Sol y Sombra, Perico.

No eran las once de la mañana, ni el primer combinado que ese día despachaba el inspector. Solía desayunar en su casa apenas un café con leche y cuatro galletas, reservándose para, después de la reunión matinal del Grupo de Homicidios, almorzar debidamente en El Lince: huevos fritos con morcilla y panceta de cerdo empujados con media botella de tinto, café negro y un Sol y Sombra, brandy y anís para cauterizar el esófago y la bilis que algunos le hacían tragar.

—¿Sabe qué día es hoy, inspector? —le preguntó el camarero.

El Hipopótamo había cogido el *Marca* y miraba la portada del diario deportivo con expresión ausente.

—¡Los Santos Inocentes! —exclamó Perico, sonriéndole de oreja a oreja—. ¿Se acuerda de la que le prepararon el año pasado? ¡Seguro que hoy le espera otra buena!

Desde hacía unos cuantos años, sus hombres de confianza, Cayo Matutes o Fermín Fernán, entre otros, solían gastarle alguna inocentada. La Navidad anterior, sin ir más lejos, Matutes se las había arreglado para meterle en el bolsillo un sobre con recortes de tías en pelotas y un bono-invitación del Ero's Club, un bar de alterne donde los polis eran bien recibidos. Al sacar la cartera para pagar una ronda, al Hipopótamo se le había desparramado el contenido de ese sobre, con todas aquellas fotos guarras de *strippers*. Los agentes se habían hartado de reír, pero a Buj no le había hecho ninguna gracia y quizá por eso no había devuelto el bono-invitación del Ero's Club.

—Tengo el cupo cubierto. El comisario acaba de gastarme una broma muy pesada —murmuró, liquidando la copa de un solo golpe—. No estoy para juergas, Perico, pero sí para otro trago.

El camarero cerró la boca y le sirvió. Sobradamente sabía cuándo le cambiaba el humor a aquel cliente de toda la vida. Había visto al inspector ascender, engordar, emborracharse cuando las cosas le iban mal. Perico no conocía a su mujer ni a sus hijos, de los que Buj jamás hablaba. No sabía dónde vivía ni cuál era su equipo de fútbol. Se limitaba a atenderle, a cobrarle y sonreír, a intercambiar con él y con los otros policías chascarrillos, chistes, informaciones de última hora sobre los fichajes del Real Madrid o ácidas críticas al político de turno, socialista, por lo general.

El inspector cogió su segundo Sol y Sombra y fue a sentarse en la mesa del fondo, junto a la máquina tragaperras. Perico sabía que, mientras permaneciera allí, nadie se acercaría a jugar, pero no iba a protestar por ello.

Esa segunda copa le duró bastante al inspector. Todo el tiempo el Hipopótamo estuvo acariciando el filo del vaso con su dedo pulgar y mirando hacia fuera, hacia los coches que cada tres minutos exactos se detenían frente al semáforo en rojo para dejar paso a una avalancha de peatones que se dirigían a la Jefatura Superior o a cualquiera de los edificios colindantes, muchos de los cuales, a esa altura de la avenida, eran también de carácter público o administrativo. Buj encendió un Bisonte, cuyas hebras se le pegaban a los dientes, y siguió fumando, ensimismado, y consumiendo a sorbitos su copa hasta que otro inspector entró al establecimiento.

Era Villa, de Robos, con quien el Hipopótamo no tenía buena ni mala relación.

Buj no le saludó. Villa se disponía a hacerlo, pero, al intuir, de un vistazo, por la avinagrada cara de su colega, que el horno no estaba para bollos, cogió el *Marca* y se fue a leerlo a la otra punta de la barra. Buj levantó una mano. Su voz le llegó al camarero filtrada por la sintonía de la máquina tragaperras.

—Hazme un café y un favor, Perico: le pones unas gotas de Anís del Mono.

Entre las once y media y la una, la mano de Buj se fue elevando con rutinaria frecuencia. Llevaba cinco revueltos y otros tantos anisados cafés cuando el agente Fernán apareció en El Lince.

—Inspector...

—Ya no, Fermín. Ya no.

—¿Cómo dice?

—Acabo de entregar mi pistola y mi placa. Estoy acabado. Desde hoy, soy un simple civil. Un don nadie.

Fefé esbozó una mueca de solidaridad. Los últimos veinte años de su carrera los había pasado junto a Buj. El

Hipopótamo le había enseñado sus mejores trucos: cómo manipular pruebas, cómo pegar duro en los interrogatorios sin dejar huella, cómo cerrar un caso abierto.

La papada del inspector tembló a causa del odio.

—Y todo por una mujer, Fermín. Por esa Martina de Santo que de santa no tiene nada.

El Hipopótamo le puso al corriente. Se había orquestado en su contra una operación de altos vuelos políticos. El comisario Satrústegui había picado el anzuelo, escuchando a quien no debía y juntándose con demasiado comunista.

—Cuánto lo siento, jefe —dijo Fermín. Le estaba escuchando de pie, sin atreverse a tomar asiento junto a él. Agregó, con respeto—: Con usted se va una época.

—Lo puede jurar —asintió Buj—. A partir de ahora, todo cambiará para mal. El brazo de la ley será una fuerza represiva. Llevar uniforme, un deshonor. Los chorizos cumplirán la cuarta parte de sus condenas en celdas con aire acondicionado y televisor en color. Dentro de poco, les pondrán jacuzzi. ¿Y sabe qué haré yo? ¡Un gran corte de mangas! ¡Brindar por el caos! ¡Salud!

El Hipopótamo pidió una nueva ronda para convidar a su colega. Fermín se sentó a su mesa y se atrevió a darle la noticia para la que había ido a buscarle al bar:

—El caos ya está aquí, inspector.

—¿Por qué lo dice?

—Han soltado a Hugo de Láncaster.

El inspector se lo quedó mirando con ojos alucinados:

—¡No es posible!

—El Tribunal Supremo ha modificado el veredicto de la Audiencia Provincial.

—¿En base a qué?

—Desconozco la sentencia, que debe de estar recién

promulgada. Pero la noticia saltará pronto a la calle. Y Láncaster también.

—¿Cuándo sale ese cabrón?

—No lo sé, inspector.

—¡Esto me huele a cohecho!

Fernán frunció el entrecejo.

—Algo muy fuerte ha tenido que pasar para que lo suelten.

—Yo le diré qué, Fermín. Nepotismo. Corrupción. Inversión de valores. El final de algo grande y el principio de nada.

Fefé consultó su reloj.

—Tengo que practicar una diligencia, inspector, pero déjeme invitarle a comer.

Buj se levantó, un poco inseguro. Su aliento olía a matarratas.

—Se lo agradezco, Fermín. Es usted buen policía y mejor amigo. Puedo estar a las dos y media en la Taberna del Muelle.

El agente se mostró conforme.

—Nos encontraremos allí. Mientras tanto, que pase el resto de la mañana de la manera más agradable posible.

Buj enarboló un puño.

—¡Sólo disfrutaría de verdad moliéndoles los huesos a unos cuantos de esos cagatintas!

38

Ángeles pintados

Fernán insistió en pagar las últimas consumiciones y regresó al trabajo.

En medio de su confusión, Buj alcanzó a comprender que estaba demasiado borracho para seguir allí, tan cerca de Jefatura, y salió a la calle.

El cerebro del Hipopótamo se anegaba en una turbia corriente de odio. En aquellos momentos, habría sido capaz de cualquier cosa.

Decidió caminar avenida abajo. A medida que se aproximaba al centro le llegó con mayor intensidad el pútrido olor de las algas que el mar arrojaba a las playas cercanas. Las aguas de la bahía de Bolscan estaban infestadas de esas repugnantes lechugas marinas, como las llamaba él, que los japoneses importaban para comérselas tan crudas como las propias merluzas.

La mañana era desapacible. Soplaba el viento. Los pocos cafés que se habían animado a montar terrazas se habían apresurado a recoger los veladores por miedo a que los toldos saliesen volando. Hacía fresco, pero Buj sólo sentía su furia interior, un reprimido grito de justicia que le reivindicaba ante todos esos ciudadanos que pasaban a su lado, indiferentes a su desgracia, egoístas y ajenos, pero cuyos negocios él había vigilado, cuya seguridad él había procurado, a cuyos hijos e hijas él había ayudado a crecer arrancando de su camino las malas hierbas y combatiendo la delincuencia y la droga. Y ahora, ¿qué? ¿Quién se lo agradecía? ¿Los comisarios, los jueces? ¿Quién iba a reintegrarle su dignidad y su puesto de mando?

—¿Tú? —le espetó a un hombre uniformado que, al doblar la esquina de un edificio de piedra, había surgido ante él, como de la nada.

Sin darse cuenta, en su errático caminar, el inspector había llegado al Museo de Bellas Artes. El vigilante de ese centro le detuvo sin miramientos.

—¿Adónde va usted?

El inspector se llevó un índice a los labios. La voz le sonó beoda:

—¡A callar, cojones!

De repente, el guarda del museo identificó a Ernesto Buj. Años atrás, había sido policía. No llegó a servir en su departamento, pero sabía quién era.

—Lo siento, señor Buj. No había caído. ¡Hace mucho que no le veía!

También la mente del Hipopótamo, pese a su neblina, le había puesto apellido.

—¿Pujal?

—El mismo.

—¡Condenado catalán! ¿Cómo te va?

—No me puedo quejar.

—Te sentaba mejor el otro uniforme. El de verdad.

El vigilante se envaró.

—Ahora estoy en esto.

—Y yo me alegro, hijo.

Buj señaló al interior. Él jamás iba a museos. La última

vez que había estado en uno se debió a que se habían cargado a la vigilante nocturna, la habían desollado y abandonado sus restos sobre una maqueta que imitaba la piedra sacrificial de los altares aztecas.*

—¿Qué tenemos ahí dentro?

—Cuadros, estatuas... Cosas así.

—¿Tiene interés?

—No para mí.

El Hipopótamo contempló con desgana el vestíbulo. Las réplicas de una cariátide y de un César sin cabeza daban la bienvenida a aquel mundo de silencio.

—¿Hay gente?

—Aquí casi nunca entra nadie.

—¿No hay ruidos? ¿Sólo paz espiritual?

El vigilante se había dado cuenta de que Buj iba bebido. No obstante, decidió contestar:

—En toda la ciudad, no encontrará un lugar más tranquilo.

—En ese caso, dame una entrada.

—Es gratis.

Una taquillera de sonrisa administrativa le cortó un ticket simbólico.

Buj entró. Efectivamente, no había un alma. Todos los pasillos y escaleras le parecieron iguales, por lo que se limitó a seguir las flechas que indicaban el orden de las colecciones. El Hipopótamo subió resoplando unas escalinatas de mármol y se sentó en el banco central de una sala dedicada a los maestros primitivos.

Románicas vírgenes y góticos ángeles armados con flamígeras espadas flotaban en una luz eucarística. Un te-

* Alusión a *La mariposa de obsidiana*, un caso anterior de Martina de Santo.

nue resplandor iluminaba sus rostros, las túnicas de seda, sus coronas y cinturones de oro.

El arcángel San Miguel abatía al demonio. Buj sonrió a este último. Había más diablos en otros cuadros. Atrapados en sus terrores infantiles, rojos y negros, con húmedas fauces y pezuñas de macho cabrío, le hicieron rememorar sus oraciones al angelito de la guarda.

Su madre nunca le permitía cerrar los ojos sin haberle rezado al ángel custodio y al Niño Jesús. Lo hacía de rodillas, sobre un suelo helado, de baldosín, mirando hacia el cabezal de hierro del que pendía un escapulario. «Ángel de la guarda, dulce compañía...»

Los Buj vivían en el barrio del Horno, el más pobre de la ciudad. Francisco, el padre, trabajaba para la empresa municipal de limpieza. En el colegio, el pequeño Buj tuvo que oírse más de una vez que era el hijo del basurero. Su padre fichaba de noche y dormía de día. Sus ropas de faena olían a pescado podrido. Era inútil que se bañase a diario o que su madre le comprase cepillos para las uñas y champús antiliendres. En la casa siempre había piojos y una peste a contenedor adherida a los muebles y manteles, a las cortinas y a la heredada alfombra del salón.

Sus padres eran muy católicos. Creían en la resurrección y en un paraíso perfumado y limpio. Francisco Buj se imaginaba la morada celestial llena de cascadas y arcos iris. Su mujer, en cambio, la madre del inspector, prefería imaginar campos de amapolas ondulados por una brisa caliente, donde los animales acudían a comer de la mano.

Alguien hizo girarse al Hipopótamo.

—Olvidé preguntárselo, señor. ¿Había visitado antes nuestro Museo?

La funcionaria que le había cortado el ticket le hablaba desde el otro extremo de la sala.

—¿Por qué quiere saberlo?

—Para la estadística.

El inspector no coordinaba. Negó con el gesto y disparató:

—Y qué, gracias.

Reparando en su ebriedad, la funcionaria salió en silencio. Su cabello brillaba como el de un querubín. Había algo angelical en aquella mujer, pensó Buj. Algo puro y selecto que su sensibilidad había dejado de percibir en cuanto le tocó luchar y sobrevivir sobre el duro asfalto de las calles. Algo así como un recuerdo de infancia o un aroma agreste y natural como el de las moras silvestres.

A su madre le encantaban las moras. En otoño, su padre solía llevarles a las montañas cercanas, a caminar por senderos que apenas unas semanas después se cubrirían de nieve. Su madre solía protegerse el cabello con un pañuelo. Cuando se detenían a comer y extendían una manta sobre la hojarasca otoñal, ella se sacudía la melena al sol, riendo al decir que así posaban las estrellas de cine.

Su madre había muerto a los cuarenta y nueve años, de un cáncer. Su cabello todavía era rubio, aunque comenzaba a teñirse de gris. Buj asistió a su funeral de uniforme. Ella siempre se había sentido orgullosa de tener un hijo policía y él supuso que le habría gustado verle con sus galones y el escudo prendido al pecho.

Buj notó que una ola de calor le abrasaba las sienes. Una sucesión de sollozos como ladridos le sorprendió con la guardia baja. Lágrimas demasiado tiempo contenidas le quemaron los párpados. Seguro de que nadie, salvo aquellos ángeles pintados, le veía, las dejó correr y pasó a otra sala. Había más Vírgenes y Niños y el ojo de Dios le miraba con severidad. Un arcángel San Miguel alanceaba a otro Satán. «El diablo sólo vence en la vida real», pensó el inspector.

—Adiós, querubines —murmuró, cuando se hubo repuesto y pudo arrastrar los pies hacia la salida—. Volveremos a vernos porque, ¿sabéis?, tendré tiempo. Todo el tiempo del mundo...

39

Surf en invierno

En la costa, unos ochenta kilómetros al oeste de Santa María de la Roca, un triángulo de lona acababa de doblar el cabo. Dalia Monasterio entornó los ojos contra la fuerza del viento.

Haciendo restallar el trapo, aquel velero bandeado por la galerna se escoraba hacia las rocas. La proa se hundía en montañas de espuma, impulsándose a la superficie con creciente dificultad.

Dos tripulantes faenaban en cubierta. Debido a las rachas del vendaval, sus gritos resultaban ininteligibles. Dalia les saludó, animándoles con la mano. La proa del velero luchó contra las rompientes, cabeceó y consiguió enderezar el rumbo hacia el resguardado puerto de Ossio de Mar, a unas cuatro millas de allí.

Dalia respiró, aliviada, pues había temido por el barco, tal era el estado del mar. La guapa decoradora elevó sus ojos verdes al cielo, ese otro océano de nubes. Un sol blanco, invernal, las desgarraba poco más arriba de la línea del horizonte.

La decoradora intentó encender un cigarrillo, pero el aire se lo impidió. Llevaba un rato escudriñando el oleaje y dando voces a su amiga Martina, que había salido a surfear. ¿Realmente lo habría intentado, con aquellas olas? Dalia no sabía nada de Martina desde las diez de la mañana, cuando, después de ponerse un traje de neopreno, había decidido dirigirse a la playa cargando su tabla de surf.

La inspectora (pues acababan de ascenderla) se había presentado en su cabaña de la Sierra de la Pregunta a primera hora de la mañana, con la tabla atravesada en la baca del coche. Semanas atrás, Martina había prometido a Dalia que pronto la visitaría, y ahí estaba. Muy contenta, Dalia la había introducido en su pequeño reino: la casita, el huerto, el manantial que cantaba bajo la fronda del bosque. Dieron un paseo entre los alcornocales y eucaliptos y tomaron café incómodamente sentadas en los escalones de la casita de madera. Hasta que Martina, a pesar del mal tiempo, había insistido en practicar uno de sus deportes favoritos, el surf.

Dalia le había advertido que se anunciaba galerna, pero a su amiga le dio igual. Martina había entrado a la cabaña para ponerse su traje de neopreno y, antes de que Dalia acertase a reaccionar, se había perdido por la senda arenosa, hacia las dunas.

Pasaban de las doce y no había regresado.

Dalia siguió recorriendo la playa, cada vez más nerviosa. La popa del velero se alejaba de su campo de visión. El viento era fuerte y parecía haber cambiado de rumbo. Ahora empujaba hacia tierra oscuros nubarrones.

Cada diez segundos, la decoradora volvía a llamar a Martina, pero era como si se la hubieran tragado las olas. «¿No permitirás que se haya ahogado, verdad, buen Dios?», pensó con una sensación de pánico y de culpa. La responsabilidad era suya. ¿Por qué no se habría atrevido a detenerla, ni siquiera a prevenirla? ¿Cómo había podido permitir que llevase a cabo semejante locura?

Aprensiva, Dalia midió las olas a simple vista. Las más altas se elevaban hasta los tres metros. Aquella zona de la playa no estaba aconsejada para deportes náuticos. Tenía corrientes, una fuerte resaca y rocas cuyos filos cortaban como serruchos.

—¡Martina! ¡Contesta!

No había rastro de ella en la inquietante superficie del mar. Dalia notó cómo su incertidumbre iba evolucionando hacia algo parecido al terror.

¿Y si a Martina le hubiese sucedido algo irreparable?

40

El paraíso de Dalia

No podía decirse que Martina de Santo fuera una de sus mejores amigas, pero Dalia y ella se conocían desde la infancia.

Dalia siempre había mantenido con Martina una relación especial. De niña, Martina era un terremoto de actividad y una fuente de conflictos. Se rebelaba contra cualquier norma. Con las monjas tuvo serios problemas. Llegó a sufrir alguna expulsión temporal, hasta que su padre, el embajador, se la llevó a Londres.

También en la adolescencia, Dalia y Martina habían compartido episodios y experiencias. A partir de la etapa universitaria, sus vidas apenas volvieron a coincidir.

Hacía algunos años que no se veían. Se habían perdido la pista por completo. De hecho, la decoradora ni siquiera sabía que Martina era policía.

En su reciente reencuentro —habían coincidido en una de las tiendas de muebles donde se vendían diseños de Dalia—, ésta le había hablado con entusiasmo de su paraíso de Ossio de Mar. Martina solía perderse de vez en cuando por aquellos parajes. En parte por curiosidad, en parte por complacer y recuperar a una amiga a la que realmente apreciaba, se había comprometido a aceptar su invitación en cuanto tuviese un día libre.

—Realmente, es un paraíso —fue lo primero que Martina dijo al llegar, en cuanto hubo bajado del coche y admirado el idílico entorno de la cabaña.

Tras su fachada posterior, se elevaba el bosque. Hacia el norte, en dirección al mar, serpenteaban las dunas. Un intenso olor a plantas aromáticas invitaba a respirar y a pasear.

—¿Cómo descubriste este lugar?

Dalia le confió que un buen día, casi de la mañana a la noche, harta de la contaminación y de las incomodidades de la ciudad, había tomado la decisión de romper con su rutina (también, de paso, con su pareja) e instalarse en un paraje natural. Tuvo la posibilidad de hacerlo porque a la muerte de su madre había heredado aquellos prados colindantes a la reserva, que su familia venía arrendando para usos ganaderos. La cabaña quedó instalada en un claro.

—Resultó bastante más confortable en cuanto hube trasladado unos cuantos muebles, pero la belleza del paisaje es difícil de superar.

El pueblo, Ossio, encantaba a Dalia. Nada le gustaba tanto como perderse por sus calles de piedra. Para que su proceso de adaptación fuese completo, el párroco le había alquilado la antigua Casa de Juventud —cerrada, paradójicamente, por falta de jóvenes—, a fin de transformarla en un estudio de decoración. Ella misma, con ayuda de un albañil, había ejecutado la reforma. El estudio había quedado muy original. Abría a la plaza de la Iglesia, junto al Café La Joyosa.

—De modo —había concluido Dalia— que, en menos de tres meses, con una casa al aire libre y un lugar perfecto para diseñar y trabajar, me encontré disfrutando de una nueva vida.

Y, en tan sólo un semestre más, confesó la decoradora a su amiga Martina, de una cuenta corriente saneada. Ahora que ya llevaba casi un año instalada en Ossio de Mar, estaba ganando más allí que en la ciudad. Sus clientes se multiplicaban. Al principio, únicamente recibía encargos de la gente del pueblo, pero la fama de sus reformas, proyectando la habilitación de viejas casonas, convirtiendo apriscos y hórreos en posadas y habitaciones de ensueño, se había ido extendiendo por comarcas vecinas. Los nuevos propietarios que aspiraban a gozar de privilegiadas vistas a la costa adecuando viejas vaquerías oían hablar de ella y algunos la contrataban. Una recomendación llevaba a la siguiente y el trabajo se multiplicó. En un nuevo paso, Dalia apostó por asociarse con una familia de pequeños constructores. El equipo funcionó muy bien y pronto estuvieron desbordados.

Un buen día, Dalia descolgó el teléfono y se encontró hablando con Covadonga Narváez, duquesa de Láncaster, a la que sólo conocía por las revistas del corazón.

La duquesa quería hacer reformas en el palacio y una amiga suya le había recomendado los servicios de Dalia. La decoradora mantuvo una entrevista con doña Covadonga y aceptó el trabajo. Era un proyecto ambicioso. Sumado a los que venían acumulándose sobre su mesa, la obligó a contratar a otros dos ayudantes. A pesar de todo, Dalia tuvo que hacer horas extras y decidió instalar una cama en el estudio, aunque siempre que podía regresaba a dormir a su cabaña del bosque.

Situada a unos ochocientos metros de las dunas, la casita de Dalia era, en realidad, una de esas construcciones prefabricadas de una planta que pueden instalarse en cualquier lugar si a su propietario no le importa prescindir de calefacción, agua caliente o luz eléctrica. Las buenas relaciones de su propietaria con el Ayuntamiento de Ossio y con los forestales de la reserva le habían franqueado los permisos necesarios para instalarse en aquel hermoso y pintoresco lugar, aunque por completo aislado.

Con la salvedad del convento de las Hijas de la Luz, perdido en mitad del bosque, y de la mansión Láncaster, en las inmediaciones no había vecinos.

El pueblo, Ossio, quedaba a unos seis kilómetros. Sin prisa, y con unas buenas botas, se podía llegar caminando. Dalia había dado a menudo ese paseo por placer, pero prefería coger la bicicleta, recorrer la pista forestal, atravesar el Puente de los Ahogados, cuya soledad y misterio le comunicaban una deliciosa e infantil sensación de temor, y seguir pedaleando por la ribera del Turbión hasta aparcar en la plaza de la Iglesia, en uno de cuyos chaflanes abría su firma.

Se sentía ocupada, gratificada, feliz. Una creciente sensación de bienestar la iba embargando. Sólo le pedía a la vida que el día siguiente fuese tan completo como el anterior. Y, quizá, que le trajese una nueva propuesta sentimental, una relación amorosa a la medida de sus renovadas y eufóricas sensaciones.

41

Dos amigas en una cabaña

El viento seguía soplando con fuerza. Nuevamente Dalia intentó encender un cigarrillo, pero las cerillas parecían apagarse y explotar al mismo tiempo.

La decoradora ya no podía dominar su inquietud. Estaba a punto de abandonar la playa y salir corriendo en busca de ayuda cuando descubrió a Martina. Era, al menos, una silueta de mujer la que acababa de surgir entre las olas, justo en la línea de las rompientes...

—¡Deja de hacer locuras! —le gritó Dalia, agitando los brazos por encima de su cabeza en dirección al mar—. ¡Vuelve!

Martina no podía oírla. Dalia la vio surfear, agachándose hasta rozar el agua, para elevarse con la tabla pegada, dibujar un escorzo en el aire y dejar a la ola que venía detrás la tarea de engullirla. Cinco segundos más tarde, y veinte o treinta metros más allá, cerca de las puntiagudas rocas, resurgió del túnel de agua, ensayó otra pirueta y se precipitó de cabeza, clavando la figura al caer. La tabla saltó como un potro salvaje. La inspectora, simplemente, desapareció en el mar.

—¡Déjalo ya, Martina! —volvió a gritar Dalia; la resaca había provocado un escalón en la arena y el mar de fondo era ensordecedor—. ¡Las olas son enormes, regresa de una vez!

La inspectora había conseguido recuperar el dominio de la tabla. Tumbada sobre ella, dirigió a su amiga una tranquilizadora seña y comenzó a remar hacia la playa. Otra espuma la devolvió con limpieza a la orilla.

Dalia la esperaba con ansiedad. En cuanto hizo pie, Martina cargó la tabla y, levantando serpentinas de agua, corrió hacia su amiga. Sus ojos grises centelleaban de placer.

—¡Ha sido salvaje!

—¡Tú sí que eres una verdadera salvaje!

—Este lugar es fantástico, Dalia. Las olas son... Gracias por haberme recomendado esta playa.

—¿Cómo puedes decir eso? ¡Estás loca, completamente loca!

—Dame un cigarrillo.

—Toma una toalla. Tienes que estar helada.

La inspectora se quitó el traje de neopreno, quedándose tan sólo con la parte inferior de un bikini blanco. Sus senos eran pequeños, sus pezones pálidos, como puntas de clavel, y su vientre fibroso y liso. Sonriente, cogió la cajetilla que Dalia guardaba en el bolsillo de su cazadora, encendió un cigarrillo con el primer fósforo e hinchó sus pulmones de humo. El viento le sacudió la melena.

—Deberías probar el surf, Dalia. No encontrarás nada tan excitante.

—¿Ni siquiera los hombres?

—¿Es que también se puede surfear sobre ese tipo de tablones?

Ambas rompieron a reír.

—Mejor no hablemos de troncos —siguió bromeando la decoradora.

Martina no ignoraba que su procesión iba por dentro. Comentó:

—Compruebo que tus heridas sentimentales comienzan a cicatrizar.

Su reciente encuentro en la ciudad había dado para mucho. Dalia le había contado que acababa de romper con su último novio, un periodista a quien la inspectora había conocido en un juicio por amenazas. Era un chico interesante, pero violento.

La decoradora comentó:

—Me encuentro en fase de recuperación. Volvamos a la cabaña. Te prepararé algo caliente.

—¿Estás en forma?

—¿Por qué lo preguntas?

—¡Venga, prepárate!

—¿Para qué?

—¡Para una carrera!

—¿Y la tabla?

—Cargaré con ella. Te doy esa ventaja.

—¿Y el cigarrillo?

—Me lo fumaré por el camino. ¡Corre!

Martina salió disparada hacia las dunas. Dalia intentó seguirla. Lo consiguió durante los primeros metros, pero en cuanto el camino se empinó dejó de competir y se dirigió a la cabaña al paso.

Era la una de la tarde, pero la luz parecía corresponderse con el atardecer. Espirales de una niebla rojiza flotaban sobre el bosque.

Cuando Dalia empujó la puerta de la cabaña, la recibió el rumor de la ducha. El traje de neopreno colgaba de la barra. La cortina transparentaba el cuerpo desnudo de Martina.

Dalia le ofreció:

—En el armarito del baño tienes crema hidratante y, colgado, un secador.

—Gracias. Me gusta la sensación del pelo mojado, pero utilizaré la crema.

—¿Tienes hambre?

—¡Después del surf me comería un buey! —exclamó Martina.

—¿Te apetece un filete con patatas fritas?

—Preferiría una sopa juliana con las sobras de la menestra de ayer.

Dalia se atragantó de risa. La broma de Martina le había recordado a una de las más repugnante recetas del comedor escolar, que ambas habían sufrido en un mismo colegio.

—Tengo una botella de tinto. ¿La abrimos?

—Adelante.

La inspectora se había enrollado una toalla al cuerpo y se peinaba delante del espejo.

—Hay un albornoz detrás de la puerta —le indicó Dalia.

Martina acabó de secarse el pelo con la toalla, se ciñó el albornoz y se sentó en uno de los dos sillones de la habitación. Dalia prendió un hornillo en la cocina americana y puso a calentar una sartén. Descorchó la botella y sirvió dos vasos.

—Tu vino.

—¡Magnífico! Empezaré a saborearlo mientras me hablas de tu nuevo amor.

Dalia se giró, confusa.

—¿De quién?

El tono de Martina siguió sonando sutilmente humorístico:

—De ese hombre joven y rubio, con el pelo lacio y largo, que usa botas de cazador y un chaquetón azul marino y que, casi sin darte cuenta, casi sin tú quererlo, se ha convertido en tu amante.

Dalia se secó las manos con un trapo, las apoyó en sus caderas y se quedó mirando a Martina con una expresión de marcado estupor.

—¿Quién te lo ha dicho?

—Acabo de deducirlo. Las mejores ideas se me suelen ocurrir en la ducha.

—Nadie tiene ni la más remota idea... ¿Cómo has podido adivinarlo?

—Muy simple —repuso Martina—. Esta mañana, cuando me enseñaste el huerto, observé que alguien había realizado injertos en tus melocotoneros y cavado una acequia para abastecerte de agua de riego. Además de presuponer, y te pido disculpas por ello, que esa mezcla de fuerza y pericia resulta ajena a tus talentos naturales, tu huerto está sembrado de pisadas entremezcladas con las tuyas. Esas mismas huellas se reproducen, en ambos sentidos, frente al escalón de la cabaña. Entran y salen, salen y entran. La pasada noche o, quizás, esta misma mañana, antes de que yo llegara, alguien ha confundido con gel una de tus cremas faciales y dejado pringoso el grifo de la ducha. Perdió un botón, éste. —Martina lo sacó del bolsillo del albornoz y se lo entregó—. Un clásico botón de ancla de chaquetón marinero, con restos de hilo azul. Su dueño usó tu peine y en las púas quedaron enredados algunos pelos rubios, largos y lisos. ¿Recuerdas cómo nos gustaba a las dos aquel chico de los Jesuitas, el del pelo quemado por el sol? ¿Se llamaba Jacinto? ¡Ah, no, perdona! Acabo de confundirme con el nombre de tu actual y rendido admirador.

Dalia contempló a su amiga como si fuese una hechicera. Le apuntó con un dedo acusador:

—Tú lo sabías. Lo sabías todo.

—Claro que no. Pero es evidente.

—¡Dime quién te ha dicho su nombre!

Martina había encendido un cigarrillo. Fue soltando el humo con parsimonia, a medida que hablaba.

—Las dos macetas de jacintos que tienes en el alféizar de la ventana orientada al norte están medio muertas. Deberías trasladarlas al sur, para evitar el viento, y que les diera el sol. Me he fijado en que llevan la etiqueta de un invernadero de Bolscan. ¿Le gustó tu regalo al jardinero del palacio de Láncaster, o Jacinto está cansado de trajinar todo el día entre bulbos y arriates?

Dalia ahogó una exclamación de sorpresa.

—¿Cómo sabes que trabaja en la mansión Láncaster?

—Porque sus huellas, que me resultan familiares de cierta investigación, en lugar de alejarse por la pista, se introducen en el sendero del bosque, van y vienen, vienen y van, y en esa dirección, que yo sepa, y conozco bien la Sierra de la Pregunta, sólo hay un convento de clausura y la mansión ducal.

La decoradora, que también acababa de encender un cigarrillo, pareció venirse abajo.

—¿En tu bola de cristal se ve algo más?

—Puede —contestó la subinspectora—. Pero antes de revelártelo me permitirás que te dé un consejo. Deberías ir pensando en dejar de fumar. Es lo más conveniente para una mujer embarazada.

Dalia abrió la boca, pero no atinó a replicar. Podía estar de un mes, pero igualmente cabía la posibilidad de que se tratase de una falsa alarma. No se lo había comentado a nadie.

Martina se echó a reír.

—Si hubieses escondido mejor el Predictor, me lo habrías puesto más difícil. Cuando te propuse que hiciésemos una carrera desde la playa frenaste a la primera cuesta. Me tengo por buena amiga y no te preguntaré quién es el padre.

—Te lo agradezco, porque hay otro chico en la ciudad que...

Ambas compartieron una risa cómplice. Dalia, más relajada, preguntó:

—¿Y tú, cómo vas de amores? ¿Hay alguna posibilidad de que pases por el altar?

Martina sonrió y repuso, con sencillez:

—Estoy saliendo con un amigo, pero espero que no se le ocurra pedírmelo.

—¿Quién es?

—Un actor.

—¿Cómo se llama?

—Lombardo.

El grito de Dalia debió de oírse en todo el bosque.

—¡Javier Lombardo! ¡Dime que es cierto!

—Acabo de decírtelo, Dalia.

—¡He visto todas sus películas! ¿Estás saliendo con él? ¡No puede ser verdad!

—¿Por qué no?

—Pero... ¿tú sabes quién es?

—Digamos que estoy intentando averiguarlo.

—¡Tienes que contármelo todo! ¿Te has... ya sabes?

—¿Qué es lo que tengo que saber?

Dalia se ruborizó, pero terminó soltándolo:

—¿Te has acostado con él?

Los ojos de Martina se desviaron hacia la pequeña ventana de la cabaña. El cielo se estaba poniendo negro.

—Está a punto de caer una tormenta. Será mejor que me vista y me marche, antes de que la lluvia me sorprenda en el bosque. Mi coche no está preparado y podría embarrancar.

—¡Si no te has comido el solomillo!

—Olvidé decirte que soy vegetariana.

Dalia le dio un codazo en las costillas.

—¿Sólo carne humana? ¿Sólo filete al estilo Lombardo?

Martina se había encerrado en el baño. Dalia la oyó reír y, a través de la puerta, hablarle de lo mucho que le gustaba aquel cuartito de aseo enteramente fabricado en madera de barco. La decoradora se dio cuenta de que su amiga estaba desviando la conversación. Martina no iba a contarle nada de su romance con el famoso actor.

La inspectora salió vestida con su ropa, con el traje de neopreno y las llaves del coche en la mano.

—Lo he pasado muy bien, Dalia.

—¡Si no hemos hecho nada!

—Todo lo contrario. Mi cerebro no ha parado de trabajar.

Dalia se la quedó mirando sin intuir ni remotamente a qué podía referirse.

—¿Y en qué has estado pensando?

—Creo haber atado algunos cabos más en el caso Láncaster.

La decoradora había oído hablar vagamente de aquel asunto.

—El accidente de los pastos, es verdad... He oído distintas versiones. ¿Qué ocurrió, con exactitud?

Martina hizo un gesto, como aplazando cualquier explicación.

—En otra oportunidad, dentro de poco, tal vez, te haré un relato detallado. Tienes que devolverme la visita. Te llamaré para quedar.

—Hazlo, Martina, por favor. Es estupendo que volvamos a ser amigas.

—Siempre lo fuimos, sólo que la vida...

—¡Tú no te quejes, con ese novio que tienes!

Martina agitó la cabeza como negando tal vínculo. Su mirada expresaba preocupación. Cogió a Dalia de las manos y, lanzando un vistazo por encima de ella, hacia el bosque, le dijo:

—De noche, asegúrate de que la puerta queda bien cerrada.

La decoradora la miró con un brote de alarma.

—¿Por qué dices eso? ¿Sucede algo?

—Espero que no. Pero si notas algo raro, alguna presencia extraña, llámame en seguida.

—¡Por Dios, Martina, no me asustes!

—No lo pretendía. Lo siento.

—¡Dime que no corro ningún peligro!

—Esta cabaña está demasiado aislada.

La decoradora palideció.

—Tengo una cama en el estudio. Puedo dormir allí.

Martina le apretó las manos y le dio un par de besos en las mejillas.

—No puedo decirte por qué, pero me quedaría más tranquila.

42

La Taberna del Muelle

A las dos, Ernesto Buj estaba ya en la Taberna del Muelle. Tenía el estómago revuelto. Para asentarlo, pidió un vino fino.

Aquél era uno de sus tugurios favoritos. Su destartalada terraza, que daba al viejo puerto, permitía disfrutar de una vista diferente de la bahía.

Sus atractivos cesaban allí, pues el local era innoble. Rescatadas de contenedores, las sillas, tan desvencijadas como las mesas, se disponían sin orden bajo un rígido toldo de uralita sobre el que, de vez en cuando, cruzaba un gato o se posaba una gaviota.

Buj se sentó fuera y dejó que la fría brisa del mar lo despejara. El viento rizaba las nerviosas olas. Junto a las dársenas, el agua tenía un color tenebroso, verde gris, y de un azul casi negro allá donde el horizonte se confundía con los nubarrones bajos.

El inspector sacó el espachurrado paquete de Bisonte que llevaba en el mismo bolsillo que la navaja y las llaves. Encendió un cigarrillo y contempló las antiguas fortificaciones costeras que vigilaban la boca de la bahía, los restos de murallas entre las alamedas, las tres playas y el nuevo puerto deportivo, con los modernos amarres para los veleros y yates de los ricos.

Iluminada por una turbia luz invernal, la ciudad no parecía albergar seiscientos mil habitantes. La altura de las casas que jalonaban el paseo marítimo no dejaba ver el casco antiguo ni el barrio de pescadores, aunque sí los suburbios donde residían los trabajadores de la refinería, de los astilleros y de las fábricas de conservas.

La mirada de Buj abarcó la ciudad de Bolscan como siempre lo había hecho, como una propiedad, como un feudo, sin tolerar que la nostalgia ni sentimiento alguno se inmiscuyesen en esa relación, para él de pura y legítima jerarquía. A través de las grúas del astillero se distinguían las cúpulas de la catedral, con su suave e indefinido brillo rosado, y las torres de las iglesias que daban nombre a algunos de los barrios. Una lámina de vidrio y hormigón señalaba la Milla de Oro, el Hotel Hilton, el Embajadores, la Torre del Mar, urbanizaciones de lujosos apartamentos y chalets con piscinas particulares y garitas blindadas con sofisticados sistemas de alarma. Allí, a buen recaudo, residía el dinero.

Buj apuró su copa y pidió otra a un tal Tuco, que era, además de confidente policial, propietario, cocinero y camarero de la Taberna del Muelle. Tuco le atendió y Buj siguió fumando en reconcentrado silencio, algo más reconfortado por el calor del Fino Quinta.

Fermín Fernán y Cayo Matutes se presentaron con un ligero retraso y se disculparon por ello. Les acompañaba el inspector Segura, buen amigo de Buj, a quien los agentes habían informado de la caída en desgracia de su superior.

—No puedo aceptarlo, Ernesto —le dijo Segura, nada más saludarle y sentarse a su lado—. Tiene que tratarse de un error.

—Éramos nosotros quienes estábamos equivocados —rezongó el Hipopótamo, a quien el fino siempre tornaba un poco filósofo.

Hubo otra ronda, ahora de cervezas, y luego Tuco sacó el vino de mesa, un tinto espeso como sangre de toro que le traían de un pueblín de la ribera del Ebro. Buj paladeó aquel caldo sin darse cuenta de que el poso se le iba pegando a los labios, perfilándole la boca con una raya retinta. El degradado inspector había encargado un festín: sardinas de la bahía, chuletones, queso picón. En cuanto la brasa estuvo lista, Tuco les rogó que «pasasen al comedor»: un chamizo con tres tableros y bancos corridos para despachar meriendas de pescadores y juergas de estudiantes más menesterosos todavía. El humo del hogar hacía flotar una leve neblina sobre ese zaquizamí decorado con viejas fotografías del barco de Tuco y del propio tabernero pescando en Gran Sol o remando en trainera.

—Voy a presentar una queja ante la Dirección General —anunció el inspector Segura—. No pienso quedarme de brazos cruzados mientras machacan a los míos.

Buj levantó su vaso como el último saludo del guerrero vencido y todos brindaron por él con un escalofrío de emoción. Tuco les acababa de poner delante una parrillada de sardinas. A la espera de que se enfriasen, el inspector Segura tomó la palabra:

—Hay cosas, Ernesto, que siempre te quise decir y que nunca te dije, pero que te diré ahora. La primera vez que te vi, ¿recuerdas?, fue en 1960. Ha llovido, desde entonces. Yo estaba en el muelle, no lejos de aquí, oculto entre dos hangares de carga. Habíamos recibido el soplo de un alijo de tabaco. Éramos dos. Arsenio Lucas, ¿te acuerdas de él? —Buj asintió con gravedad; Lucas había caído poco después, en acto de servicio—. Les dimos el alto. Varios de aquellos contrabandistas se echaron al agua, pero otros sacaron la artillería y comenzaron a disparar. Lucas tumbó a uno y se fue a por otro a pecho descubierto mientras yo me quedaba atrás, atemorizado, disparando a bulto. Era mi primera refriega a tiro limpio y no estuve a la altura de la situación.

Segura suspiró. Con el tiempo, el rendimiento de su puntería iría mejorando; a lo largo de su carrera, llegaría a abatir a media docena de maleantes, más o menos como el propio Hipopótamo. Prosiguió, mirando a los ojos a Buj:

—Tú estabas de guardia aquella noche, en el antiguo cuartelillo de la calle Antonio Maura. Lucas me cubrió, pero yo tenía el miedo metido en el cuerpo y sólo quería firmar aquel maldito parte y emborracharme hasta perder el sentido. Pero me hablaste, Ernesto. Unos minutos, a solas. Un policía, me dijiste, no es un héroe. Es un tipo normal, con sus terrores y miserias, hecho de barro. Yo tenía que empezar por el principio, eso era todo. Y así lo hice. Aprendí desde abajo, como tú. Quizá por eso no nos mataron jóvenes, como al pobre Arsenio. ¡Brindo por él!

Volvieron a entrechocar los vasos. Gotas de vino se derramaron sobre el mantel de papel. Mientras reflexionaba su respuesta, Buj se pasó la servilleta por la boca; el lienzo quedó teñido con el cárdeno poso del vino químico.

Su voz sonó emocionada:

—Eres leal, amigo Segura, y eso te honra. Recuerdo perfectamente aquella noche de 1960. Yo tenía treinta y cuatro años y me había chupado ya mucha patrulla. —En un segundo, sus ojillos porcinos brillaron de picardía y su tono se volvió divertido—: Por cierto, Segurita, has olvidado que te measte encima.

Matutes y Fernán sofocaron unas risitas; el inspector Segura se limitó a esbozar una forzada sonrisa. Buj continuó:

—Te hablé, es cierto, y mis palabras no cayeron en saco roto. A partir de ese momento, comenzaste a crecer como hombre y como policía. Después, tendría muchas ocasiones para sentirme orgulloso de ti. Cada vez que ascendías era como si a los dos nos diesen un poco más la razón. Pero la razón, muchachos, nada tiene que ver con la justicia. Eso es algo que tal vez hayáis aprendido y que tal vez yo os haya enseñado. Al final, los reglamentos se imponen, y con ellos la rutina y el error, pero la razón permanece siempre. Tuvimos años buenos, sin amparos ni tutelas, y luego volvió el comunismo. Nuestra razón se hizo anticonstitucional, dictatorial. Si yo usaba mi bate de béisbol para calentar las costillas a cualquier hijoputa no estaba infringiendo la razón, pero sí la ley. Si se me olvidaba llamar a un abogado de oficio, estaba vulnerando los derechos de alguien que acababa de violar o matar. Las comisarías pasaron a ser centros asistenciales; nuestros directores generales, políticos a sueldo. Me juré una cosa: yo no iba a traicionarme ni os traicionaría a ninguno de vosotros. Y así me ha ido. Mi carrera se estancó y ahora me dan boleta. Pero siempre podré presumir de haber puesto en pie la mejor brigada criminal de este país.

Los presentes estaban de acuerdo con eso y con otro punto: lo que le habían hecho a Buj no tenía nombre.

Hasta llegar al postre, las críticas fueron fluctuando por distintos niveles, desde el comisario Satrústegui hasta el delegado del Gobierno, pasando por el ministro del Interior. El Hipopótamo se estaba relamiendo un resto de helado de vainilla cuando Matutes mencionó de pasada a Martina de Santo. Fue como destapar la caja de los truenos.

—Esa mujer nunca pudo soportar que la Policía sea cosa de hombres —sentenció Buj.

Y, aunque su timbre era gangoso, por lo mucho que había bebido en la comida, exclamó dirigiéndose al camarero:

—¡Una ronda de Soberano, Tuco!

43

El precio del olvido

Tras su breve entrevista con el director de la prisión, Hugo de Láncaster recibió permiso para hacer algunas llamadas. Se dirigió al locutorio y marcó el número de su abogado, Pedro Carmen.

Éste le dijo que asimismo pensaba llamarle y se alegró mucho de oírle. Ambos se mostraron eufóricos por la sentencia absolutoria.

El abogado le explicó a Hugo que el Tribunal Supremo, partiendo de la evidencia de que nadie le había visto cometer un crimen del que tan alegremente se le había acusado por parte de la policía, y por el que, con mayor alegría aún, se le había condenado por parte de los jueces y de la opinión pública, había dado por válidos los argumentos del recurso de casación. Por una parte, la esquirla de hierro encontrada en la herida craneal de la víctima no se correspondía con el acero de su palo de golf. Por otra, nuevos análisis de ADN realizados al cabello hallado en el cuerpo de la víctima habían reducido las posibilidades de que perteneciese a Hugo, haciendo aumentar en la misma proporción las de que se hubiese desprendido, por ejemplo, de su hermano Lorenzo o, incluso, de su primo Pablo.

Pedro Carmen puso fecha a su libertad:

—He pactado su salida para pasado mañana, 30 de diciembre. Abandonará la prisión dentro de... cuarenta y cuatro horas, exactamente.

—¡Es una gran noticia!

El abogado había pensado en todos los detalles:

—Me aseguraré de que no haya prensa. Sólo estarán advertidos unos pocos funcionarios de la total confianza del director. De ese modo, señor barón, podremos elegir cómo nos interesa hacer pública su excarcelación: si prefiere una comparecencia abierta ante los medios, que yo no le aconsejaría, o emitir un comunicado. Una tercera variante consistiría en que yo mismo le representase en un acto informativo, pero corremos el riesgo de que un excesivo protagonismo por mi parte llegase a inspirar, contrariamente a nuestros intereses, futuros recursos.

Enfrente de Hugo, el futuro volvió a oscurecerse.

—¿Quién podría recurrir mi sentencia?

Pedro Carmen no vaciló:

—El criminal.

Al otro lado del teléfono, la voz del barón se destempló:

—¿Quién cree que fue?

—No puedo saberlo.

—Usted ha estudiado a fondo el caso. Seguro que tiene un sospechoso.

—Eso es cosa de la policía.

—¿Pudo ser mi hermano Lorenzo?

—No sabría contestarle a eso, barón.

Hugo lo aceptó y volvió a otro tema que le preocupaba.

—Ese comunicado de prensa... ¿es imprescindible?

—Nos sería muy favorable. Recuerde que algunos medios se han cebado con usted. Simplemente, el hecho de informar a la opinión pública nos otorgaría un efecto publicitario muy positivo. No se me ocurre mejor manera para limpiar su nombre.

—Si decido eludir ese trámite...

—Muchos presumirán que tiene algo que ocultar.

—Lo pensaré.

—Puedo volver a llamarle mañana. Y pasado mañana iré a recogerle, por supuesto.

—De ninguna manera, abogado.

—Mi experiencia me dice que es mejor que esté presente. Podría haber algún problema de última hora.

—Preferiría no compartir ese momento con nadie.

—La prisión está apartada —insistió el letrado—. Se encontrará solo y...

—Me las arreglaré, no se preocupe. Buscaré un taxi, caminaré... ¡He soñado tanto con ese instante! ¡Quiero oír el canto de los pájaros, quiero ver el mar!

—Como usted desee, señor barón.

—Le veré en unos días. Téngame preparada la minuta.

—No se preocupe por eso. Y... ¡Feliz Navidad!

Hugo se la deseó igualmente, pero antes de colgar dijo:

—Una última cosa, señor Carmen. Voy a pedirle que haga algo por mí.

—Usted dirá.

—No quiero que hable nunca más de mí.

—El principio de discreción me impide...

—Sé que ha sido usted discreto. Lo que ahora estoy intentando decirle es que no quiero que hable con nadie de mi caso, ni siquiera con mi familia.

—Pero alguna gestión tendré que...

La voz de Hugo desplegó un tono autoritario que era nuevo para el abogado:

—Nunca más, señor Carmen. Póngale precio a su olvido y yo estaré de acuerdo con esa cantidad.

44

Una rara conversación

Al concluir la conversación telefónica con su abogado, Hugo marcó el número de la mansión Láncaster. Hacía varias semanas, seguramente más de un mes, que no llamaba ni le llamaban a él. A medida que transcurría el tiempo en la prisión, se había ido distanciando de su familia.

Fue un desconocido quien le cogió el teléfono.

—Con la señora duquesa —dijo el barón.

—¿De parte de quién?

—Hugo.

—¿Pertenece usted a alguna empresa?

—¿Me lo pregunta en serio?

—Le ruego se identifique, señor.

—Soy la persona que le va a despedir.

—¡Muy gracioso! Voy a colgarle.

—No tan deprisa. De los hijos de doña Covadonga, soy el que está en la cárcel. El más peligroso, ¿comprende?

El empleado de la casa ducal respiró a mayor velocidad.

—Lo siento, señor barón, no le había...

El de la servidumbre ciega era un privilegio del poder

que a Hugo le tornaba magnánimo. Con cierta indulgencia, inquirió:

—¿Quién es usted?

—Ángel Sanz, para servirle.

—¿Su oficio?

—Mayordomo.

—¿Qué ha sucedido con el viejo Anacleto?

—Se ha jubilado, señor. Discúlpeme, señor barón. Precisamente aquí llegan la señora duquesa y su secretaria.

—Páseme con la señorita Elisa.

—A su disposición, señor barón.

Al otro extremo de la línea se hizo el silencio. Unos pasos se arrastraron como plumas de avestruz y se oyeron secas tosecillas.

Tardaban en coger el auricular. Mientras esperaba, la mente de Hugo horadó los muros de la prisión y sobrevoló los bosques hasta aterrizar en la casona familiar. Pudo ver el gran vestíbulo, los tapices flamencos, la lámpara de araña colgando desde la altura de los torreones, y casi pudo oler un aroma a biscuit de canela escapando de las cocinas. Hacía treinta años que nadie había vuelto a hacer un bizcocho como el que horneaba Matilde, la cocinera que había endulzado su infancia. Sus postres no le gustaban a su hermano Lorenzo, que era muy raro para las comidas, pero volvían locos a Casilda y a Pablo, que solían pasar con ellos la primera quincena del mes de agosto. A partir de los dieciséis o diecisiete años, los cuatro primos habían llevado derroteros distintos, pero últimamente habían retomado la costumbre de reunirse en Navidad y...

—¿Cómo estás, Hugo?

Era Elisa. El barón le dio la noticia de su liberación. Ella la recibió con un sofocado grito de alegría. Su reacción fue tan afectuosa y espontánea como la de alguien muy íntimo. Hugo se preguntó si Elisa recordaría aún, con la misma intensidad que él, aquella única vez en que ambos se habían acostado en las cuadras, después de una cabalgada por la Sierra de la Pregunta. En honor a la verdad, sonrió para sí el barón, no habían llegado a acostarse, pues hicieron el amor de pie. Hugo ni siquicra había visto sus pechos, duros al tacto como los muslos, que también le acarició debajo de la falda. Sin poder contener su excitación, la había manoseado con torpeza, para penetrarla de golpe como un lúbrico centauro empapado de sudor y deseo. Fue una cópula primitiva que los exaltó y rebajó. Después, Elisa jugaría la baza de la fidelidad a su señora, a la duquesa. Hugo fingía comedirse, pero no por ello la deseaba menos. Repetir la escena de las cuadras se convirtió para él en una obsesión. Elisa supo resistir el cerco y, levantando entre ellos un protocolario muro, convirtió sus encuentros casuales por los corredores o las cocinas del palacio en un exquisito tormento. Finalmente, Hugo la olvidó, como solía relegar a su desinterés todas aquellas recompensas que exigían constancia.

La voz de Elisa, que siempre había tenido algo de la ligereza y de la delicadeza de las alas de una mariposa, tembló en el auricular:

—Entonces, ¿estarás aquí en Nochevieja?

—Eso espero. ¿Te alegrarás de volver a verme?

—¡Claro! —exclamó ella. Su tono habría querido resultar alegre, pero en el fondo estaba lastrado por un poso de temor—. ¿Cómo vas a venir? ¿Envío un chófer a buscarte?

—Nada de eso. Quiero comenzar una nueva vida. Desde el principio lo haré solo.

Elisa bajó la voz.

—Tu madre está conmigo, aquí mismo, a cuatro pasos, pero no sabe nada y temo que, si se lo anuncio de golpe, vaya a emocionarse en exceso. Será mejor prepararla poco a poco. ¿O prefieres hablar con ella?

En el locutorio telefónico de la prisión, Hugo rompió a reír. Su risa fue inesperada y franca, como la de quien acaba de captar un juego de palabras o un doble sentido.

—No, no... ¿Cómo está?

—Sigue con sus jaquecas y se ha enfriado, pero no está peor que otras veces. Entonces, ¿se lo digo yo?

El barón no consiguió dejar de reír hasta pasado un rato.

—Esto es genial... Me encanta cómo llevas los asuntos de la casa, Elisa. Hasta mañana, casi...

—Hasta mañana, Hugo. ¡Enhorabuena!

—Pronto tendremos ocasión de celebrarlo.

—¡Claro que sí!

—¿También tú lo estás deseando? ¡Me muero por darte un revolcón!

Ella tapó el auricular con la mano. Su voz sonó sofocada.

—¡Por el amor de Dios, Hugo! ¡Tu madre está delante!

El barón rompió en una risa nerviosa.

—¡Buena es la vieja! ¿Crees que no lo sabe? ¡Se da cuenta de todo!

—No puedo tolerar esto... Adiós, Hugo.

—¡Elisa, espera!

Pero ella había colgado.

45

La araña en la celda

El barón salió al patio de la cárcel. El mar rugía detrás de los muros, pero no podía verlo.

A la hora acostumbrada, Hugo acudió a cenar con los demás reclusos. Cambió de mesa para no tener que dar explicaciones y, por el mismo motivo, rehuyó el círculo de Rodrigo Roque y de Marcos Mariño, hasta que llegó la hora de retirarse a la celda.

Subió a su litera y se acostó. Tampoco a Óscar Domínguez, su compañero de encierro, le dijo nada acerca de la revisión de su caso. El barón oyó removerse al luchador en la litera de abajo, mientras él intentaba leer.

A las once, se apagaron las luces. Todo quedó en silencio hasta que comenzaron los ronquidos. Los de Toro eran verdaderos resoplidos. El barón no había conseguido acostumbrarse.

Pasada la medianoche, estalló la galerna y Hugo ya no pudo dormir. Al filo del amanecer, el insomnio seguía posado sobre su cráneo como un pájaro de afiladas garras.

Tumbado en su litera, con la mirada fija en una tela de araña visible gracias a un pálido reflejo procedente del único neón que iluminaba aquel tramo del pasillo, cuyo pálido resplandor se colaba por el ventanuco de la celda, el barón permaneció encogido bajo una basta manta de lana, hora tras hora. Los vientos rompían contra el muro. Su desvelado cerebro giraba en torno a su inminente libertad. Sin dejar de mirar al techo, dijo:

—Te echaré de menos, Dolly.

Era el nombre de la araña, casi doméstica a esas alturas, que había acabado por construirse una aérea mansión en la celda. El apodo, Dolly, se lo había puesto el propio barón, como malévolo recuerdo a una institutriz inglesa que tuvo que soportar en su adolescencia. Aquella insufrible profesora se llamaba Dolores Carlin, Dolly. Era una mujerona con sombra de vello en los brazos. Vestía severamente y con extrañas combinaciones de color, violeta y verde, marrón y gris.

Los cuatro primos penaban bajo su didáctica férula. Lorenzo, Pablo, Casilda y él la aborrecían a partes iguales. Aquella peluda tarántula de carne y hueso no picaba, pero pellizcaba a la niña, a la dulce Cas, y tiraba a los chicos de las patillas para penalizar sus errores con los verbos irregulares. Hasta que los primos, de común acuerdo, pusieron sus abusos y castigos en conocimiento del duque. Don Jaime mantuvo una entrevista con *mistress* Carlin. Esa noche se escuchó llorar en el pabellón de servicio. «¿No creéis que suena como el ladrido de una hiena?», les había dicho Lorenzo, desde su cama, celebrando su victoria. Pablo dormía con ellos. Casilda lo hacía en otra habitación, sola, aunque acostumbraba quedarse con los chicos hasta pasada la medianoche, fumando a escondidas y escuchando los cuentos de terror que Lorenzo, con aquella cara afilada y pálida que ya por entonces le hacía parecer bastante mayor de lo que en realidad era, les narraba a cambio de otros favores. A la mañana siguiente, lívida, con un conjunto de falda-pantalón nazareno y pistacho, y en las manos sendas maletas, Dolores Carlin fue invitada a subir a uno de los automóviles del palacio y trasladada a los muelles de Bolscan. En su bolso llevaba el dinero del finiquito y un pasaje de cubierta, el más económico, del ferry a Brighton. Inglaterra recuperaba una disciplinada institutriz; los primos Láncaster-Abrantes, la libertad.

Esa otra Dolly, la araña que compartía la celda con Toro Sentado y con el barón, también era peluda, pero no impaciente. Ni siquiera cuando se descolgaba en el vacío por uno de sus invisibles hilos parecía recordar su naturaleza predatoria. Durante largas temporadas, se mostraba tan pacífica que debían alimentarla con insectos. El barón robaba miel en las cocinas, utilizándola como señuelo para las abejas y ofreciéndoselas a Dolly como un suculento manjar. Pero la araña, lejos de frotarse las afelpadas patitas de gusto y aplicarse a embalsamarlas con su corrupta secreción, se escondía en una grieta del techo, permitiendo que sus presas revivieran y escaparan a través de los barrotes.

—Eres demasiado ingenua, Dolly —susurró el barón a su mascota, que ahora se balanceaba a un par de escasos palmos de su entrecejo—. Espero que sobrevivas a mi ausencia y que te alimentes debidamente. ¿Quieres un consejo? La piedad puede llegar a ser peligrosa. Sobre todo, para el que la ejerce. ¡Toma nota de mí! Después de mi experiencia, nunca más tendré compasión de nadie.

Como si realmente Dolly pudiese entenderle, el barón añadió, exaltado:

—¿Me has entendido? ¡De nadie!

Había elevado el tono. Debajo de él, Toro se removió con pesadez en su litera. El luchador resopló y volvió a hundirse en esa otra cárcel de los sueños.

En ese instante fue como si el barón escuchase dispa-
ros en el interior de su cerebro. Uno, dos, tres... Pero tan
sólo eran las campanadas de la prisión, el reloj que había
pautado su existencia durante los últimos meses. Cuatro,
cinco, seis...

46

¡Una vida para esto!

A las cuatro de la madrugada, en el Ero's Club, contemplando el último show, el inspector Buj, que estaba sentado en un taburete, estiró la mano para coger su encendedor Ronson, pero se desequilibró y cayó largo al suelo.

Los camareros intentaron levantarlo, pero no pudieron con él. No respondía. Su borrachera era profunda. Se había dado un fuerte golpe en la cabeza. Temiendo que le hubiera pasado algo serio, llamaron a la policía. Agentes de la patrulla nocturna cargaron con su corpachón escaleras arriba del Ero's, y lo trasladaron al Hospital Clínico.

Buj no recuperaría el conocimiento hasta diez horas más tarde, en una habitación pintada de azul claro en cuya mesilla de noche había una jarra de agua con un filtro para evitar la cal.

Acurrucada en el sillón de las visitas, con un vestido abotonado hasta el cuello, su mujer, Pascuala, lo velaba con tanta seriedad como si estuviese en tránsito hacia la otra vida.

—Por un momento pensé que... —sollozó ella cuando su marido abrió los ojos—. ¿Te encuentras mejor?

—No.

Para demostrarlo, el Hipopótamo sacó una lengua estropajosa con la que penosamente articuló:

—Estoy fatal pero nos vamos de aquí, Pascua. Tú y yo. Andando.

El inspector tenía una aguja de suero pinchada en una vena. De un tirón se la arrancó y procedió a vestirse. Una enfermera intentó detenerle a la salida, pero el bronco paciente había respirado ya el aire de la calle y de ninguna manera iba a quedarse encerrado. Pascuala convenció a la enfermera para que le dejasen marchar bajo su responsabilidad.

De camino a su casa, Buj refirió a su mujer de qué iba todo aquel despropósito. Forzando el paso para no rezagarse, ella, diminuta a su lado, le escuchaba sin rechistar.

Cuando llegaron a su casa, él se recostó en su sillón de escay verde para dormir la resaca de clavos que le atravesaban la frente. Al descalzarse, encareció a su mujer:

—No volveré a poner los pies en la brigada. Tendrás que ir a por mis cosas.

En treinta años de matrimonio, Pascuala sólo había pisado la Jefatura Superior en tres ocasiones, siempre en embajada luctuosa: para informar a su marido de la muerte de su padre; de la de su hijo Benito, víctima de una leucemia; y del accidente de avión sufrido por un hermano suyo.

Era casi de noche cuando Pascuala se presentó en el edificio de Jefatura. Atravesó el pasillo de la planta baja, con sucesivas oficinas de las que entrevió al pasar rimeros de carpetas clasificatorias, ordenadores, calendarios, manchas de humedad en las paredes, y también agentes en mangas de camisa contestando llamadas telefónicas.

El edificio no había cambiado. Le siguió pareciendo muy triste.

Subió al Grupo de Homicidios. La sala era larga y estrecha, con mesas desordenadas y papeles por todas partes.

A esa hora, las ocho de la tarde, sólo quedaban tres investigadores, dos hombres y una mujer. Pascuala se dirigió hacia esta última. No la había visto nunca, pero supo quién era: Martina de Santo.

La nueva inspectora estaba de pie, junto a un perchero del que colgaban su cazadora y su pistola. Un cigarrillo humeaba entre sus labios mientras escribía algo en una libreta con tapas de cuero.

—¿Desea algo? —le preguntó sin mirarla.

—Soy la señora Buj.

Martina le dirigió una inexpresiva mirada. La barbilla de Pascuala temblaba.

—Ya ha conseguido lo que iba buscando, ¿verdad? ¡Enhorabuena!

Martina no replicó. La mujer de Buj se había quedado en el centro de la sala, sosteniendo una gran caja de cartón. No debía de faltarle mucho para el ataque de nervios. Efraín, el agente más joven del grupo, a quien Buj, por su delgadez, llamaba «Palillo», le dijo:

—¿Puedo ayudarla?

—Vengo a por las cosas de mi marido.

—Están en su despacho —indicó Martina.

—Yo le abriré —dijo Efraín.

Nada más entrar en la angosta oficina, Pascuala reconoció el olor de su hombre, un vago aroma a fritos y a sudor descomponiendo la atmósfera. Había colillas suyas en el cenicero y un bolígrafo sin capucha en medio de la mesa.

Pascuala fue metiendo en la caja la orla de graduación, los diplomas y banderines del campeonato de fútbol en el que Buj, con cuarenta años y cuarenta kilos menos, había defendido la portería del equipo de la Policía Nacional. Los cajones del escritorio estaban cerrados. Pascuala sacó el juego de llaves que le había confiado su marido, los abrió y fue recogiendo las carpetas y documentos que en ellos se guardaban. Algunos de esos dossiers llevaban etiquetas llamativas: «Alcalde, horarios»; «Senador Santolaria, fotos»; «Milla de Oro. Recibos».

Cuando hubo llenado la caja, Pascuala salió tambaleándose a causa del peso. Efraín se apresuró a ayudarla. La mujer de Buj espetó a Martina:

—Ya puede entrar al despacho, es todo suyo.

—Seguramente no lo utilizaré.

—¡Pues con su pan se lo coma!

Todavía antes de salir del Grupo, Pascuala se giró hacia la inspectora y exclamó con una infinita decepción:

—¡Cuánta ingratitud! ¡Una vida para esto!

47

Un trabajito para Toro

A las siete de la mañana del 30 de diciembre de 1991, día de su libertad, Hugo comenzó a vestirse por última vez en su miserable celda.

Lo hizo con la misma ropa con la que había ingresado en la cárcel, y que acababan de devolverle doblada en una caja de cartón: traje oscuro, camisa blanca, abrigo de cachemir. Volver a caminar con sus zapatos ingleses le produjo un intenso placer, como si a sus tobillos les hubiesen nacido alas.

A las siete y media, las celdas se abrieron para los turnos de aseo. El barón se afeitó y se cepilló los dientes frente a un espejo donde se reflejaban los cogotes de otros reclusos.

Volvió a su celda, estiró las sábanas, metió en una bolsa sus libros y efectos personales y esperó a que su compañero de encierro —que estaba casi tan contento como él, pues ya le faltaba muy poco para salir de la cárcel— regresase del baño para esforzarse por insuflar una cierta sinceridad a las frases que había preparado como despedida. Pero las palabras, como pronunciadas por otro, brotaron de sus labios sin calor. Toro se dio cuenta. Un tanto avergonzado, el barón se atropelló y optó por estrechar la mano de su camarada. El contacto físico desbloqueó su expresión verbal.

—Mucha suerte, amigo Óscar. Me has ayudado, y yo soy hombre agradecido. Todos los domingos recibirás el periódico y una caja de bombones de la Dulcería Núñez de Ossio de Mar, la misma cuyos pasteles me provocaban lombrices de niño.

—¿Cada domingo?

—Sí.

—Entonces, ¿cómo sabré cuál lleva dentro la lima?

Hugo sonrió.

—La envolveré en un lazo azul y rojo, como los colores de tu Barça. A un seguidor del Madrid no se le puede exigir mayor prueba de amistad.

Toro sonrió a su vez, mostrando un diente de plata. El barón le palmeó los hombros.

—Anota mi número y llámame en cuanto salgas. Es posible que tenga algún trabajito para ti.

—¿Qué clase de trabajito?

—Uno a tu medida. Limítate a seguir mis instrucciones y te recompensaré.

—¿Quieres que haga alguna visita especial... sin tarjeta?

Hugo sonrió.

—Deja de hacer preguntas, Toro. Cuando salgas, limítate a llamarme. Yo te diré lo que tienes que hacer. Déjame un número telefónico, por si acaso.

—Estaré en la Pensión Mirasol, junto al Palacio de la Lucha.

—Pensión Mirasol. Muy bien.

Esperaron al celador. El corredor, en forma de túnel, con altas y estrechas ventanas enrejadas filtrando una luz ni sucia ni clara, sino color cobre, oro viejo derrotado por el tiempo, como el espíritu de los hombres allí recluidos, había vuelto a quedar en silencio.

—Ahí llega Copito de Nieve —adivinó Toro, por los pasos—. Suerte, patrón.

48

Ruego acepte mi soborno

Eran casi las ocho menos diez. Haciendo chasquear su juego de llaves contra el cinturón y la funda de la porra, Manuel Arcos, el celador, se presentaba a la hora convenida.

La puerta de la celda se abrió y el barón se encontró caminando junto a Copito de Nieve hacia el difuso amanecer que titilaba en un agujero del muro, como un ojo de luz a la salida de una mina. Absurdamente, el barón experimentó temor, un miedo escénico, supersticioso e irracional, a la libertad. ¿No le iría mejor permaneciendo allí dentro, hablando de fútbol con el enfermero, jugando al póquer con los capos del penal? ¿No era en el mundo exterior donde se asesinaba a gente inocente?

Al pasar frente a la lavandería, otro de los celadores se le cuadró, a modo de burla. Era un tipo repulsivo, que olía fatal. «A mierda seca», decían los presos. Le apodaban Mofeta. El barón comprendió que pretendía provocarle. Lo más inteligente habría sido ignorarle, y más con un pie fuera, pero Hugo le replicó con un feo insulto. Desde una de las celdas se oyó una risotada bestial. Mofeta le levantó un dedo:

—¡Que te sigan dando por ahí, ricachón!

Como si quisiera compensar la mala sangre de su compañero, en cuanto se hubieron alejado unos pasos por el corredor, el celador Arcos dijo al barón:

—Ya no le falta nada para volver a casa.

—Al lugar del crimen —repuso Hugo, dedicándole una inquietante sonrisa—. Dicen que el asesino siempre vuelve.

Sin saber cómo interpretar esa respuesta, Copito le indicó el camino del patio. Al salir, la reverberación les deslumbró. Las torres de vigilancia mantenían los focos encendidos hasta bien entrada la mañana.

Había llovido y el suelo del patio estaba encharcado. Los relucientes zapatos del aristócrata se mancharon con los charcos.

—¿Vendrán a buscarle? —preguntó el celador.

—No.

Hugo había planeado dirigirse a Bolscan para, desde su estación de autobuses, tomar la línea de Ossio de Mar. Le apetecía recorrer la costa hasta los verdes collados de la Sierra de la Pregunta, dejando a la espalda las playas y remontando la sinuosa carretera comarcal de Los Altos de Somofrío. Si el conductor accedía a pararle en lo alto del puerto, como en su época de estudiante, cuando Lorenzo y él regresaban al palacio para las vacaciones de verano, bajaría la ladera sur y cubriría a pie el último tramo por la pista forestal que arrancaba del Puente de los Ahogados, sobre las rápidas y heladas aguas del río Turbión.

—¿Láncaster, Hugo?

En la garita, el barón se dispuso a recoger su documentación. Un funcionario le entregó su cartera, con unos pocos billetes, el carnet de conducir, el de identidad y las tarjetas de crédito.

—¿Le han notificado del Juzgado que deberá presentarse con una periodicidad de quince días?

—De esos molestos detalles se encarga mi abogado.

—Firme el documento de excarcelación.

Alguien le tendió un bolígrafo. El rostro de Hugo se reflejó en la ventanilla de la unidad de control. El barón firmó y se despidió formalmente de Copito de Nieve y de otro de los celadores por cuyos bolsillos (así como por los de los presos encargados de su protección) habían circulado sus sobornos.

Manuel Arcos le tendió la diestra.

—Tratarnos no ha podido ser un placer para usted, señor barón, pero le aseguro que para algunos de nosotros lo ha sido. Sólo se me ocurre decirle que ojalá tuviésemos más huéspedes de su... pasta. De su buena pasta, quiero decir.

Hugo agradeció ese deseo con una fría sonrisa, intentando elucidar si aquella última frase encubría un sarcasmo y calculando cuánto le habrían costado aquellos corruptos funcionarios. Julio Martínez Sin, el director gerente de las empresas Láncaster y administrador de la casa ducal, se había ocupado de los «acuerdos» —como él, eufemísticamente, los llamaba—, orientados a garantizar su seguridad en la prisión.

En ese instante llegó el coche del director, un Renault de color plata. Sentado junto al chófer, viajaba un guardaespaldas. El alcaide disponía de protección. En Santa María de la Roca penaban unos cuantos terroristas y podía ser objetivo.

Socialista católico, Juan Bandrés no había hecho malas migas con Hugo de Láncaster. Desde su internamiento, el barón había mantenido una estrecha relación con el sacerdote de la penitenciaría, el padre Silvestre, un cura bien conocido por el padre Arcadio, el capellán de los duques, quien había visitado alguna vez al barón para llevarle su consuelo y una botellita de anisete de las hermanitas del Convento de la Luz. Ese claustro y el ducado de Láncaster mantenían una cordial relación. El monasterio recibía una gratificación anual de doña Covadonga. Al padre Arcadio le llenaba de satisfacción la devota confianza que la duquesa tenía con la priora. También su nuera Azucena llegó a establecer relación con las monjas. Andando o a caballo atravesaba los bosques y las visitaba en el convento. Cosía con ellas, en los telares artesanos, o aprendía a batir chocolate. Incluso, si le sorprendía la noche y Hugo estaba fuera, de viaje, las acompañaba a cenar en el modesto refectorio.

El alcaide descendió del coche y atravesó en tres zancadas la distancia que le separaba de su más famoso preso.

—Que tenga mucha suerte ahí fuera —le deseó.

—Muchas gracias, director —dijo Hugo, estrechando con desgana la diestra de Bandrés, al tiempo que bajaba la voz—: Pronto recibirá un obsequio. Le ruego que lo acepte y que venga a vernos si pasa cerca del palacio.

—Lo haré. No se meta en líos.

—Soy un hombre distinto.

—Pues disfrute de su segunda oportunidad.

La barrera se levantó y Hugo de Láncaster puso un pie en territorio libre.

Bandrés pensó, viéndole alejarse: «Pronto volverá.»

49

Encuentro con Buj

Una solitaria carretera se extendía ante el barón. La calzada de cemento aparecía cuarteada bajo el peso de los camiones de ganado que bajaban de la sierra. No había árboles. Los postes telefónicos se inclinaban testimoniando la fuerza del viento.

Un anciano en bicicleta, con las espaldas protegidas por un plástico que le serviría de gabardina si volvía a llover, se alejaba pedaleando hacia los huertos cercanos. No había nadie más. Las pocas casas y los hoteles baratos, especialmente construidos para los familiares de los presos, parecían deshabitados. Las canaleras de sus tejados seguían escupiendo chorros de un agua marrón cuyo sonido percutía al golpear el suelo.

Hugo de Láncaster encendió su primer cigarrillo como hombre libre y arrancó a caminar junto a las electrificadas cercas de la prisión. El océano no se veía aún; sólo la cresta de la collada que rompía en acantilados de hasta treinta metros de altura.

Santa María de la Roca había sido levantada en aquel abrupto promontorio apenas acabada la guerra civil, a principio de los años cuarenta. Con el paso del tiempo, fue asentándose en su vecindad uno de esos barrios de colonización tirados a cordel, con casas rectas y bajas donde podía encontrarse un afilador, un antenista de televisión, un músico de orquestas populares o cualquier otro costumbrista tipo de una España rural que recibía al barón con cacareos de gallinas y espantapájaros asomando entre las altas coles sin coger. Todo era nuevo y viejo a la vez.

El barón dirigió una última mirada a la mole de la prisión. Nada dejaba allí, a nadie echaría en falta. ¿Y quién le esperaba a él? ¿Quién le había añorado? Muchos de sus amigos le habían abandonado. Joaquín Pallarols, el abogado que le asesoraba en sus finanzas particulares, le había ido informando de cómo uno tras otro se desprendían de sus acciones, «Como si no quisieran contaminarse —había dicho Pallarols, y el infamante sustantivo había caído a peso en su cerebro— con un criminal».

Tampoco sus amantes habían tenido compasión de él. A poco de ingresar en Santa María, Hugo había recibido algunas cartas interesándose por su estado de ánimo, pero no se dignó contestarlas y ya no le escribieron más. Sólo una mujer, en secreto, se había mantenido fiel...

En el extremo sur del Barrio de la Roca había una parada de autobuses. El barón esperó unos minutos y subió al que podía llevarle hasta la Estación Central, en la parte antigua de Bolscan.

No recordaba el precio del billete. Se sentó en los últimos asientos y disfrutó del traqueteo y de las ingenuas conversaciones que pudo atrapar al azar.

Atravesaron el área de la refinería y Hugo pudo ver el mar, levantando a lo lejos montañas de espuma. Cruzaron periféricos suburbios y las zonas del casco antiguo más degradadas y llegaron a la ruidosa Estación Central, cuyos hangares tenían forma de cruz.

En la estación había cafetería, quiosco y unos repugnantes lavabos. El barón usó los urinarios, mucho más sucios que los de la prisión, y buscó los paneles informativos con los horarios de las líneas. Los ecos de voces superpuestas le estaban aturdiendo y el trasiego de gente le desorientó. Dio la vuelta a los hangares hasta encontrar la taquilla e hizo cola para comprar un billete.

—¿Destino? —le preguntó la taquillera.

—Ossio de Mar. En la costa.

—Sé dónde cae —repuso la chica.

—Es bonito, ¿verdad?

Hugo se la había quedado mirando, sonriente. La taquillera, a su vez, le regaló una sonrisa.

—Bastante. ¿Ventanilla?

—Sí, por favor.

—Aquí tiene. Asiento número tres, detrás del conductor.

Hugo le entregó un billete. Mientras ella contaba el cambio, el barón viró hacia el hangar su perfil de moneda. Había manchas de humo en las paredes y de aceite pesado en la capa de alquitrán. La techumbre de la estación retemblaba cada vez que entraba o salía un autobús.

Olía a gasóleo. El barón experimentó verdaderas ansias de pisar el territorio de su infancia, de bañarse en el Cantábrico y de volver a trepar por las dunas sintiendo cómo el fuerte viento le hacía lagrimear de frío y felicidad.

Seguía esperando el cambio. Un perro que pasaba junto a la entrada le recordó a *Thor*, el pastor alemán que, de cachorro, le acompañaba en sus correrías por los bosques de la Sierra de la Pregunta.

Unos segundos después, a través de los sucios cristales de la estación, el barón vio pasar al hombre que había arruinado su vida.

Había engordado, pero lo reconoció en el acto. Era el inspector Buj, el mismo que había desmontado su coartada, que le había atribuido un móvil para eliminar a su mujer y señalado sus huellas en el arma homicida.

—Tendré que darle calderilla —dijo la taquillera—. Lo siento.

El barón la contempló con temor; el que Buj le inspiraba.

—¿No se encuentra bien? —se interesó la chica—. Se ha puesto blanco.

—No será nada, no se preocupe.

El inspector acababa de entrar en la estación. Hugo tuvo que apoyarse en el zócalo de la pared.

Como si estuviese buscando a alguien, Buj movió la cabeza y los hombros a uno y otro lado y en seguida se dirigió precisamente hacia el punto desde el que el aristócrata le estaba mirando desencajado, con los brazos caídos. El barón pensaba que la cárcel le había enseñado a vencer el miedo, cualquier clase de intimidación, pero al ver avanzar al Hipopótamo balanceando el torso abombado como un tambor sobre sus cortas y recias piernas, sus reflejos se negaron a reaccionar. No habría podido hablar. Su lengua era un pedazo de cuero.

Por suerte para él, el inspector pasó a su lado sin verle y siguió hasta el quiosco. Toqueteó todo, en especial las revistas eróticas, pero sólo adquirió una chocolatina. Mientras la masticaba, estuvo hojeando uno de los diarios. Renunció a comprarlo, manoteó por los bolsillos de su americana hasta encontrar el paquete de Bisonte y se acercó al barón:

—¿Tiene fuego?

De forma mecánica, la diestra de Hugo sacó un mechero. Un autómata no habría articulado sus movimientos más rígidamente. Para encender, el inspector protegió la llama con el hueco de la mano. Hugo pudo sentir la áspera piel del policía.

Un autobús aparcó tras ellos, en los andenes. El tubo de escape expulsaba un humo acre. Sus frenos taladraron los tímpanos del barón. La temperatura aumentó.

—Gracias —dijo Buj.

No les separaban ni veinte centímetros. Hugo pudo ver una mancha diminuta, en forma de luna menguante, en uno de los iris color cáscara de nuez del inspector.

Éste le espetó:

—¿Nos conocemos?

El barón tragó saliva. Percibió un nudo algodonoso, como si se hubiese tragado un trapo.

—Lo dudo —tartamudeó.

—Su cara me resulta familiar —insistió el policía.

—Yo no le he visto nunca.

—Es curioso. Juraría...

—Todos tenemos un doble —murmuró el barón, procurando sujetar sus nervios.

—Eso dicen. Buenos días.

Buj salió de la estación. Hugo volvió a apoyarse en el zócalo, tembloroso, y no respiró tranquilo hasta que vio a su enemigo alejarse entre la multitud.

50

Una chica sube al autobús

Una película de sudor humedecía las palmas de sus manos.

Hugo había experimentado esa nerviosa sudoración en citas de negocios, cuando la otra parte no se plegaba a sus deseos. Al principio, el pulso se le aceleraba, pero después los golpes de su corazón, más vigorosos, auténticas campanadas resonándole en el pecho, se distanciaban, legándole una sensación de debilidad, como si fuese a perder el sentido. Por megafonía anunciaron la salida de su autobús a Ossio de Mar. Al ocupar su asiento detrás del conductor, separado por una mampara de plástico, el aristócrata experimentó otro amago de claustrofobia. Aquella oscura estación...

Cerró los ojos con fuerza y pensó: «Imagina grandes espacios, el mar, las dunas.» Su fantasía regresó a los caminos secretos de la Sierra de la Pregunta, a las veredas de esponjosos musgos y líquenes de radiante verdor. A Hugo le atraían las sombras del bosque. Su mujer, en cambio, prefería el brillante césped y los jardines del palacio, y casi gritaba de terror cuando él la perseguía sorteando los umbríos abetos...

¡Su mujer! ¡Sólo él la conocía, sólo él sabía quién era! A veces tenía la sensación de que no le pertenecía a él, sino a aquel mundo de arroyos y bosques. En una ocasión, le había hecho el amor junto a un manantial sobre el que los árboles trenzaban una bóveda impenetrable a los rayos del sol. Era como amarse en un mundo primitivo, donde los sonidos resultaban indescifrables y las fugaces sombras lo mismo podían pertenecer a los huidizos ciervos que a los espíritus del bosque.

El trajín de los restantes pasajeros, que iban acomodándose, sacó al barón de su ensoñación.

Rozando casi las paredes del hangar, el autobús de línea fue girando hasta enderezar el túnel de salida y salió de la estación a una calle larga y estrecha, congestionada de tráfico.

Hugo pegó la frente a la ventanilla. Una mariquita revolucionó sus élitros y voló hasta la rejilla de equipajes.

El barón contempló la ciudad. ¿Qué significado tenía todo ese ruido? ¿Por qué entraba tanta gente en las tiendas, por qué no hablaban entre ellos, por qué se esquivaban sin mirarse unos a otros? Hasta en la cárcel había más humanidad...

El autobús se detuvo ante un semáforo. El barón se quedó mirando a una chica latina, con una melena corta que dejaba al aire su nuca. Llevaba botas de caña y, pegados a los muslos, unos vaqueros negros. Echó a andar y su taconeo se impuso al rumor de la calle. La chica desvió los ojos hacia el autobús y durante un par de segundos cruzó su mirada con la de Hugo. Le sonrió sin disimulo y se dirigió a un club de alterne cuyas luces estaban encendidas en pleno día: Ero's. La sangre del barón se caldeó.

Unos minutos después, el autobús se deslizaba por las avenidas del centro, con sus viejas palmeras rejuvenecidas por la lluvia y la bahía asomando entre las solanas, más allá de la lonja medieval y de las casamatas de los fuertes militares.

El conductor los detuvo en el paseo marítimo para hacer una última parada. Una mujer muy atractiva subió y fue a sentarse junto a Hugo.

—Perdone. Llevo el asiento número cuatro.

El barón fue a levantarse para ayudarla. La pasajera se estiró en puntas de pie para colocar su bolsa en la banda superior. Al hacerlo, se le cayó el billete. Se agachó para recogerlo y sin querer se golpeó con la frente de su compañero de asiento. Rieron a la vez. Al devolverle el billete, las yemas del barón rozaron sus dedos.

—Qué torpeza, cuánto lo siento...

—Nada de eso, la culpa ha sido mía.

El autobús enfiló el último tramo de la bahía. El barón era corpulento y su hombro derecho, al menor vaivén, rozaba el de la pasajera. Desde que ella había subido al autobús, olía a limón. Hugo esbozó una seductora sonrisa:

—¿Puedo preguntarle cuál es su perfume?

—Ninguno. ¿Por qué?

—Me está llegando un intenso aroma a...

—¿Pomelos? —rio ella—. Van ahí arriba, en la bolsa. Hoy no tendré tiempo para comer y al pasar por el mercado he cogido unos cuantos. Los pomelos son muy energéticos, ¿sabía?

El barón lo negó, manteniendo la sonrisa. La voz de ella tenía un sonido agradable. No hacía falta ser psicólogo para aventurar que era una persona optimista.

A Hugo le pareció que acababan de abrir las ventanillas a un viento dulce y cálido. Su brazo acababa de rozar de nuevo el hombro de la mujer. El corazón del barón se puso a latir con desorden.

—¿Va muy lejos?

—A Ossio de Mar —repuso ella con naturalidad.

—¡También yo! —exclamó Hugo.

Había utilizado un tono exaltado, pero la pasajera no pareció darse cuenta.

—¿Vive usted en Ossio?

—No exactamente, pero visito el pueblo de vez en cuando.

Ella lo miró con más interés, como si intentara situarle. Pero no le había visto nunca.

—¿Hace mucho que no va por allí?

—Muy contra mi voluntad, algo más de un año.

—Entonces, no conocerá mi estudio de decoración. Sólo llevo unos meses instalada en la plaza de la Iglesia.

—¿Cómo se llama su estudio?

—Como yo. Dalia Monasterio.

—¿Es usted decoradora?

—Sí.

—Un trabajo muy interesante.

—Eso pienso.

—¿Tiene muchos encargos?

—Más de los que puedo atender.

El tono de Hugo sonó paternal:

—Aprenda a decir que no. Vivirá más tranquila.

Ella le miró, divertida:

—Seguro que no es usted empresario. Rechazar a los buenos clientes no suele ser el mejor camino para prosperar. ¡Y le aseguro que no es nada fácil decir que no a toda una duquesa!

Hugo estuvo a punto de pellizcarse.

—¿Pertenece usted a la aristocracia?

—Claro que no. Pero acaba de contratarme Covadonga Narváez, a la que conocerá por las revistas. Es Grande de España, una fortuna.

—¿Para qué la ha contratado?

—Para emprender una reforma a fondo de su palacio. Los Láncaster viven en pleno bosque, en medio de una inmensa propiedad. Habitan en una mansión inconcebible, un pastiche arquitectónico como no he visto otro. ¡Figúrese que los del pueblo la llaman la Casa de las Brujas!

Turbado, Hugo desvió la mirada hacia la ventanilla y guardó silencio.

El autobús progresaba a renqueante velocidad por la carretera costera. El terreno iba haciéndose montañoso y pronto pudieron distinguir las boscosas laderas de la Sierra de la Pregunta.

Empezaron a subir Los Altos de Somofrío. Hugo se levantó para rogar al conductor que le parase un poco más arriba.

—¿No sigue hasta Ossio? —le preguntó, extrañada, su compañera de viaje.

—No. Desde aquí iré caminando a casa.

—¿Dónde vive?

—Cerca del Puente de los Ahogados.

—No sabía que hubiese casas por allí.

—En realidad, no... ¿Usted vive en Ossio, me ha dicho?

—Tampoco. Tengo una casita prefabricada cerca de las dunas, pero... Verá, mi vida es un poco complicada.

—Me encantaría complicársela un poco más —dijo el barón con su mejor sonrisa. Durante unos segundos se perdió en los ojos verdes de la decoradora, iluminados por un rayo de sol joven que acababa de escapar entre las nubes—. Se lo diré de otra forma: me encantaría volver a verla.

Dalia se ruborizó.

—No es imposible que eso ocurra.

Hugo le dio la mano, sostuvo la suya unos segundos más de lo estrictamente necesario, bajó del autobús justo en la cruz de piedra de Los Altos y comenzó a alejarse hacia la ladera.

Antes de desvanecerse entre los árboles, se volvió para saludarla. Sonriente, Dalia le respondió agitando la mano detrás del cristal.

51

Un príncipe azul

El autobús continuó hasta Ossio de Mar. La decoradora se bajó en la plaza de la Iglesia.

Entró en su establecimiento, saludó a sus delineantes y se zambulló en el trabajo pendiente. Durante casi una hora estuvo intentando dibujar en su tablero, pero la imagen del hombre del autobús regresaba una y otra vez a su cabeza.

A mediodía, marcó el teléfono de la Jefatura Superior de Policía de Bolscan y preguntó por Martina de Santo. La nueva inspectora debía de estar muy ocupada, porque la tuvieron esperando un rato. Dalia insistió. Otra telefonista recuperó la llamada y la pasó a su extensión, que ya se encontraba despejada.

—¿Sí?

—Hola, soy Dalia.

—¿Te ocurre algo?

El estrés se percibía en la voz de Martina. Dalia la escuchó hablar en voz baja con alguien a su lado.

—Volveré a llamarte más tarde, siento haberte molestado.

—Nada de eso. Te escucho.

La decoradora respiró hondo.

—Te he llamado porque... No sé por qué, Martina, pero quiero que seas la primera en saberlo. Supongo que es porque confío en ti.

—Te lo agradezco, pero ¿a qué viene tanto misterio?

—¿Crees en el amor a primera vista?

La inspectora pareció descolocada.

—¿En el flechazo, quieres decir?

—Ésa es la palabra.

—El romanticismo es el opio de la mujer, Dalia. Yo prefiero llamar a las cosas por su nombre. Sudor. Deseo. Amor.

La decoradora se echó a reír.

—Y el Cid cabalga... Tampoco yo creía en los flechazos, pero...

—¿Qué te ha hecho cambiar de opinión? ¿O debería preguntar: quién?

Su amiga respiró hondo.

—Ha sucedido algo... Una de esas cosas imprevisibles.

—¿Un príncipe azul?

—De carne y hueso.

—¿Tiene nombre?

Dalia cayó en que no se lo había preguntado.

—No lo sé.

—¿Cómo es?

—Guapísimo.

—¿No tiene defectos?

—Me temo que tardaré en descubrírselos.

—No se lo pongas demasiado fácil. Hazle sufrir.

—Pero sólo lo justo —ironizó Dalia—. ¡No vaya a espantarle!

Martina se echó a reír.

—Ya me contarás. Que tengas mucha suerte, aunque no me parece que la vayas a necesitar.

Dalia siguió trabajando toda la tarde. Cenó algo rápido en La Joyosa, el café de la plaza, y optó por continuar trabajando de noche en los planos de reforma del palacio de Láncaster, que al día siguiente tenía que mostrar a la duquesa.

Se quedó a dormir en el estudio, madrugó y a eso de las ocho y media de la mañana siguiente se dirigió al palacio en su coche, un jeep de segunda mano, muy práctico para los caminos de la sierra.

Aparcó su desvencijado todoterreno junto a los lujosos modelos de los habitantes de la mansión y llamó a la puerta. Un ayuda de cámara le indicó:

—La duquesa no podrá recibirle, señorita Monasterio, pues se encuentra indispuesta. Pero don Hugo, el señor barón, la atenderá.

Dalia siguió al mayordomo hasta la pinacoteca con los retratos familiares. El mayordomo abrió las puertas de la gran sala e indicó:

—Adelante, por favor.

Un hombre muy apuesto, de facciones clásicas, con el pelo castaño planchado hacia atrás, desayunaba en batín al extremo de la gran mesa. Estaba solo, con un periódico doblado, sin abrir, junto a la bandeja de plata donde humeaba el café y un biscuit recién horneado, y sonreía.

—Espero que sepas perdonarme, Dalia —dijo—. Todavía no había comenzado a desayunar, esperándote. ¿Me acompañas?

TERCERA PARTE

(1992)

52

Kuramati (islas Maldivas), 25 de marzo de 1992

Querida Martina:

No tengo ni la menor idea de cuánto podrá tardar en llegarte esta carta. Ni siquiera sé si te llegará, porque aquí, en las Maldivas, el correo funciona como en el siglo XIX, a base de un barco estafeta que cada tres días pasa a recoger las cartas de isla en isla.

Pero a alguien tenía que comunicarle lo feliz que me siento, lo dichosa que soy... Mi mente está lúcida, puedo ver con nitidez el futuro delante de mí, proyectarme hasta la línea misma del horizonte, que en este archipiélago es sinónimo de un infinito mar... Esa claridad, Martina, me ilumina desde el momento en que conocí a Hugo. Junto a él, todo parece haber adquirido un significado distinto; a su lado, lo veo todo de otra manera. ¿Todavía hay dolor, sufrimiento en el mundo? ¡No en el mío! Pero estoy tan ansiosa por contarte novedades que temo abrumarte... Y, desde luego, tienes todo el derecho a preguntarme: ¿por qué te he elegido como confidente?

Ni yo misma lo sé, querida amiga. Quizá por aquella conversación que tuvimos en mi cabaña de Ossio de Mar. ¡Cuántas veces me he parado a pensar que muchas de las cosas que entonces nos dijimos se han revelado premonitorias! Porque, sinceramente, ¿no crees que los hechos me están dando la razón? ¿No crees que mi encuentro con Hugo estaba escrito en las estrellas? ¡Decía mi familia que me precipitaba al casarme con él en sólo tres meses, cuando yo lo hubiera hecho al día siguiente! Me apenó, Martina, que tus obligaciones no te permitiesen asistir a nuestra boda, pero tiempo tendremos para seguir disfrutando de las cosas hermosas de la vida...

Mi estado de felicidad tiene un origen claro: me he casado con el hombre al que amo. También Hugo me ama, estoy segura. Somos los únicos amantes de la tierra, y todo, las nubes, el océano, hasta los pajarracos de negro plumaje que asoman sus amarillos picos entre las hojas de las palmeras nos felicitan por mostrarnos como dignos sucesores de Adán y Eva. Entre esta isla y el paraíso terrenal no puede haber muchas diferencias. Si existe un edén, tiene que ser éste. Kuramati es un sueño hecho realidad. ¡Y lo más divertido, Martina, es que, en realidad, no sé dónde estoy! En algún lugar del Índico, eso es cuanto necesito saber.

Hugo y yo llevamos viviendo una semana en una cabaña lacustre, apenas cuatro pilotes cubiertos de limo sosteniendo un dormitorio de cáñamo sobre una piscina natural de agua salada extendida hasta el arrecife, y ya he perdido la noción del tiempo. Vamos descubriendo los tesoros de la isla al mismo tiempo que nuestro amor. Nunca antes había gozado de semejante sensación de bienestar, equilibrio y paz interior. ¡De amor, Martina, porque necesariamente esto tiene que ser el amor, ese amor con el que todas las mujeres soñamos desde que ingresamos en la adolescencia! Un amor perfecto, ordenado y sorprendente a la vez.

Cada mañana, a las siete, un camarero vestido de lino cruza una pasarela de tablas y deposita ante nuestra puerta, como si de una ofrenda se tratase, una bandeja con café caliente, tostadas y frutas tropicales. Apenas hemos desayunado en la terraza, observando cómo el sol naciente va iluminando y deshaciendo las nubes del amanecer, Hugo y yo nos zambullimos en la cristalina laguna de coral, junto a bandadas de peces obispo, unos tiburoncitos no más grandes que mi brazo y otros ya crecidos, pero sin dientes. ¡Da una impresión de lo más rara meter la mano en sus desdentadas bocas y dejar que te muerdan con sus almohadilladas mandíbulas! Sólo ellos y nosotros, Martina, solamente esas criaturas antediluvianas y Hugo y yo nadando en las cristalinas aguas de un arrecife, en transparentes aguas azules con tantos tonos como dispuso la paleta del Creador...

Yo no sabía, Martina, hasta qué punto Hugo adora el mar. De su estancia en la prisión (y comprenderás que no es éste un tema por el que me apetezca preguntarle) recuerda sobre todo el sonido de las olas al otro lado del muro. «Cuando estaba preso podía sentir cómo el mar me llamaba, Dalia», me decía la otra tarde, tumbado bajo un sicomoro, con los ojos empañados por todo el sufrimiento que tan injustamente ha tenido que soportar. ¡Las olas y las gaviotas y hasta el mismo aire gritaban su nombre, pero él no podía escapar! ¡Pensar que mi pobre amor pudo haberse quedado allá dentro, en aquella horrenda cárcel, toda la vida...!

Puedes imaginarte, Martina, cuánto le quiero en momentos así, cómo se activan mis instintos maternales y de qué manera me dan ganas de consolarle. Y no sabes cuánta ternura, a su vez, me proporciona el sonido de su corazón cuando lo oigo repicar dentro de su pecho, latiendo al unísono con el mío. Nos amamos a cada momento. Mi placer sube al cielo y estalla, muerdo y araño su piel como una gata en celo. Pero no es eso, Martina, siendo importante, lo que de verdad me transporta. Hay algo mágico en Hugo, una luz interior, una irresistible capacidad de seducción. Sabe emocionarme, conmoverme. A menudo, sus caricias son furtivas, dibujan mis labios si me cree dormida o rodean mi cintura cuando una sobrecogedora puesta de sol nos invita a inclinarnos sobre la baranda de nuestro palafito, esperando a que las grandes mantas vengan a comer de nuestra mano.

Yo no sé, Martina, si alguna vez has llegado a experimentar sentimientos tan profundos como los que estoy intentando describirte (y disculpa por lo que estas sentimentales reflexiones puedan tener de intromisión en tu vida privada), pero te puedo asegurar —no, mejor: ¡te lo juraré, como diría mi marido, por las profundidades del mar!— que jamás había soñado con estar tan unida a un hombre. Desde mi actual y radiante estado, todo lo anterior, mi insulsa vida sin Hugo, me parece absurdo, un mero subsistir y penosamente arrastrarse sobre una gastada alfombra de ilusos sueños e ilusiones rotas. Tiempo perdido.

Todavía nos quedan unos días de descanso en Kuramati. Después navegaremos a otra isla, llamada, creo, Lankafinolu. Es Hugo quien se encarga de todo (también, debo admitir, de pagar los gastos), por lo que me dejo llevar sin prestar demasiada atención a enlaces y destinos. Sólo me preocupo de él, de amarle como se merece y como ninguna mujer antes (ya sé que me antecedieron otras, pero no permitiré que eso me atormente) le haya querido. Rezo para que nuestro amor perdure siempre y se renueve como un fresco amanecer.

Seguiría hablándote eternamente de mis instantes de éxtasis, pero es hora de ir terminando esta carta (tengo, además, que prepararme para una inmersión de buceo).

Me despido ya de ti, querida Martina, con una última y magnífica noticia. Aquel torpe embarazo que creía arrastrar resultó ser una falsa alarma. Estoy preparada para cumplir la más hermosa de las esperanzas de Hugo: darle un hijo, suyo y mío, que perpetúe su apellido. ¿Te imaginas que regrese embarazada de la luna de miel? ¡Por falta de ganas no quedará, puedes creerme!

Tuya, siempre

DALIA

Nota: Te molesto con una cuestión meramente doméstica. Me ha comentado Hugo que su madre tiene problemas con el servicio. Se ha visto obligada a despedir a algunas de las doncellas, por falta de eficacia, y no encuentra otras de su confianza. ¿Conoces a alguna chica bien dispuesta que pueda servir para el puesto? Si se te ocurre alguna candidata adecuada, que se ponga por favor en contacto con Elisa Santander, la asistenta personal de mi suegra (¿a que es genial que pueda llamarla así?).

53

Sierra de la Pregunta, 28 de marzo de 1992

Aquella mañana, Jacinto Rivas, el joven jardinero de la casa de Láncaster, se despertó muy temprano para subir al monte y dirigirse al invernal.

Saltó de la cama, estiró las sábanas, puso una cafetera y salió de la casa, que era, en realidad, la de sus padres. Estrictamente hablando, aquel modesto caserío situado a doscientos metros del palacio tampoco les pertenecía a ellos, pues seguía siendo propiedad del ducado. Sin embargo, tras casi cuarenta años de habitarlo, los Rivas podían más que legítimamente considerar que aquellas paredes ajenas encerraban su hogar.

El viejo Suso y su mujer, la madre de Jacinto, vivían allí desde que, siendo todavía jóvenes, habían entrado al servicio de los duques, allá por los años cincuenta.

Jacinto había nacido en esa misma casa de piedra de dos plantas, con tejado de pizarra, a cuya fachada posterior se adosaba la vaquería. Por esa razón, los primeros sonidos que su memoria había retenido eran los mugidos de las vacas y los relinchos de los purasangres que se criaban un poco más allá, en las cuadras del palacio, cuando el difunto duque don Jaime se dedicaba a su cría y hacía participar a sus campeones en las principales carreras.

El bosque había amanecido envuelto en calima. La primavera tardaba en presentarse y la mañana estaba fresca. A Jacinto nada le gustaba tanto como sentir ese aire puro entrando y saliendo de sus pulmones. En cuanto pisó la retama, encendió un cigarrillo, aspiró hondo y soltó por la nariz chorros de humo experimentando un placer tan hondo que para expresarlo hubiese necesitado aprender nuevas palabras.

El aspecto del bosque era inusual. Una niebla baja, rara en la estación, oprimía las copas de los árboles. Jacinto no veía a cuatro pasos. Los abetos se inclinaban bajo las ráfagas de viento y parecían saludarle al pasar. De haber hecho más frío, y aunque las flores silvestres que alegraban las veredas le hubiesen sacado de su error, habría pensado que estaban en invierno.

Monte arriba, a mitad de camino entre el palacio y el aprisco del ganado, Jacinto oyó un rítmico golpear de herraduras y se apartó del sendero para dejar pasar a Eloy Serena, el senador y dueño del picadero de Turbión, que montaba un caballo negro de ojos fieros. Serena sostuvo un minuto las bridas para comentarle que acababa de ver a un extraño por las inmediaciones, cerca de los jardines del palacio ducal.

—Era un tipo grande —dijo el jinete—, con pinta de indigente y la cabeza medio cubierta por una gorra que le venía ridícula. Al verme llegar al galope por la pradera, se ocultó entre los árboles. Nunca le había visto. ¿Tienes idea de quién puede ser?

—A veces hay gente rara por aquí, ya sabe.

—Ándate con ojo, por si acaso.

Serena picó espuelas y partió al trote en dirección a la

cima de la collada, con intención, según explicaría después, de dar un largo paseo por el sendero que discurría al filo de los acantilados.

Jacinto debió de verle alejarse y quizá pensó que el senador y él tenían algunas cosas en común: aborrecían a los Láncaster, por ejemplo, y en particular a Hugo. De alguna manera, habían conseguido vengarse, engañándole y humillándole en su vida privada. Decían de Serena que había sido amante de su primera mujer, de Azucena. Y él, Jacinto, lo había sido de Dalia, la segunda esposa de Hugo, la actual baronesa.

Jacinto se había acostado con Dalia porque a ella le apeteció o porque se sentiría sola en su cabaña de las dunas, pero él no podía pensar en un futuro a su lado. Sus amigos, todos ellos de los pueblos vecinos, sabían que a Jacinto le gustaban las chicas de su propia clase, hijas de vaqueros, como sus padres, del panadero o del dueño del ultramarino. Últimamente, estaba saliendo con una chica de Santa Ana a la que despectivamente llamaban «la hija del cura», pues había sido adoptada en oscuras circunstancias. «Creo que será una buena madre», le había comentado Jacinto a Damián Loperena, uno de sus colegas de las parrandas de los fines de semana.

¿En qué iría pensando Jacinto Rivas cuando unos rápidos y pesados pasos le sorprendieron por la espalda? Aquella sombra se le echó encima en lo profundo del bosque y le derribó sobre la alfombra de retama. ¿Estaba pensando Jacinto en los ojos verdes y en la sonrisa de Dalia? ¿En que tenía que vacunar a las terneras recién paridas? ¿En que tal vez, en el futuro, y como a veces sucedía en las novelas, un hijo suyo, un bastardo, llegaría a heredar el Ducado de Láncaster?

No debió de disponer de tanto tiempo, ni siquiera de

la oportunidad de pensar. Una rodilla le aplastó el pecho contra la tierra mientras unos brazos de acero se cerraban detrás de su nuca y unas manos como garfios le retorcían el cuello hasta que un grito ahogado brotó de su garganta y se escuchó un fuerte crujido, como si un tronco acabara de partirse bajo el rayo.

54

Lankafinolu, 4 de abril de 1992

Querida Martina:
Ayer fue un día maravilloso. Celebramos mi cumpleaños por todo lo alto. Hugo me sorprendió con una fiesta especial. Unos amigos suyos, un matrimonio encantador, y otras tres parejas, igualmente muy agradables, nos acompañaron durante toda la velada, que tuvo lugar en un yate de lujo, *El Halcón Maltés*.

Esa embarcación había acudido el día anterior a buscarnos al embarcadero de Lankafinolu, nuestra segunda isla-hotel, en la que nos hemos alojado durante la última semana. Al abandonarla, el capitán nos advirtió que navegaríamos de noche hacia el sur, hasta otra de las islas, Sura-Hanui, donde nos aguardaban nuestros anfitriones, los mismos que nos habían enviado su yate para recogernos. De modo que, una vez hechas nuevamente las maletas, y habiéndonos despedido de nuestro bungalow con un fugaz disparate sexual que nos hizo sentirnos como locos adolescentes, nos dispusimos a partir hacia alta mar.

Nada más subir a *El Halcón Maltés* me puse a hacer fotos. El barco es un puro ensueño. Para muestra, tres botones: con sus ceñidas camisetas de rayas, los marineros parecen haber sido seleccionados por una empresa de modelos masculinos; en el camarote-suite donde hemos quedado alojados cuelga un Pissarro; las paredes de nuestro dormitorio son de mármol y la grifería de oro.

Llegamos a Sura-Hanui al día siguiente, poco después de amanecer. La isla es muy pequeña, un atolón, realmente, con una barrera de coral y media docena de mansiones privadas. Por algún motivo que nunca se nos llegó a explicar, y eso que le pregunté al capitán, tuvimos que esperar varias horas a bordo mientras unos marineros cargaban a hombros pesadas cajas de embalaje hasta que, a eso de las dos de la tarde, embarcaron el propietario del yate, Abu Cursufi, y su mujer, Doris, una norteamericana muy atractiva.

Hugo me había explicado que Cursufi, de origen árabe, libanés, concretamente, es un prestigioso financiero y mecenas internacional. Desde hace tiempo ambos, Cursufi y mi marido (¡y qué orgullosa me siento, Martina, de poder llamarle así!) mantienen vínculos artísticos e intereses empresariales a través de sus respectivas productoras cinematográficas. Cursufi en la India, en Bollywood; Hugo, como sabrás, por su selecta filmografía, en colaboración con los más prestigiosos directores europeos.

Di las gracias a Doris Cursufi por estar ejerciendo tan generosamente su papel de anfitriones y dejé que Abu me tomara del brazo para mostrarme el puente de mando, equipado con los más modernos sistemas de navegación náutica. Deseaba mostrarme amable y le comenté que su apellido, en mi opinión, tenía ecos mediterráneos, de Tánger, de Orán, de Chipre y Constantinopla. Él sonrió, complacido. Ya por la noche, durante mi cena de cumpleaños, Cursufi me confesaría que, si nos remontásemos en su árbol genealógico hasta los tiempos de la Armada Invencible o, más atrás aún, hasta la época del pirata Barbarroja, podríamos fácilmente tropezarnos con toda una saga de corsarios que llevaban su nombre. «Y tal como están las cosas hoy en día —añadió el financiero en tono jocoso— me temo que no nos quede más remedio que seguir pirateando un poco.» A Hugo le hizo tanta gracia aquel comentario que se le atragantó el champán.

Además de árabe, como te decía, Cursufi tiene raíces italianas, y habla bastante bien español. Doris se enamoró de él en Florencia, cuando se desplazaba por Europa en viaje de estudios. Tienen dos hijos. Habitualmente, residen en Yugoslavia, en la ribera del Adriático, cerca del puerto de Dubrovnik, pero poseen mansiones en otras partes del mundo. En Nueva York, por supuesto, y también en España, en Marbella.

Sin contar a los Cursufi, embarcaron en *El Halcón Maltés*, como te decía, otras tres parejas, muy distintas entre sí pero que, a tenor de las conversaciones cruzadas que fui captando en cubierta o a las horas de las comidas, parecían haber disfrutado de otros viajes comunes. Las mujeres eran europeas, dos francesas y una rusa. Ellos compartían el aire mestizo de Cursufi y lo mismo podrían ser tunecinos que griegos, jordanos que armenios. Hugo sólo conocía a Abu, con quien tenía pendiente la negociación de una producción cinematográfica y alguna otra inversión. «Esta tarde —me comentó— Cursufi nos ha convocado a una reunión, por lo que deberás disculparme.»

Di por supuesto que los caballeros preferirían estar solos y me apunté a una sesión de buceo con Doris y otra de las mujeres, Olga, de origen ruso, una verdadera muñeca de porcelana, alta y plana como una tabla (a diferencia de Doris, que es dueña de dos hermosas... ya me entiendes). *El Halcón Maltés* había quedado fondeado frente a otra de las islas y las tres, acompañadas por varios marineros, algunos de los cuales eran, a su vez, expertos buceadores, nos dirigimos hacia el arrecife para proceder a una primera inmersión.

Yo jamás había buceado antes, salvo el par de lecciones que había tomado en Kuramati, pero presté la máxima atención a las explicaciones y esta vez conseguí sumergirme hasta seis o siete metros, los suficientes como para disfrutar de una nueva sensación, la de, realmente, rozar con mis manos la asombrosa riqueza de los fondos submarinos. Olga, la rusa, en cambio, debió de ejecutar mal la descompresión porque emergió con la cara blanca y una expresión de terror en los ojos. En la barca, se mareó. Como era demasiado pronto para regresar al yate, el contramaestre propuso desembarcar en la playa para descansar un rato.

Así lo hicimos. Doris y yo nos quedamos tumbadas al sol, a fin de entrar en calor, mientras Olga optaba por dar un paseo con uno de los marineros, un muchacho verdaderamente guapo, cuyo torso de bronce brillaba con el agua y el sol. No sé si te había dicho, Martina, que la tripulación de *El Halcón Maltés* dispone de varios uniformes, y también de unos ajustados bañadores de color negro que se les pegan a los muslos, insinuándoles... ya me entiendes. El caso es que Olga y aquel joven Adonis se alejaron caminando por la orilla hasta desaparecer detrás de unas rocas.

Doris y yo nos quedamos conversando en la orilla. Con total naturalidad, ella se había quitado la parte de arriba del biquini, de modo que me animé a imitarla. El resto de tripulantes, otros tres hombres, podían perfectamente vernos desde la barca, donde se habían quedado para fumar unos cigarrillos, mientras nos esperaban. Debo confesarte, querida Martina, que eso me produjo una curiosa excitación, no tanto originada por secretos impulsos eróticos como por una pulsión más duradera en el marco de una nueva sensación de poder.

En aquella playa paradisíaca, junto a mis nuevas y millonarias amigas, experimenté por primera vez mi recién estrenada condición de pertenencia a la élite. Comprendí que, en adelante, mi vida discurrirá al margen de las realidades que he conocido; que no tendré que bajar a comprar el pan ni cocinar porque dispondré de una docena de personas a mi servicio, y porque mis hijos, en cuanto los tenga, que pienso tenerlos, heredarán un título nobiliario, con Grandeza de España, e inmensas riquezas, además de la inherente obligación de seguir perteneciendo a la élite. Pensando en todo esto, sufrí una especie de vértigo porque, al mismo tiempo, temía no estar a la altura, defraudar a Hugo, avergonzar a su madre, a la duquesa, quien, con tanta generosidad (aunque sólo la conozco del día de nuestra boda) me ha acogido en el seno de mi familia política.

En un arranque de sinceridad, confesé mis dudas a Doris. No pudo mostrarse más comprensiva. También ella había pasado por ese trance, pero pronto se habituó a convivir con toda clase de celebridades, de la misma manera que se fue acostumbrando a los extraños horarios y a las frecuentes ausencias de su marido. «¿Hugo sigue viajando tanto?», me preguntó Doris. Antes de que yo pudiera contestarle, ella añadió rápidamente, como si ardiese en deseos de proporcionarme esa información: «Porque supongo que sabrás cómo conoció a su primera mujer, ¿no?» Repuse, sin faltar a la verdad, que no lo sabía y ella se echó a reír. «Pues la conoció volando en primera clase. Hugo era un experto en azafatas. Tenía una novia en cada línea aérea.» Debí quedarme traspuesta. Doris estalló en una carcajada y agregó: «Un pajarito me ha informado de que posees una tienda de decoración y de que trabajas para ganarte la vida.» Empecé a negarlo, avergonzada, pero ella se dio cuenta de que estaba mintiendo y me acarició el pelo. «Todo eso cambiará gracias a Hugo. Tus complejos desaparecerán antes de tu primer año de casada... ¿Te han dicho que tienes unos pechos preciosos? ¡Sí, claro! Hugo los estará alabando a cada momento! Debes protegerlos del sol, tus pezones podrían agrietarse.» Y, con la misma naturalidad con que se había desnudado delante de los marineros, Doris cogió la crema y empezó a extendérmela por el busto. Después me obligó a tumbarme boca abajo mientras me susurraba al oído: «Imagina que son los dedos de Hugo los que te acarician, los que te exploran.» ¡Ay, Martina, qué cerca estuve de dejarme arrastrar y cometer una locura! Cerré los ojos y me abandoné a un placer que, ahora sí, combinaba un perturbador deseo con esa misma sensación de poder a que antes me refería.

Afortunadamente (pues ignoro durante cuánto tiempo más habría sido capaz de fingirme indiferente a sus caricias) las manos de Doris dejaron de masajearme en cuanto la silueta de Olga reapareció, ya de vuelta de su paseo con el joven y vigoroso tripulante de *El Halcón Maltés*. Olga se encontraba mucho mejor. Había recuperado el color y la luz de su mirada y sonrió agradecida a su acompañante cuando éste le ayudó con gentileza a subir a la barca formando un estribo con sus manos entrelazadas.

A las cinco de la tarde nos encontrábamos de nuevo a bordo de *El Halcón Maltés*. Los señores no habían concluido su reunión, por lo que tomé una ducha, me puse un traje de cóctel y me reuní con Doris en cubierta. Abu salió un momento de la sala de juntas para depositar un tenue beso en su frente e interesarse por mi iniciación al buceo, pero en seguida tuvo que regresar a la reunión. Que debía de ser, a juzgar por los gritos que se oían de vez en cuando, bastante tensa. Doris pidió ginebra con tónica para las dos y yo me animé a preguntarle si había conocido a Azucena, la primera mujer de Hugo, y cómo era. «Desde luego que la traté, querida —asintió—. De hecho, aunque no tenía tus maravillosos ojos verdes, y estaba demasiado delgada, se parecía mucho a ti.»

Curioso, ¿verdad, Martina? Esas palabras me dieron un poco de frío, como si de alguna manera la historia se estuviese repitiendo y yo no fuese más que el personaje de un guión previamente elaborado. Hasta se me ocurrió pensar si Doris, lejos de halagarme, no desearía más bien atormentarme o ponerme a prueba.

Pero pronto alejé esas malas vibraciones. Nuestra luna de miel continúa. En apenas uno o dos días abandonaremos esta isla. Lo último que haré antes de zarpar de Sura-Hanui será depositar esta carta en la recepción del único hotel del atolón, con precisas instrucciones para que la confíen al primer barco-estafeta, y esperar que te llegue a España. Algo que, realmente, me parece imposible, pero también me lo ha parecido siempre el hecho de encender la televisión y que aparezca el rostro de un extraño informándonos de cuanto sucede en el mundo. O soñar con el príncipe azul, temiendo que nunca llegase a conocer al mío, hasta que un buen día subí a un autobús comarcal y me lo encontré sentado a mi lado.

Tuya, siempre

DALIA

Nota: Mi cuñado Lorenzo ha informado a Hugo, vía conferencia telefónica, de la muerte de Jacinto Rivas, el jardinero con quien yo... ya sabes. Por lo que nos ha contado Lorenzo, las circunstancias de su muerte son muy confusas y no se descarta que haya sido víctima de la agresión de un vagabundo. ¡Prométeme que si ha sido así, Martina, te encargarás de resolverlo personalmente! Con él ha muerto algo que no sé cómo expresar...

55

Bolscan, 8 de abril de 1992

Lloviera o tronase, cada día, a las cuatro en punto de la tarde, el juez Nicolás Peregrino tomaba asiento en la mesa del fondo del bar La Cepa para jugar su partida de mus.

Desde hacía años, esa cotidiana costumbre se repetía en su jornada como un sagrado ritual. Otros jueces habían recomendado a Peregrino que, por razones de seguridad, para protegerse de un posible atentado terrorista, o de un intento de venganza de cualquier preso común al que hubiera enviado a prisión, variase de itinerario, de establecimiento, de hábitos, pero Peregrino no sólo no tenía miedo al miedo sino que despreciaba esa clase de temor, tan extendido entre la magistratura, la clase política y el estamento militar. «No aspiro a ser un héroe —decía—, pero sí a continuar siendo algo que para mí resulta mucho más gratificante: un aceptable jugador de mus.»

Ninguno de los otros tres jugadores de La Cepa tenía nada que ver con el mundo jurídico. Como si existiera un pacto tácito, en aquel bar del casco antiguo sólo se hablaba de fútbol. El juez Peregrino era seguidor del Español. Sus compañeros de cartas estaban divididos. Había un aficionado del Atlétic de Bilbao y dos del Barcelona. De ese modo, cualquier alusión a la actualidad política, siempre velada, encontraba salida en las rivalidades sobre el césped.

Aquella calurosa tarde de primavera, un cliente nuevo entró a La Cepa y se sentó a la barra. Era un hombre muy fuerte, con musculosos brazos y una espalda en la que perfectamente habría podido cargar la cafetera italiana que el camarero había puesto en marcha para destilarle un café solo. El desconocido consumió también un orujo blanco, leyó el periódico de cabo a rabo y para pagar sacó del bolsillo un rollo de billetes con el que podría haberse comprado un coche de segunda mano. Soltó tal propina que Bernardo, el camarero de La Cepa, le llamó la atención, señalando el platillo:

—¿Seguro que no se deja nada, amigo?

—Hoy me siento generoso.

—¿Le ha tocado la lotería?

El hombre le miró. Bernardo se sintió inquieto. En aquellos ojos latía un odio encofrado, de una clase que el paso del tiempo no puede borrar.

—Nunca he tenido suerte en la vida.

El desconocido cliente salió de La Cepa. Dos horas más tarde, a eso de las seis y media, lo hizo el juez. Nicolás Peregrino se sentía satisfecho porque había ganado la partida. La pareja perdedora había encajado con deportividad la derrota, que incluía el pago de las consumiciones. La tertulia se remató con un estimulante análisis sobre las posibilidades ligueras del Club Deportivo Español. Nada más relajante que ese tipo de tertulias para alguien que, como el magistrado, padecía un estresamiento crónico a causa de sus responsabilidades en la Audiencia Provincial.

Peregrino se dirigió caminando hacia su casa. Quería comprar tabaco de pipa en La Cachimba de Plata, uno de los pocos estancos y tiendas de fumador donde expendían su marca, y se metió por las callejuelas del casco viejo. A pesar de los solares abandonados y de los desagradables olores, ése era su barrio preferido. Le gustaban las librerías de lance, las dulcerías, los cafés y las viejas barberías, en una de las cuales, con cortinillas rojas y azules y butacones de cuero, seguía cortándose el pelo y, si se había dejado barba de cuatro días, dándose el lujo de un afeitado con brocha y navaja.

El juez compró tres bolsas de tabaco, suficiente para una semana, y continuó su paseo hasta su casa. Dejó atrás la parte vieja y caminó con paso tranquilo por la leve pendiente de la avenida de Francia, hacia la zona residencial de La Milla de Oro. Vivía en un nuevo adosado con un pequeño jardín donde su mujer podía dedicarse a su pasión por las plantas, y donde su gato, *Simbad*, acechaba inútilmente a las cotorras argentinas que estaban colonizando el pinar de la urbanización.

La casa constaba de dos plantas, más un garaje que el matrimonio Peregrino, que no tenía coche, había transformado en bodega. Utilizando grandes tableros apoyados sobre caballetes, el juez había instalado en ese sótano su colección de trenes eléctricos, con las estaciones, pasos a nivel y decorados necesarios como para disfrutar de lo lindo cuando decidía activar todas las vías y programar el correcto funcionamiento de los trenes de pasajeros en combinación con los ferrocarriles de carga cuyos convoyes debían trasladar los lignitos desde las zonas mineras o llenar sus depósitos con los distintos tipos de combustible elaborados en la refinería.

El juez abrió la puerta del garaje con el mando automático. Mientras su doble persiana se iba recogiendo, subió un momento a la primera planta para dejar su americana colgada del perchero de la entrada. Siempre lo hacía así, pues el bar La Cepa olía a aceite de soja e impregnaba la ropa.

Su mujer no estaba en casa. El juez rodeó el jardín por el sendero de losas y bajó de nuevo a la bodega. De camino al hogar había decidido montar una vía nueva para un tren de alta velocidad y un paso elevado para un metro supersónico.

Buscó su caja de herramientas y empezó a trabajar en ello. La luz exterior le molestaba, por lo que decidió cerrar por dentro la puerta del garaje. De espaldas a ella, pues estaba desembalando una locomotora de su caja y no podía apartar los ojos de sus deslumbrantes cromados, volvió a accionar el mando. Detrás de él, la puerta articulada comenzó a bajar con normalidad, hasta que repentinamente su descenso se interrumpió. El motor gruñó y algo así como una palanca metálica se puso a percutir dentro de la maquinaria. El juez se giró, disgustado, pensando que el sistema hidráulico acababa de sufrir una avería, o que un palo de escoba había atrancado la persiana.

No pudo creer lo que vio.

Un hombre estaba arrodillado debajo de la puerta del garaje. La persiana inferior se apoyaba contra su espalda, que le impedía seguir bajando. Era obvio que sus hombros podían resistir la presión.

—¿Qué significa...? —empezó a balbucear el juez.

No tuvo oportunidad de seguir. El hombre de las anchas espaldas se había incorporado, doblando sin aparente esfuerzo la puerta, y estaba delante de él. Su rostro daba pavor. Peregrino retrocedió hacia la entrada interior a la vivienda, pero había olvidado abrir esa puerta al llegar y comprendió que no tenía escapatoria. Enarbolando la locomotora, se lanzó contra el intruso. El agresor le quitó la máquina y de un puñetazo le arrojó contra los tableros. El juez cayó, derribando los caballetes. Trenes y estaciones de juguete saltaron por los aires.

Lo último que Nicolás Peregrino percibió fue una rodilla hincándose en sus riñones y dos manos que le apretaban la nuca y le obligaban a rotar el cuello de uno a otro lado, buscando el mejor ángulo para hacerle «la pajarita»; aquella llave de lucha libre que tan temido hiciera en el ring el nombre de Óscar Domínguez, más conocido como Toro Sentado.

56

Port Louis (isla Mauricio), 11 de abril de 1992

Querida Martina:

Me he propuesto depositar esta carta en la primera estafeta que encontremos en Port Louis, la capital de isla Mauricio, donde tenemos prevista una escala de varias horas para aprovisionarnos en el Mercado de Pescados y visitar los antiguos templos hindúes. Te escribo desde mi suite-camarote, recostada en almohadones como una verdadera princesa, con el infinito océano delante de mí. Pero lo hago, quiero serte sincera, con cierto desasosiego.

Desde Lankafinolu, la travesía del Índico ha sido larga y no ha estado exenta de peligros. Primero tuvimos que capear un verdadero tifón, con vientos huracanados y olas de cuatro metros que, simplemente, daban terror. Nuestro anfitrión, Abu Cursufi, a quien ya vas conociendo por mis anteriores cartas (caso de que las hayas recibido), se esforzó por tranquilizarnos, asegurándonos que estos, según él, «huracancitos» son muy habituales durante esta época del año, e insistiéndonos en que *El Halcón Maltés* estaba perfectamente preparado para salir airoso de su embate.

A modo de terapia de grupo, se nos invitó a bajar a la sala de cine, donde se nos proyectó un documental tomado, según explicación del propio Abu, dos años antes, y en cuyas imágenes, rodadas desde el aire, podía verse a *El Halcón Maltés* luchando contra un tifón mucho más violento que el que nos había tocado en suerte. Esas olas, Martina, esas paredes líquidas de seis y siete metros de altura, más altas que el propio yate, más, incluso, que el mástil del que cuelga la antena de telecomunicaciones gracias a la cual Cursufi puede conectarse por videoconferencia con cualquiera de sus clientes o terminales de negocios, infundían tal pánico que, a su lado, efectivamente, nuestro tifón no pasaba de ser una fuerte marejada. Con todo, algunos pasajeros nos mareamos y tuvimos que ser atendidos por el médico de a bordo, un turco de bigote fino a quien, hasta ese momento, no habíamos visto en el barco.

Creo haberte dicho, Martina, en una de mis cartas anteriores, que la tripulación de *El Halcón Maltés* consta de media docena de hombres, pero deben de ser bastantes más. De hecho, hay toda una zona en el barco, lo que podríamos llamar el sollado, reservada para su uso. No es que a los invitados no se nos permita pasar, pero si por casualidad abres una de esas escotillas, te encuentras a unos cuantos marineros jugando a naipes o tirados en calzoncillos en estrechas literas alineadas a muy escasa distancia una de otra, a fin de aprovechar al máximo un espacio que, por contraste, en las zonas nobles del barco sobra allá donde mires.

Mucho peor que el tifón, Martina, fueron los piratas. Justo cuando habían amainado los vientos y comenzábamos a recuperar el placer de una navegación en calma estallaron gritos en cubierta. Nuestros bravos tripulantes se precipitaron a la armería para colgarse al hombro una especie de subfusiles o ametralladoras cortas y hasta un largo y pesado tubo que debían de transportar entre dos y que me pareció un lanzagranadas. El propio Abu, muy pálido, había subido al puente de mando y permanecía junto al capitán, observando las pantallas de radar.

Las lanchas rápidas aparecieron en seguida, tres, cuatro, volando sobre las olas, cada una de ellas con una docena de indígenas arrodillados detrás de las bordas, dispuestos a acribillarnos a tiros. Navegaban en círculos alrededor de *El Halcón Maltés* como voraces escualos. El contramaestre recibió órdenes de bajarnos a la bodega, a una sala mucho más modesta y calurosa, y por completo cerrada e iluminada por unos apliques. En principio, nada había en esa desnuda sala, tan sólo una mesa y una docena de sillas sujetas con clavos de cabezas grandes como monedas de cincuenta céntimos. Pero en seguida nos dimos cuenta de que, apiladas contra las paredes, había algo más: cajas de distintos tamaños con diferentes modelos de armas.

¿Erámos nosotros los piratas, Martina? ¿Sabía mi marido que su amigo Cursufi, en quien parecía confiar a ojos cerrados, navegaba por medio mundo con un arsenal a bordo?

Estas y otras preguntas me mantuvieron inmersa en un mar de contradicciones hasta que comenzó el tiroteo. Fue una verdadera batalla, Martina, pero no sabría decirte cuánto duró. De vez en cuando, uno de nuestros tripulantes, subfusil en ristre, bajaba a toda prisa para proveerse de munición en otra cámara del primer o del segundo nivel. Dada la gravedad de la situación, el contramaestre había subido al puente para retomar su puesto. Los pasajeros nos encontrábamos solos y sin saber qué estaba sucediendo en cubierta. Faltaba Hugo, y puedes imaginarte mi angustia. Una de las señoras me aseguró que, minutos antes del asalto, le había visto dirigirse, sin más atuendo que una toalla alrededor de la cintura, a la sauna, por lo que muy probablemente seguiría encerrado allí, con Luz Manuela, la masajista filipina.

De pronto, el barco tembló y se escuchó griterío arriba. La ansiedad se apoderó de nosotros. Uno de los invitados abrió la primera caja que le quedaba a mano y sacó un Kalashnikov. El arma estaba sin acabar de montar y, además, no teníamos munición, por lo que de nada nos iba a servir. En cualquier caso, repartimos unos cuantos para utilizarlos como garrotes. De un momento a otro, por la escalera de caracol que descendía a nuestro nivel, esperábamos ver aparecer a los piratas javaneses, o somalíes, o a saber de qué parte de aquel océano sin ley... Pero ¿podrás creerlo, Martina?, el único que se presentó, sonriente, envuelto en un albornoz y fumando un cigarrillo, fue Hugo. Para comunicarnos, con enorme alegría, el siguiente parte de guerra: «Hemos hundido dos embarcaciones y el resto han puesto proa en polvorosa. ¿Lo celebramos con un martini?»

Subimos a cubierta. Desde las bordas, nuestros marineros seguían ametrallando sin piedad a los náufragos. «Es más humanitario rematarlos que abandonarlos a los tiburones», me dijo Doris, al observar mi escandalizada expresión. «¡No lamentes su suerte!», añadió. «¿Acaso no pretendían asaltarnos, hacernos prisioneros y a las mujeres vendernos como esclavas sexuales?»

Tuya, siempre

DALIA

Nota: Supongo que se deberá al nerviosismo producido por el frustrado ataque, pero Hugo, confundiéndome con su primera mujer, se ha equivocado de nombre y por dos veces me ha llamado Azucena. A la tercera, ya furiosa, se lo hice notar y, ¿sabes qué me contestó el muy...? «Al fin y al cabo, las dos tenéis nombre de flor.» ¿Por qué los hombres tienen que ser tan... ya sabes?

57

Bolscan, 13 de abril de 1992

Los días se le hacían tan largos a Ernesto Buj que de cada uno de ellos llegaba a tener una conciencia individual, conciencia individual, lo que le permitía al mismo tiempo odiarlos genéricamente y atribuirles una condición particular de penitencia o castigo.

Desde que había comenzado la cuenta atrás de su forzado retiro, el ex inspector no podía soportar esos mismos amaneceres que antes, cuando era hombre, un policía, tanto le gustaba recibir sobre el asfalto, de camino a su despacho en Jefatura o como broche de una madrugada de acción.

Ahora, jubilado, moviéndose con pesadez de un lado a otro de la mitad de su cama, tardaba en levantarse y desayunaba demasiado, bollos, churros, confituras, en la pequeña cocina de su casa, cuyos catorce metros cuadrados seguían oliendo a los platos cocinados para la comida y la cena del día anterior.

¿Y qué hacer durante toda la jornada? Al principio, el Hipopótamo había rondado la manzana de Jefatura y regresado a la barra de El Lince para hacerse el encontradizo y compartir con algún colega un café y un ra-

to de conversación, pero los otros inspectores, los sub-
oficiales y agentes que habían trabajado a sus órdenes,
pronto comenzaron a ignorarle o relegarle con una odio-
sa condescendencia de hombres sanos y laboralmente
útiles.

En cuanto el altivo Buj hubo sufrido un par de tácitas
humillaciones, abandonó su territorio natural y comenzó
a frecuentar otros distritos y locales donde apenas le conocían o donde era visto por vez primera: el barrio de San
Pablo, de clase media, muy tranquilo, con sus pacíficas
cafeterías, las calles en cuesta y uno de los dos últimos
tranvías que todavía funcionaban en Bolscan, traqueteando
y haciendo rechinar sus ruedas de hierro, entre chispazos
eléctricos, al frenar en las paradas; o el Barrio Universitario, al este de la ciudad vieja, con sus alegres cervecerías y
un ambiente que ya nada tenía que ver con los alborotos
callejeros, con las carreras, cargas y huelgas de los años
setenta. También, aunque de manera más esporádica, Buj
recorría algunos de los tradicionales parques que todavía
no habían sido aniquilados por esas modernas reformas
tendentes a sustituir sus plazas de arena por manchas de
cemento y sus viejos bancos de madera, que todos los ve-
ranos había que volver a pintar, por otros de un diseño tan
sofisticado como incómodo para las convencionales po-
saderas del ex inspector.

El Hipopótamo jamás había apostado, ni siquiera a las
quinielas, pero en su nueva etapa se había aficionado al
juego y eso era nuevo y hasta cierto punto excitante para
él. En cuarenta años de servicio, no siendo para proceder a algún registro o detención, nunca había pisado un
casino.

Ahora, sin embargo, en cuanto daban las cuatro o las
cinco de la tarde, salía de casa con su americana de cua-

dros, su pantalón de tergal y el cogote saturado con la colonia a granel, de a litro, que cada año le regalaban los Reyes Magos, para encaminarse a un barcito del Barrio Universitario donde podía tan plácidamente jugar a las tragaperras mientras saboreaba una copa de coñac Soberano. Luego iría al bingo de la calle Independencia, donde el antiguo Palacio de la Lucha, para apostar a los cartones en compañía de amas de casa y otros jubilados como él. Finalmente, a eso de las siete o las ocho, se llegaría a la sala de juego del Gran Casino del Hotel Embajadores y probaría suerte en las mesas de ruleta y black jack. En el Gran Casino no tenían coñac Soberano, pero sí un carísimo brandy francés que el Hipopótamo pagaba con aire desdeñoso, dando a entender que la correspondencia entre su paladar y su bolsillo en absoluto justificaba el abismo del precio.

Como jugador era un desastre y, por otra parte, nunca había sabido beber. A medida que se emborrachaba, más bebía y más jugaba, de modo que, al caer la noche, sumando sus pérdidas en las diferentes salas, y compensándolas con las esporádicas y más bien escasas ganancias, se le había esfumado una más que estimable cantidad.

Las noches en que perdía más de la cuenta le daba vergüenza regresar a casa para cenar cara a cara con Pascuala, en aquel silencio que cada vez se parecía más al que le aguardaba después de la vida. Huyendo de esa rutina, solía perderse a tomar la última ronda en la Taberna del Muelle, junto a su amigo Tuco. El tabernero cerraba justamente a medianoche, pero le dejaba estar mientras hacía caja, fregaba el suelo, recogía la cocina y cargaba las cámaras para el día siguiente.

Aquella tarde, la que casi resultó ser la última para él, Buj no había salido de su casa para ir a jugar, sino para pasear a su perro, a *Cisco*. Sin embargo, se aburría de tal manera que acabó entrando a tres o cuatro bares y bebiendo en todos. Ya estaba bastante borracho cuando, a eso de las once y media de la noche, se presentó en La Taberna del Muelle.

—Ponme un Soberano, Tuco.

—No sé de dónde viene, inspector, pero yo diría que ya ha bebido bastante.

—Odio que me sigas llamando así. Sé que lo haces por caridad, porque te doy pena.

—Debería dejar de atormentarse. A veces, la vida viene mal dada. Es como el naipe.

—No me hables del juego. Me estoy bebiendo y jugando la pensión, sin que Pascuala lo sepa. Al paso que voy, en seis meses estoy pidiendo limosna.

—¡Anímese, inspector!

—Pues ponme un trago.

Tuco le sirvió un coñac y Buj se sentó a la mesa pegada a la cristalera, desde la que se veían los faroles de los barcos y, al fondo, las luces de la ciudad. La vista tenía poesía y sentido y el Hipopótamo se ensimismó calentando la copa con ambas manos, como un cáliz y, al mismo tiempo, fumando sus Bisontes sin solución de continuidad, encendiendo el nuevo con la brasa del anterior.

Una congoja intensa le hacía sentirse desgraciado, pero se resistía a aceptar lo que de su presente, de cada día, de cada hora, se desprendía: que toda su vida había sido un error. Poco a poco, con la soledad como única compañera, esa conclusión iba ganando enteros, tendía a establecerse como un puente hacia la nada. Su desmoralizado ánimo estaba a punto de aceptar que su historia no era la de un héroe, que nadie llegaría a escribirla, tal vez ni a recordarla, y que se extinguiría con él, si es que no se había extinguido ya. En momentos así, le entraban unas ganas sordas de llorar en silencio.

Tuco vio cómo sus calientes lágrimas caían sobre la corbata llena de manchas y sintió pena por él, porque era como si de una piedra brotara sangre.

El Hipopótamo permaneció un buen rato en esa actitud, la cara pegada al ventanal de la Taberna del Muelle, la copa de coñac oprimida contra el regazo, el cigarrillo humeándole en la boca e irritando todavía más sus enrojecidos ojos, hasta que se levantó con dificultad, trastabillando, se despidió del tabernero con un ininteligible adiós y salió a la noche calurosa y sin estrellas que tras un día de bochorno había caído sobre la ciudad.

El malecón estaba mal iluminado. Había tramos en que los contenedores y grúas tomaban formas fantasmagóricas, como monstruos acechando sobre la muralla de bloques. *Cisco*, el perrillo, que tan diligentemente le había esperado a la puerta de la taberna, se enredaba entre sus piernas.

El mar sonaba de fondo, las olas eran suaves y negras. Buj pensó que se despejaría dando un paseo por la playita encerrada entre el puerto y el muelle pesquero y bajó las gastadas escaleras de piedra. Olía a las putrefactas algas que la marea arrastraba y que alguien acabaría recogiendo para vendérselas a las fábricas de cosméticos.

Buj cruzó la estrecha franja de arena oscura hasta que el agua humedeció las punteras de sus zapatos. Se lavó la cara con agua de mar y contempló la bahía en forma de concha, con la regular iluminación de farolas amarillas señalando el intermitente paseo marítimo y, más allá, hacia la costa occidental, pegando ya al monte Orgaz y a las primeras estribaciones de la Sierra de la Pregunta, las ígneas

chimeneas de la refinería expulsando hacia el cielo enca-
potado azufradas lenguas de fuego.

Tal vez porque la arena los amortiguaba, no sintió los
pasos.

El perro se puso a ladrar cuando una sombra se le vino
encima. Primero notó un golpe en los riñones, tan súbito
y seco que le dejó sin aliento, y en seguida la presión de
otro cuerpo, seguramente tan voluminoso como el suyo,
que lo volteaba, haciéndole caer de bruces y clavándole
una rodilla a la espalda. Unas manos como tenazas le im-
pulsaron la nuca atrás y le giraron el cuello buscando el
ángulo de fractura mientras una aguardentosa voz le susurraba:

—Para ir elegante de verdad, inspector, le falta la pajarita.

58

Isla de Reunión, 17 de abril de 1992

Querida Martina:

Te escribo desde un renovado paraíso. Desde la isla de Reunión, más concretamente, un destino para naturalistas y poetas. También para enamorados.

Y no empleo esta palabra por casualidad, sino porque todas mis dudas, las pequeñas y las grandes, y algunos de esos desencuentros con Hugo de los que me hacía eco en mi última carta, se han disipado como las nubes en el horizonte del Índico. A propósito: hace un tiempo perfecto.

La travesía desde isla Mauricio resultó una delicia. Nuestra pareja anfitriona, el matrimonio Cursufi, se había propuesto hacernos olvidar anteriores sobresaltos y te puedo asegurar que lo consiguieron. No ha habido noche en que no organizasen una fiesta a bordo. Los marineros se disfrazaban, hacían juegos de magia, tocaban para nosotros mientras cenábamos langosta y bebíamos vino blanco a la luz de las estrellas. Después nos reíamos con el karaoke, jugábamos a las cartas, veíamos alguna película en la sala de proyecciones, o simplemente Hugo y yo nos retirábamos a nuestro camarote para disfrutar con nuestros juegos amorosos y entregarnos una vez más a la pasión.

Debo confesarte, Martina, que en ese terreno íntimo del amor carnal Hugo es un amante experto. Sabe muy bien cómo hacer feliz a una mujer. Mi marido disfruta haciendo el amor como si para él nada más importante hubiese que exprimir al límite esos instantes de placer en que ambos nos diluimos en un mismo y más completo ser. Cuando estamos desnudos, uno junto al otro, piel contra piel, exhaustos y felices, su voz sigue susurrándome en la oscuridad tiernas palabras y el deseo renace y me estremece desde la raíz de los cabellos hasta las uñas de los pies.

Tras tocar tierra en Reunión, abandonamos *El Halcón Maltés* y nos despedimos de los Cursufi. Doris y Abu y el resto de sus invitados se proponían proseguir la travesía marítima hasta Australia, pero Hugo tenía otros planes para nosotros.

A modo de una nueva sorpresa, entre las muchas que ya van sumándose a lo largo de nuestra luna de miel, mi marido había reservado en un majestuoso hotel, el Fin de Siècle, una suite para nosotros y otra habitación para alojar a su prima Casilda de Abrantes. Ya sabes, la actriz. Hugo me advirtió que Cas, como él, cariñosamente, la llama, llegaría en vuelo directo procedente de París, donde, al parecer, pasa buena parte del año ocupando un apartamento del que Hugo es propietario. Casilda ha actuado en varias películas en los últimos años, algunas de ellas financiadas por Hugo y otros productores asociados. Todavía no he tenido oportunidad de ver ninguna de esas cintas, pero espero que Cas no se moleste por ello. Aunque, con los artistas, nunca se sabe. ¡Son tan vanidosos!

Nuestro hotel, Martina, es como un sueño. Está situado en una ladera, a bastante altura sobre el nivel del mar. Desde la terraza de nuestra suite, el idílico panorama invita a pensar en la belleza y armonía del mundo.

Hugo conoce bien Reunión. Sigue manteniendo aquí algunos intereses comerciales. Exportación de maderas preciosas, inversiones inmobiliarias... En asuntos financieros, mi marido se muestra reservado. No le gusta alardear, pero me va informando de esto y de aquello. No hay noche, en realidad, en que no me acueste sin haberme informado sobre una nueva dimensión del imperio Láncaster.

En ese sentido, Martina, no salgo de mi asombro. Yo pensaba que los ricos se limitaban a jugar a la Bolsa y a arrendar latifundios, pero Hugo, cuando no está conmigo, pendiente de todos mis caprichos, anda siempre consagrado a sus negocios, y la verdad es que trabaja las veinticuatro horas.

Ayer noche, por ejemplo, sin ir más lejos, me llamó por teléfono desde la capital isleña para advertirme que no llegaría a tiempo para la cena, pues no tenía más remedio que reunirse con unos empresarios de telefonía de Singapur, que también producen películas. Yo me quedé dormida y desperté a eso de la una de la madrugada. Hugo todavía no había llegado. Tampoco se encontraba a mi lado cuando volví a despertarme un par de horas más tarde; entonces, sí me sentí inquieta. Estuve un rato leyendo, desvelada, hasta que sonó el teléfono de la habitación. Era él. Su cena se había prolongado en un club y, lamentándolo por mí, no había tenido más remedio que acompañar al resto de los caballeros. Como habían tomado unas cuantas copas, prefería quedarse a dormir en un hotel del centro, antes que arriesgarse a sufrir un accidente conduciendo de vuelta por las oscuras carreteras de la isla. Le felicité por su cordura y acepté encantada el encargo de ir a la mañana siguiente al aeropuerto para recibir a Casilda, quien hacía tan largo viaje para ayudarle a convencer a esos productores asiáticos de que aportasen financiación para su próxima película. Hugo me prometió que estaría de regreso al atardecer, en cuanto se hubiese librado de esos directivos de Singapur. Cenaríamos juntos, los tres, Casilda, él y yo, en el Salón Japonés del Fin de Siècle.

En el aeropuerto, todo fue de lo más natural. Casilda no había podido asistir a nuestra boda, pues se hallaba rodando, pero la reconocí fácilmente y me acerqué con mi mejor sonrisa para ayudarla con las maletas. Ella me abrazó, llamándome desde el primer momento «hermana». Ahí se me ganó, Martina. Desde ese instante, comencé a quererla. No te imaginas lo llana que es. En el taxi me cogió la mano y volvió a llamarme «hermana». «Hugo —me dijo con una sincera emoción— siempre ha sido como un hermano para mí, de manera que tú también lo serás.»

Siguiendo las instrucciones de mi marido, y asumiendo con gusto un papel, el de anfitriona, que ya me iba tocando ejercer en el seno de mi nueva familia política, alojé a Cas en la habitación que tenía reservada. Ella me dijo que quería dormir un poco. Solía hacerlo de día, pues desde niña sentía un pánico cerval hacia la oscuridad. «En el caso de que no tenga más remedio que acostarme de noche y sola —me confesó— la única solución para poder dormir consiste en atiborrarme de somníferos y dejar alguna luz encendida.» Hugo me había advertido que Cas posee una sensibilidad fuera de lo común. «En cuanto empieces a tratarla un poco, te darás cuenta de lo extraordinaria que es.»

Y, la verdad, Martina, tengo que darle la razón a mi marido. Casilda y yo apenas llevamos unos pocos días aquí, en Reunión, dedicadas a la noble tarea de no hacer nada, y ya la llama de la amistad ha prendido entre nosotras. Cas ha sabido deslumbrarme con las armas de la delicadeza y la generosidad, tratándome de igual a igual en todo momento, sin abrumarme con sus apellidos ni con su fama.

Cas me ha hablado mucho de Azucena. Fui yo misma la que sacó el tema, no vayas a pensar. Ambas llegaron a conocerse bastante bien, y parece ser que se apreciaban mutuamente. Cas me aseguró que ella la había defendido desde el primer momento frente a otros miembros de la familia que, de forma más o menos disimulada, la repudiaban por su origen plebeyo. Las burlas por tan injusta causa llegaron a ser muy crueles. ¿Me tratarán a mí de la misma manera? ¡Espero que no!

Hugo estaba enamorado de Azucena, de eso a Cas no le cabía la menor duda. Y, tal como ahora lo está haciendo conmigo, disfrutó con ella de una larga luna de miel. Asimismo, estuvieron en el yate de Cursufi y en la casa de Hugo en Kenia, a la que, por cierto, no se ha decidido a llevarme aún. Hugo fue generoso con su primera mujer. Puso a su disposición una cuenta corriente, prácticamente ilimitada, a fin de renovar su vestuario y convertirla en muy poco tiempo en una dama y en una estrella de la vida social. «Azucena era bastante inteligente —recordó Cas; estábamos en la terraza del Fin de Siècle disfrutando de la puesta de sol y tomando unos gin-tonics—. Y muy ambiciosa. Asumió su papel con una intensidad que incluso a mí, en mi calidad de actriz, me asombraba.» «¿Quieres decir que estaba actuando?», le pregunté. «¡Claro que sí! —me replicó Cas—. ¡Exactamente como actuarás tú si quieres sobrevivir!»

Espero, Martina, que mi carácter no cambie como cambió el suyo, porque Azucena empezó a frecuentar malas compañías y a aparecer en las revistas. Al principio, lo hacía como acompañante de Hugo en recepciones y fiestas; pero después, a los pocos meses, vendía sus propias entrevistas y elegía sus compromisos con ayuda de una agencia. Quizá tú misma, Martina, recuerdes, como me sucede a mí, pues tan sólo ha pasado poco más de un año, algunos de aquellos reportajes de la primera baronesa de Santa Ana —pronto me designarán a mí como «la segunda»— con trajes de alta costura y peinados de fantasía, posando en lugares de ensueño —incluso, para disgusto de la duquesa, de mi suegra, en los propios jardines del palacio de Láncaster—. «Empezó a corromperse —me dijo Casilda—. Hacía cosas reprobables... Invertía por su cuenta, con el dinero que Hugo le daba a manos llenas, y se enredó con otros hombres.» «¿Por qué?», pregunté, asombrada. «¿No tenía bastante con uno solo, y tan irresistible como Hugo?» «Al parecer, mi querida hermanita, no», fue la respuesta de Cas. Me hice el juramento de no engañar jamás a Hugo. Si lo nuestro, por lo que sea, no llega a funcionar, lo dejaremos de manera civilizada. «Acepta tu nuevo rango, Dalia —me animó Cas—. Y represéntanos con dignidad, no como Azucena...» El clima de confianza entre nosotras estaba alcanzando tal nivel de intimidad que me atreví a preguntarle a las claras quién había acabado con su vida. «Ojalá lo supiera —me repuso Cas—. De una cosa puedes estar absolutamente segura: tu marido es inocente.»

Hugo se presentó en ese momento, vestido para la cena, y su sola presencia disipó cualquier nubarrón que pudiera cernirse sobre su pasado. Su limpia mirada azul se posó en la mía al tiempo que me cogía las manos y me besaba en la boca exactamente como yo había soñado siempre que me besaría un hombre como él en el nacimiento de un amor perdurable.

Esa noche, en nuestra suite, con las ventanas abiertas a la brisa del trópico, supe mostrar a Hugo, con mis caricias, con mis besos, que creía en él, en su inocencia, en nuestro futuro, y que le amaba.

Tuya, siempre

DALIA

Nota: Hugo me está preparando una fiesta de presentación en sociedad. Él no sabe que yo lo sé, pero se celebrará el primer domingo de mayo, es decir, apenas hayamos regresado a España, en el palacio de Láncaster. Espero, Martina, que puedas venir. Tu compañía me resultará del máximo apoyo. ¡Estoy tan nerviosa!

59

¿Dónde está Martina?

Pese a todos aquellos acontecimientos, pese a los asesinatos de Jacinto Rivas y del juez Nicolás Peregrino, más el intento de acabar con la vida de Ernesto Buj (quien la salvó gracias a que su perrito, *Cisco*, consiguió llamar la atención de una pareja que, en busca de intimidad, había acudido de noche a la playita donde fue agredido), Martina de Santo no dio señales de vida.

¿Dónde diablos estaba la inspectora?

Nadie lo sabía. Se había tomado unos días libres justo antes de que Jacinto Rivas apareciese desnucado en el aprisco de los pastos, muy cerca —¿de manera casual, nos preguntábamos algunos?— del lugar donde, dos años atrás, fue abandonado el cadáver de Azucena de Láncaster.

La ausencia de Martina me extrañaba tanto que, en cuanto tuve oportunidad, pregunté a Conrado Satrústegui por su paradero. El comisario me informó de que la inspectora había adelantado sus vacaciones. Al parecer, se proponía realizar una larga travesía por el África central, acompañando a una expedición antropológica que iba en busca de los antiguos hombres-leopardo. A lo largo de las próximas semanas, en cualquier caso, iba a permanecer incomunicada.

Como ignoraba la fecha de su regreso, yo la iba llamando de vez en cuando a su casa, pero no cogía el teléfono. En una ocasión, mis pasos me llevaron a la parte alta de la ciudad y me acerqué hasta la casa modernista de tres plantas en que ella vivía. A través de las verjas, se veía claramente que el césped necesitaba siega. Sin embargo, me extrañó que del buzón, que debería estar congestionado, no asomasen cartas. Di por supuesto que Martina había dejado la llave a alguien de confianza para que se encargase de recogerlas.

Concluía el mes de abril y seguíamos sin noticias suyas. El buen tiempo y la humedad hicieron que las alamedas estallasen de margaritas y calas. Hasta las casamatas militares de la muralla perimetral se cubrieron de buganvilla en flor. Fue un mes espléndido, sobre todo para el subinspector Barbadillo.

En ausencia de Martina, le había tocado a Casimiro cargar con el peso de las investigaciones en curso. El subinspector, picado aún por el reciente ascenso de Martina, debió de considerar que aquélla era su gran oportunidad para tomarse la revancha y se dedicó a los nuevos casos en cuerpo y alma.

Era eficaz, y pronto comenzaron a palparse sus progresos. Tanto que, en un tiempo relativamente breve, Barbadillo había conseguido reunir los suficientes indicios como para deducir que los últimos crímenes, el del jardinero de los Láncaster y el del magistrado que había instruido la causa de Hugo, más la seria intentona de mandar al Hipopótamo al otro barrio, eran obra de un mismo individuo: un antiguo campeón de lucha libre y ex presidiario llamado Óscar Domínguez, alias Toro Sentado.

Domínguez acababa de salir de la cárcel. Tras su rastro pusimos patas arriba media ciudad y removimos después la otra media. Desde su salida de la prisión de Santa María de la Roca, había estado residiendo en una pensión del casco viejo, cuya hoja de recepción firmó con su nombre auténtico. Se le había visto en numerosos bares, así como rondando los domicilios del juez Peregrino y del ex inspector Buj. A pesar de todos esos testimonios, y de que el metro noventa y el centenar largo de kilos de Toro Sentado hacían que su figura difícilmente pasase desapercibida, parecía habérselo tragado la tierra.

Barbadillo me pidió información sobre él y elaboré un perfil. Mi conclusión fue clara: Óscar Domínguez carecía de móviles para ejecutar esos asesinatos, por lo que sólo cabía pensar que los perpetró por encargo.

¿De quién? ¿Tal vez del barón Hugo de Láncaster, con quien había compartido celda en Santa María de la Roca?

Barbadillo no tenía pruebas para acusar al barón, pero ésa iba a ser la primera pregunta que el subinspector le hiciese a Toro Sentado en cuanto le echara el guante.

60

La inspectora da señales de vida

Una de esas noches, muy a finales de abril, recibí una llamada de Martina de Santo.

Era tarde, las once y media. Mi mujer estaba acostada, pero fue ella la que cogió el auricular. Se limitó a decir:

—Es para ti.

Por la manera en que lo dijo, supe que estaba celosa. Se dio la vuelta en la cama, pero no por eso dejó de oír la conversación. Tuve una sensación culpable, como si de un momento a otro la inspectora fuera a materializarse entre nosotros dos, justamente en el hueco del colchón que quedaba libre. Y, acto seguido, en cuanto escuché a Martina, sufrí una sensación todavía más inquietante: la de que mi matrimonio, después de tantos años de estabilidad, corría el riesgo de irse a pique.

—Buenas noches, Horacio. Discúlpeme por llamar a estas horas.

—No importa, inspectora.

—Espero que se encuentre bien. Me he acordado mucho de usted.

Cuando me hablaba así, en ese tono más personal, yo

podría estar escuchándola mil y una noches, pero había temas de mayor urgencia y gravedad.

—¿Dónde se había metido, Martina? ¿Está al tanto de lo ocurrido, de las muertes del jardinero y del juez, y del intento de asesinar a Buj?

—Lo sé y no pude evitarlo.

—¿Cómo habría podido hacerlo? Se encontraba usted muy lejos...

—No tanto.

—¿Cuándo ha regresado del África Negra?

—Nunca llegué a pisarla.

Mi próxima pregunta surgió de un magma de confusión:

—¿No había ido en busca de los hombres-leopardo?

—Sí, pero no estaban en lejanas selvas, sino bastante más cerca.

—Inspectora —rogué, totalmente perdido—, si fuese tan amable de explicarme...

—A su debido momento, Horacio. Hasta ahora me las he arreglado sola, pero a partir de este instante voy a necesitar su ayuda.

Me di cuenta de que, fuese lo que fuera lo que había averiguado, no iba a adelantarme una palabra. Como ya había hecho otras veces, opté por confiar en ella.

—Estaré a su disposición, por supuesto. Dígame qué tengo que hacer.

—El próximo domingo me han invitado a una fiesta en el palacio de Láncaster. Quiero que me acompañe.

—¿Qué se celebra?

—Hugo de Láncaster y mi amiga Dalia, convertida en baronesa, regresan de su larga luna de miel. Será una especie de presentación en sociedad.

Me eché a reír.

—¡Por el amor de Dios! ¿Todavía se celebran esas cosas?

—Ya ve.

—¿Tendré que ir de etiqueta?

Lo había preguntado a bulto, pero al otro lado de la línea se hizo un silencio.

—¿Inspectora? ¡No me fastidie!

—Servirá un traje oscuro.

—Me resignaré.

Le consulté si deseaba que quedásemos para ir juntos a Ossio de Mar, pero me adelantó que se desplazaría por su cuenta. Nos encontraríamos el domingo en el propio palacio, a partir del mediodía.

Cuando colgué el teléfono, mi mujer se removió en la cama.

—Tu voz rejuvenece cuando hablas con ella.

61

Fiesta en el palacio

Llegó el domingo, me acicalé lo mejor que pude y me dirigí en mi coche particular al palacio de Láncaster.

La inspectora me había informado de que la recepción comenzaría a partir de las doce de la mañana, pero no creí conveniente presentarme antes de la una. Hice una parada en la gasolinera de Ossio de Mar para llenar el depósito, tomar un café y leer la prensa.

Nada más aparcar al exterior del muro de la mansión, en el ángulo de la pradera donde se había habilitado un párking para numerosos vehículos, la mayoría muy lujosos, me di cuenta de que la propiedad había sido especialmente engalanada para la ocasión. La avenida principal lucía sus setos perfectamente recortados, y de las fuentes, que yo recordaba estancadas en invierno, manaban chorros de agua cuyos líquidos dibujos brillaban al sol. Hacía un día magnífico, propio del mes de mayo, con veinticinco grados de temperatura y un cielo sin nubes, tan luminoso y azul que sólo de mirarlo se alegraba el corazón.

Una de las azafatas contratadas para atender a los invitados comprobó a la entrada que mi nombre —por mediación de Martina, supuse—, figuraba en la lista. Con una estandarizada sonrisa me ofreció una copa de cava y me informó de que, siendo los aperitivos muy abundantes, no se serviría estrictamente una comida. En su lugar, un completo bufet, instalado en la parte posterior de los jardines, permanecería abierto hasta la hora de la cena. Imaginé que algunos de los invitados, dado el difícil acceso al palacio, se quedarían a dormir en las numerosas habitaciones vacías que yo recordaba haber visto en la segunda planta, cuando, un par de años atrás, en aquella trágica Navidad de 1989 que parecía tan remota y, sin embargo, tan reciente a la vez, participé en la investigación por la muerte de Azucena de Láncaster.

Además de las uniformadas azafatas, un ejército de camareros contratados para la ocasión atendía a los dos centenares de asistentes a la fiesta. Muchos de los invitados habían llegado hacía rato. Nada más entrar al vestíbulo y toparme con unas cuantas personalidades, me sentí cohibido. Tuve la sensación de que estaba de más.

Apuré mi copa de bienvenida y, en el acto, una camarera vestida con el uniforme negro y blanco de las doncellas del palacio vino a ofrecerme otra. Fui a depositar la copa vacía en su bandeja, pero nuestras manos se trabaron y la que ella me estaba ofreciendo se estrelló contra el suelo.

—Lo siento, señor. ¡Qué torpe soy!

—No tiene la menor importancia.

—Le he manchado la americana. Permítame limpiársela.

Sin saber cómo reaccionar, atenazado por una vergonzante parálisis, dejé que aquella buena chica fuese a por una servilleta de hilo, la humedeciera en un vaso de agua —lo cual, la verdad, me pareció poco apropiado— y me frotase la solapa con un vigor exagerado y con el discutible efecto de extender la mancha, haciéndola más visible. Al frotar el tejido con su improvisado trapo se había situado muy cerca de mí, tanto que pude aspirar su perfume. El aroma me resultó vagamente familiar, pero no conseguí identificarlo.

—De este modo, ha quedado mucho mejor —decidió la doncella, que era cargada de espaldas, separándose un metro de mí para comprobar el resultado de su trabajo y mirándome con alivio y tal vez con una cierta coquetería—. Ahora le voy a ofrecer otra copita y algo para picar.

En su poco agraciada cara destacaban unas gafas de pasta cuyos gruesos cristales hacían disminuir el tamaño de sus pupilas. La pobre chica tenía un pelo horrendo, medio rizado, medio liso, con mechas rubias y castañas a la vez. Se alejó un momento, pero sólo para arrebatarle su bandeja a otra de las camareras, que se quedó sin habla, y regresar a mi lado para ofrecerme un montado de queso de cabra y un vaso de vino tinto. Acepté, por quitármela de encima, y me puse a observar a otro de aquellos grupos, en el que conservaba Lorenzo de Láncaster. También él me vio y se acercó a saludarme.

—¿Qué tal, cómo está, señor...?

Su bienvenida concluyó en un murmullo inaudible. Era evidente que no recordaba mi nombre, aunque sí quién era yo: un poli. Pero no debía de tener ni la menor idea de qué estaba haciendo allí. Le comenté que había decidido responder a una invitación indirecta, formulada a través de la inspectora Martina de Santo, buena amiga de su cuñada Dalia.

—Mantienen una relación personal, tengo entendido —asintió Lorenzo—. ¿Qué ha sucedido con su chaqueta?

—Un percance sin importancia.

—¿Ha venido solo?

—Sí.

—¿Y la inspectora De Santo?

—No la he visto. ¿Sabe si ha llegado?

—Tampoco yo la he visto.

—Le preguntaré a la baronesa, ella lo sabrá.

—Supongo que sí. Disfrute de la fiesta.

Fui en busca de Dalia de Láncaster. La baronesa, me indicaron, estaba en un salón más reducido, de enteladas paredes, recargado de muebles rococó con retorcidas patas doradas. Su atmósfera resultaba sofocante. O bien yo no había visto esa bombonera en nuestras visitas anteriores o había sido redecorada con posterioridad.

Dalia estaba sentada en un sillón Voltaire bordado con una bandada de ibis y otros pájaros sagrados, junto a otras profanas pájaras también vestidas de gala pero no tan hermosas como ella. En alguna ocasión, Martina me había comentado que su amiga Dalia era una mujer dulce e ingenua, y muy guapa. Me abrí paso hacia ella y me presenté.

—¿Horacio? —exclamó Dalia, alegrándose sinceramente—. ¡Qué ilusión que haya venido! Martina me ha hablado mucho de usted. ¿Ha llegado ya mi mejor amiga?

—Supongo que ha debido de retrasarse. Yo, en cambio, he venido demasiado pronto.

—¿No lo dirá porque se sienta incómodo?

—No conozco a nadie, verá, y...

Dalia bajó la voz.

—Le entiendo muy bien. También para mí todo esto resulta un tanto... artificial. Aguante un poco más. Martina se presentará dentro de muy poco. Hace un ratito me ha llamado por teléfono para decirme que su perro se había roto una pata y debía llevarlo al veterinario. En cuanto atiendan al animalito cogerá el coche y conducirá hasta aquí.

Manifesté mi extrañeza:

—No sabía que la inspectora tuviera perro.

—Ahora que lo dice, yo tampoco. En cualquier caso, ¿qué más da? Venga conmigo, Horacio, le presentaré a algunos de los invitados más entretenidos. Es increíble la cantidad de celebridades que conoce mi marido. Como podrá comprobar, ha venido una gente de lo más interesante...

62

El anillo de la duquesa

En el curso de la hora y media siguiente tuve la impresión de haber conversado de un sinfín de cosas carentes de la menor relevancia con decenas de personas convencidas de su relevante talla. De vez en cuando, alguno de ellos o de ellas se refería a su profesión o a su título. La mayoría eran financieros, nobles o ambas cosas a la vez.

En uno de esos cambios de parejas o grupos me encontré charlando con el padre Arcadio, el capellán de la casa ducal, que parecía tan descolocado en aquel ambiente como yo mismo. Hicimos causa común. Ideábamos un mutuo plan de rescate cuando se nos unió el médico de la familia, José Luis Guillén. Juntos salimos al jardín y nos refugiamos en una mesa apartada, protegida del sol por una sombrilla.

Hasta allí, cuando estábamos divinamente, solos y a salvo de los demás, fue a importunarnos la misma y torpe camarera que un rato antes, al llegar yo al palacio, me había arruinado mi mejor americana. Con su torcida sonrisa y sus zambos andares avanzó hacia nosotros sosteniendo tres copas de champán que, en sus manos, difícilmente seguirían resistiendo la ley de la gravedad.

—Cuidado con ella —advertí, señalando con disimulo a la estrafalaria doncella—. Es especialista en tirarlo todo.

—¿Quién habrá contratado a esa pobre mujer? —se asombró el médico—. ¡Si parece un espantajo!

La camarera había eludido de puro milagro a la duquesa de Láncaster. Por centímetros, no arrasó la silla de ruedas que la fiel Elisa había ido trasladando de círculo en círculo. Decidida a llegar hasta nosotros, fue salvando los últimos obstáculos, una resbaladiza escalerita de piedra, sillas de tijera desperdigadas por medio jardín, hasta detenerse frente a nuestra mesa con una sonrisa triunfal y exclamar a grito pelado:

—¡A beber toca, señores!

Instintivamente, me eché hacia atrás. Por el rabillo del ojo vi que el padre Arcadio imitaba mi reflejo, pero a ninguno de los dos nos sirvió de nada porque la camarera resbaló al dejar las copas y cayó aparatosamente sobre nuestra mesa. Bajo su peso, el tablero se disparó hacia arriba, arrojándonos al suelo en medio de un estrépito de vidrios rotos.

—¡Otra vez la he vuelto a hacer! —exclamó aquella loca, después de rodar por el césped—. ¿Todos se encuentran bien? ¿Hay alguien herido?

—Háganos un favor —le advertí, mientras unos cuantos caballeros se nos acercaban para comprobar qué había pasado—: Déjenos en paz.

Pero ella se lamentó, desolada:

—¡Cómo se han puesto por mi culpa! Iré a por un pañito. ¡Oh, Dios, no veo nada! ¿Dónde están mis gafas?

Exasperado, la ayudé a buscarlas. Estaban mucho más allá, caídas en un parterre. Me metí entre los rosales y se las alcancé. Ella se puso a palmotear, como si tuviera diez años. De contenta que debía de sentirse por haber recuperado sus antiparras se me colgó del cuello y me plantó dos besos mientras me susurraba al oído:

—Muchas gracias, señor Horacio.

De veras: me asusté.

—¿Cómo sabe mi nombre?

—Lo he comprobado en la lista de invitados.

Nada más decir eso me agarró histéricamente del brazo y se puso a señalar el montón de acuchillados vidrios a que habían quedado reducidas las copas de champán.

—¡Ahí! ¡Mire ahí! ¡Oro!

Lo era, en efecto. Una dorada sortija brillaba entre los afilados cristales de las quebradas copas. Con cuidado, para no cortarme, la recuperé y limpié con mi pañuelo. El anillo era excepcional. En su sello, grabado a relieve, se distinguían con claridad el castillo y los dos lobos del escudo de la casa de Láncaster. El padre Arcadio cogió la joya y la examinó a la luz.

—¡Si es la sortija de la señora duquesa!

—Se le habrá caído —deduje—. Iré a devolvérsela.

Atravesé de vuelta el jardín hasta los grandes ventanales que abrían a la primaveral mañana la fachada sur del palacio, irradiando la luz de mayo en su interior, y busqué a doña Covadonga por donde la había visto por última vez. Un rato antes estaba junto a uno de los estanques, y ahí seguía, fumando en una alargada boquilla de nácar y asintiendo cansinamente al monólogo con que uno de los invitados parecía estar castigándola. Para la fiesta de bienvenida a Dalia, Covadonga Narváez había mudado sus habituales y oscuras vestimentas por un vestido de gasa de color turquesa. Se adornaba con una pamela rosa que le daba un aire de millonaria excéntrica. «De lo que realmente es», pensé.

Me incliné hacia ella y le entregué el anillo:

—Creo que es suyo, señora. Lo habrá perdido con el trajín de la fiesta.

Doña Covadonga estiró una de sus manos cubiertas con aquellos mitones de raso que ya me habían llamado la atención aquella vez que nos recibió en un frío día de invierno, y que ahora, con un calor casi veraniego, resultaban inapropiados.

Al recoger el sello, la voz de la anciana se veló.

—¿Dónde lo ha encontrado?

—En el césped, pero no fui yo quien dio con él, sino una de las camareras.

—¿Cuál?

Señalé a aquella perturbada, que no estaba lejos de nosotros, con una bandeja de canapés que iba repartiendo sin ton ni son. La respiración de la duquesa se aceleró.

—¿Se encuentra bien? —murmuré.

No debía de ser así. Una cadavérica palidez estaba demudando el rostro de doña Covadonga.

—Sí, gracias —acertó a decir—. Señor...

—Horacio Muñoz. Agente de policía, ¿me recuerda?

—Perdone, estoy mareada.

—¿Le traigo algo para reanimarla?

—¡Yo lo haré, no se preocupe!

Me volví, a punto de estallar. ¡Era otra vez la esperpéntica camarera y de nuevo venía a importunarme!

—¿Qué sucede? —murmuró la duquesa.

La sirvienta se situó frente a la silla de ruedas.

—¡He sido yo, señora, y no este caballero, quien ha encontrado su anillo! ¿No cree que me merezco una gratificación?

Vi a Elisa abrirse paso entre la gente. Llegó a mi lado y, alarmada, me preguntó qué estaba sucediendo. Señalé el anillo, que doña Covadonga seguía sujetando en su palma, aferrándolo con fuerza, pero sin decidirse a colocarlo en su dedo anular. La duquesa estaba sudando, pero, más que un golpe de calor, yo habría apostado a que se trataba de un sudor agónico. Me pareció que Elisa, a su vez, palidecía, y que ambas compartían un mismo aire de tensión.

La asistenta insistió en moverla de allí.

—Vamos adentro, señora. Tanto sol no es bueno para usted.

Comenzó a empujar la silla de ruedas, pero la estrafalaria camarera les cortó el paso.

—¡El sol debería resultarle agradable, después de haber pasado tanto tiempo en una tumba del bosque!

El párpado izquierdo de doña Covadonga se puso a temblar. Sus manos se cerraron sobre los apoyabrazos y elevó medio cuerpo.

—¿Cómo se atreve a hablar así a la señora duquesa? —exclamó Elisa, horrorizada—. ¡Márchese!

Se iba a montar un escándalo. Cogí a la camarera del brazo y le indiqué el camino.

—Por favor. Ya ha molestado bastante.

Pero ella, vociferando que no se iría sin la recompensa que le correspondía por haber encontrado el anillo, se desasió con brusquedad. Yo reaccioné de mala manera y, a buen seguro, habría organizado una escena de no haber sucedido en ese momento algo por completo imprevisible.

En el jardín, uno de los grupos de invitados se abrió en abanico para dar paso a una tropa de uniformes. Eran agentes de policía, ocho, diez, quizás. El mando que iba al frente, de civil, con un vaquero y una camisa por fuera para disimular la pistola, no era otro que Casimiro Barbadillo.

—¡Subinspector! —exclamé, para que pudiera verme—. ¿Qué está haciendo aquí? ¿Qué sucede?

—¡Lo tenemos, Horacio! —gritó Barbadillo, muy excitado, importándole poco el tumulto que su aparición y la de sus hombres estaba provocando—. ¡Óscar Domínguez ha caído! ¡Lo hemos pillado esta mañana y acaba de cantar!

El subinspector rodeó el estanque, se acercó hasta donde yo estaba y me felicitó.

—Tenía usted razón, Horacio. Hugo de Láncaster encargó a ese sicario que ejecutase los crímenes. ¡Venimos a por él!

En aquel instante, el barón bajaba las escalinatas del jardín escoltado por Dalia, su mujer, por su hermano Lorenzo y por su primo Pablo. A una señal de Barbadillo, varios policías le abordaron. Uno de ellos, sin mayores contemplaciones, lo empujó contra la estatua de un discóbolo y le colocó las esposas. Hugo se resistió. Hubo momentos de confusión. Los agentes fueron empujando al barón hasta nuestra posición.

Barbadillo le resumió los cargos:

—Queda detenido como supuesto autor intelectual de los asesinatos de Jacinto Rivas y de Nicolás Peregrino, así como de presunta complicidad en el intento de asesinato del ex inspector jefe de policía Ernesto Buj.

Hugo alzó los ojos al cielo:

—¡Soy inocente!

—¡Cállese! —le ordenó Barbadillo, desbordado por la cólera—. Asimismo se le acusa...

—¡Yo estaba a diez mil kilómetros de aquí, con mi esposa, de luna de miel, cuando todo eso ocurrió!

—¡Lo que dice es cierto! —ratificó, muy nerviosa, Dalia.

El subinspector había palidecido de rabia.

—¡Engañó a los jueces con el caso de su primera mujer, y ahora...! ¡Andando, vamos!

Dalia se lanzó a abrazar a su marido.

—¡Tiene que ser un error, por el amor de Dios! ¡Hugo no ha matado a nadie! ¡No tenía motivos para mandar asesinar a esos hombres y materialmente no ha podido hacerlo! ¡Y tampoco mató a su primera mujer! ¡Ojalá pudiera ella testificar y decirnos quién lo hizo!

—¿Y quién dice que no puede testificar?

Se hizo un silencio. Esas palabras habían sonado justo detrás de mí, pero al girarme sólo vi a la camarera que tantos dolores de cabeza nos había causado en las dos últimas horas.

—¿Probamos a preguntar a la propia Azucena?

Era la doncella quien había vuelto a hablar, pero su voz sonaba ahora de un modo muy distinto. El corazón se puso a golpearme en el pecho. Yo conocía esa voz.

La camarera me sonrió, me guiñó un ojo y, con un rápido gesto, se quitó las gafas de pasta y la peluca de mechas. Cuando se hubo echado el pelo hacia atrás y desprendido de la moldura dental que le deformaba la mandíbula, apareció ante nosotros Martina de Santo.

En medio del asombro general, la inspectora sonrió a su amiga Dalia:

—¿Quién la mató? Eso es lo que pienso preguntar a Azucena de Láncaster. Y ella nos contestará.

—Eso es imposible, inspectora —tartamudeó Barbadillo. El subinspector se había quedado sin aire y miraba a Martina de Santo con una expresión de profunda incredulidad y, quizá, con un poso de rencor—. Esa mujer, Azucena de Láncaster, está muerta.

—No lo está, Casimiro.

Hugo preguntó a Martina:

—¿Cómo puede afirmar semejante cosa y quedarse tan tranquila?

—Usted conoce muy bien la respuesta, barón —le repuso la investigadora—. Azucena nunca murió porque nunca estuvo viva. Alguien la suplantó durante todo el tiempo. Alguien que también lleva su sangre.

Martina de Santo se acercó a la silla de ruedas y tendió una mano a la anciana duquesa. Doña Covadonga la miraba con el cuello torcido y una expresión de indomable orgullo.

—Ha sido una gran actuación —le felicitó Martina—. La mejor, sin duda, de toda su carrera, pero la función ha terminado. ¡Arriba el telón!

63

¿Cúal de las tres?

Con movimientos pausados, pero sin ayuda de nadie, la inválida anciana que había venido ocupando la silla de ruedas se puso en pie.

Era tan alta como Martina. Debajo de su vestido de gasa se adivinaba un cuerpo firme y delgado.

La inspectora le ordenó que se quitara la pamela, prendida con horquillas a un blanco y postizo moño. Sin él, una cascada de cabello natural cayó sobre sus hombros. Entre los invitados que, bajo el sol de las tres de la tarde, rodeaban el estanque principal de los jardines traseros del palacio, atentos al desenlace de aquella dramática escena, hubo reacciones de asombro.

En menos de treinta segundos, la achacosa duquesa se había transformado en una joven mujer. Una gruesa capa de maquillaje seguía arrugando y afeando su cutis, pero algunos habían reconocido ya a Casilda de Abrantes.

Martina le pidió:

—¿Quiere devolverme el anillo?

Casilda se lo tendió. Martina frotó el sello contra la manga de su uniforme de doncella y lo hizo brillar al sol.

—Gracias, Casilda. Ahora que ambas nos hemos despojado de nuestros respectivos disfraces podemos hablar con sinceridad, ¿no cree?

La actriz había dejado caer los brazos. Estaba a punto de venirse abajo y tuvo que apoyarse en el respaldo de la silla de ruedas. Su voz sonó desmayada:

—No iba en serio. Era una broma.

—No, Casilda. Los juegos entre ustedes terminaron hace mucho tiempo. ¿No me va a preguntar cómo descubrí el suyo?

—¡Si ella no lo hace, lo haré yo! —intervino con firmeza Lorenzo de Láncaster—. ¿Qué está pasando? ¡Que alguien me dé una explicación!

—Conteste, Casilda —la invitó Martina.

La actriz declinó. La inspectora dijo:

—Una doncella ve muchas cosas. Llevo tres semanas trabajando en el palacio, haciendo las habitaciones y sacudiendo el polvo, y he tenido tiempo para observar y extraer conclusiones...

Lorenzo la interrumpió:

—¿Dónde está mi madre?

—¿Quiere explicárselo usted, Casilda?

Nuevamente, la actriz permaneció callada. Algunos comenzamos a pensar que el silencio de Casilda era culpable, y que tal vez encubría actuaciones de extrema gravedad. El sol calentaba sobre los invitados y el cielo era azul zafiro, pero una destemplada sensación se extendió entre los presentes cuando Martina volvió a tomar la palabra:

—En mi calidad de camarera, me di cuenta de que la duquesa se ausentaba con demasiada frecuencia. Por las fechas de las cartas que mi amiga Dalia me iba enviando desde los paraísos de su luna de miel, pude comprobar que una interesante coincidencia se repetía una y otra vez:

cuando usted, Casilda, no se hallaba aquí, en el palacio, doña Covadonga se encontraba en paradero desconocido; y las reapariciones de la señora duquesa en esta residencia coincidían siempre con las visitas de su sobrina predilecta.

El número de los curiosos se había ido engrosando con otros invitados, atraídos por la aglomeración en torno al estanque donde estaba sucediendo este episodio. No todos estaban atentos. Los más alejados ignoraban qué ocurría.

Martina dio unos pasos hacia Casilda y elevó la voz para que se le escuchara con claridad:

—Mis sospechas aumentaron durante estos últimos días, en los que usted, Casilda, a fin de preparar la fiesta de bienvenida de Dalia, tuvo que volver a representar el papel de duquesa. Al hacerle la cama, recogí cabellos suyos y los envié al laboratorio. El análisis de ADN probó que la mujer que ocupaba el dormitorio de doña Covadonga Narváez no era la señora duquesa, sino usted, su sobrina. Demostrando que también era usted, Casilda, quien, en su silla de ruedas, caracterizada con su apariencia, con su ropa, representaba en público a su difunta tía.

No se oía una mosca. Martina continuó:

—La ciencia avanza, Casilda. Gracias a las pruebas genéticas, sabemos que usted ha venido suplantando a doña Covadonga en sus últimas apariciones; pero fue este anillo el que me reveló que, previamente a ocupar el lugar de su tía, la asesinó a sangre fría.

Un rumor de voces acogió esa acusación. Casilda levantó una mano, tal vez para dibujar un gesto de protesta, pero, como si realmente volviese a encarnar a una anciana sin fuerzas, se tambaleó y estuvo a punto de caer redonda.

Me acerqué a ella y la sostuve. Se desasió, volvió a apoyarse en el respaldo de la silla de ruedas y se llevó las manos al rostro.

—Sólo era una actuación —murmuró Casilda con su grave y cinematográfica voz—. Nada más que una broma.

—¡Nada de lo que aquí se ha dicho sobre la duquesa puede ser cierto! —dijo en un tono bastante más alto, y escandalizado, el doctor Guillén—. ¡Yo lo sabría!

Martina se lo quedó mirando con ironía.

—Supongo, doctor Guillén, que está hablando como médico de la familia. Pero ¿hace cuánto tiempo que la duquesa no se hacía un chequeo? ¿Que usted no la examinaba? ¿No se había dado cuenta de que ni siquiera en verano se quitaba esos mitones y pañuelos que ocultaban su edad y su piel? Revise su diario clínico, doctor. Estoy segura de que en los dos últimos años y medio, la suplantada duquesa no ha requerido sus servicios profesionales, al margen de alguna mera consulta verbal para mantener las apariencias. Y nada tiene de extraño, puesto que Casilda de Abrantes, como a la vista está, goza de una magnífica salud.

La actriz, en efecto, parecía haberse recuperado. La luz había regresado a sus ojos y sus movimientos eran vivos. Dispuesta a luchar por su inocencia, plantó cara a la inspectora:

—¡Usted no puede acusarme de nada! ¡No es quién!

Martina le repuso enigmáticamente:

—¿Y quién es usted, Casilda? ¿Cuál de las tres?

La actriz miró a Martina con furia.

—No sé de qué me está hablando.

Lorenzo de Láncaster interrumpió su conversación:

—¿Por qué no se dejan de secretos y me dicen dónde está mi madre?

—¿Quiere responder ahora, Casilda? —volvió a proponerle la inspectora—. ¿O tampoco lo hará esta vez?

La actriz miraba a sus primos. Lorenzo le hizo un gesto angustiado, pero fue su hermano Hugo quien preguntó:

—¿Mamá está muerta?

Martina acarició el sello ducal y lo hizo brillar al sol.

—Descubrí esta sortija en su féretro, en el cementerio del Convento de la Luz. Aprovechando la luna llena, abrí su nicho hace dos noches. Doña Covadonga llevaba allí desde la madrugada del día de Navidad de 1989. Sus asesinos la enterraron con el hábito de la monja que hasta ese momento había ocupado el sepulcro, pero, al colocar el cuerpo de la duquesa dentro de la tumba, se les olvidó quitarle el anillo, este sello. Estaba oscuro, nevaba, apenas tenían tiempo y cometieron ese error.

—¡Oh, Dios! —clamó Lorenzo.

Airadamente, el padre Arcadio preguntó a Martina:

—¿A qué nichos se refiere? ¿Es que ha estado profanando tumbas?

—Me limité a exhumar la de la hermana Benedictina —repuso Martina—. Y ahora que me da la oportunidad, padre, quiero agradecerle que me proporcionase la clave del caso y que indirectamente me animara a entrar en ese camposanto, distrayendo con buen fin el sueño eterno de los muertos.

El sacerdote quedó atónito:

—¿Yo le di una clave?

—Sí.

—¿Cuál?

—¿Recuerda la mañana del 25 de diciembre de 1989, día de Navidad, cuando atravesamos el bosque a pie, desde el palacio hasta el aprisco, para examinar el cadáver de Azucena de Láncaster? Portaba usted los santos óleos.

—Nunca podré olvidar aquellas dolorosas horas.

—Mi compañero Horacio le oyó comentar que una

joven religiosa, la hermana Benedictina, había muerto dos días atrás, el 22 de diciembre, en el Convento de la Luz, de un accidente doméstico, y que, en la mañana del 24, había tenido usted que oficiar su funeral. Usted mismo añadió que el cementerio conventual tenía problemas de espacio y que, para sepultar a Benedictina, las monjas habían tenido que agrupar los huesos en osarios comunes. Pero no nos dijo entonces toda la verdad, padre, y temo que pretenda empeñarse en seguir ocultándola.

El sacerdote percibió que la gente le miraba y se ofuscó:

—¡Yo no he mentido!

—Se puede pecar por omisión —le recordó Martina.

—¿Qué insinúa, inspectora?

—Yo no insinúo, padre. Mi método es empírico y no contempla la insinuación. Muy al contrario, afirmo que la hermana Benedictina no fue víctima de ningún accidente doméstico. Del granero del convento se desprendió una techumbre, cierto, pero nunca llegó a caer sobre ella. Como usted sabía muy bien, pues así se lo había confesado la priora, la hermana Benedictina se suicidó, arrojándose al vacío desde una altura de siete metros y cayendo sobre las guías de un carro de labor.

—¡Qué imaginación! —saltó el cura—. ¿Por qué iba a hacer una cosa así?

—Porque estaba encinta. De tres meses, exactamente. La criatura era varón y el futuro padre, Jacinto Rivas. Sólo lo sabían usted, la priora y Azucena de Láncaster, quien había hecho amistad con algunas hermanas, en especial con Benedictina, encargada de los telares que tanto entusiasmaban a la primera esposa del barón.

En mi cerebro, dos cables se conectaron con un chispazo.

—¡También Azucena estaba embarazada de tres meses!

Solté esa acotación, incapaz de reprimirme, pero sin ni yo mismo saber qué podía significar, si algo significaba. Hugo recibió mi comentario con una expresión hermética, pero Martina se mostró más calurosa conmigo:

—En efecto, Horacio. E igualmente, según los resultados de la autopsia, Azucena esperaba alumbrar un varón.

Chasqueé los dedos.

—¡Esos embarazos, al mismo tiempo! ¡Ambas mujeres, la baronesa y la monja, muertas en las mismas fechas!

—¡Muy bien, Horacio! —aplaudió la inspectora—. Está a punto de descubrirlo. ¡Siga un paso más!

Me devané los sesos, imagino que como todos los presentes. Un lejano resplandor comenzaba a iluminar mi cerebro, pero aún se agitaban demasiadas sombras entre la solución y la luz. La cara de Barbadillo era un mapa de contradicciones. Tampoco los restantes agentes adivinaban la verdad.

64

Una monja y una pantera

Los murmullos de los invitados habían subido de tono. Martina reclamó silencio.

—Si me prestan un poco de atención, señoras y señores, procuraré dar una explicación lógica a cuantos misteriosos sucesos se han venido sucediendo en el Ducado de Láncaster. Comenzando por la muerte de la primera baronesa, Azucena, en la madrugada del día Navidad de 1989, y terminando por esa serie de recientes asesinatos de cuya inspiración intelectual mi colega el subinspector Barbadillo ha acusado erróneamente a Hugo de Láncaster.

Dalia emitió un grito de alegría. El barón rugió triunfalmente:

—¡Gracias, inspectora! ¡Les dije que era inocente! ¡Quítenme las esposas!

Martina acababa de soltarse una almohadilla que, sujeta a su espalda, entre los omóplatos, venía, como parte de su disfraz, cargando su figura. Enderezó los hombros y buscó algo bajo el peto de camarera.

—No tan deprisa, barón. Ya hace dos años, en su primera causa, sostuve que podía ser usted culpable e inocente a la vez, y mi opinión no ha variado en lo sustancial... Pero permítame que le consulte una duda: ¿esta antigua pieza africana le pertenece?

La inspectora sostenía en alto un primitivo guante de piel con unas tiras de cuero para sujetarlo a un antebrazo. En su extremo, se recortaba una zarpa de temible aspecto.

—¿La reconoce, barón? —insistió Martina—. ¿No? Es curioso. Originalmente, esta garra de hombre-leopardo estuvo expuesta en el palacio, formando parte de su colección de fetiches. Pero hace dos años y medio ya que dejó de ocupar su lugar en la vitrina; tal vez por eso no la recuerde. Por eso y porque la ocultaron en el mismo nicho en que fue enterrada su madre. Allí dentro la encontré, junto con el anillo ducal y, naturalmente, junto al cadáver de doña Covadonga. Los felinos adornos de los hombres-leopardo tienen carácter mágico. En la antigua región del Congo, el hechicero desgarraba con estas sagradas zarpas la carne de los jóvenes guerreros, abriéndoles las puertas del sacrificio y de la inmortalidad. ¿Quieren ver lo afiladas que están sus uñas?

Martina pasó la zarpa por su propio rostro. Instantáneamente, su mejilla quedó arañada por curvas estrías. Uno de esos superficiales cortes se cubrió de un hilo de sangre. Hubo gritos entre la gente.

La inspectora explicó:

—Con este mismo fetiche desgarraron el rostro de la hermana Benedictina, a fin de hacer pasar su cadáver por el de Azucena de Láncaster.

En medio de un silencio total, Martina se dirigió a Hugo:

—¿Fue idea suya, señor barón, o se dejó aconsejar, también en este recurso, por su mujer?

Dalia enlazó las manos y rogó:

—¿A quién te refieres, Martina? ¿A qué mujer?

—A la suya, Dalia. A la mujer de la que Hugo de Láncaster siempre estuvo enamorado, y de la que, pese a todo lo que le ha hecho sufrir, sigue estándolo hoy en día. Me estoy refiriendo, querida Dalia, y no sabes cuánto lamento hacerte daño, a su prima hermana, a Casilda.

Ésta rompió a reír histéricamente. Hugo compartió su risa y después dijo con desprecio:

—Ni está usted en sus cabales, inspectora, ni espere de mí un solo comentario a sus delirantes fantasías. ¡No siga por ese camino porque nada podrá demostrar!

Martina le dedicó una sonrisa radiante.

—Al menos, déjeme intentarlo. De momento, el Supremo me ha dado la razón.

Un hombre calvo, con una llamativa americana de listas y un chaleco de seda verde, intervino tras esa alusión:

—¿Se refiere al mismo tribunal que ha decretado la absolución de mi defendido?

No tardé en reconocerle: era Pedro Carmen, el abogado de Hugo.

Martina le contestó:

—El Tribunal Supremo analizó correctamente las pruebas, el cabello encontrado en el cuerpo de Azucena y la viruta metálica incrustada en la herida de su cabeza. Ni el cabello era, con absoluta seguridad, del barón, ni la viruta de hierro se correspondía con su palo de golf. En consecuencia, la alta Sala declaró inocente a Hugo de Láncaster. Pero seguía siendo culpable.

Pedro Carmen objetó:

—La aplicación de la ley nunca es contradictoria.

Martina replicó al letrado:

—Y no hubo contradicción en el comportamiento criminal de su cliente. Hugo de Láncaster es inocente de la muerte de su madre y culpable del intento de asesinato de su hermano Lorenzo.

—¿Y del resto de los crímenes? —preguntó el subinspector Barbadillo.

—Inocente.

—Entonces, inspectora —volvió a preguntar Barbadillo—, ¿quién mató a Nicolás Peregrino y a Jacinto Rivas?

—Concédame unos minutos más y podrá ver la secuencia completa. Todo comenzó con una pantera.

—¿Ven como es una gran farsa? —exclamó Hugo, forcejeando entre dos agentes—. ¡Exijo que me quiten las esposas!

Martina continuó, imperturbable:

—La pantera se llamaba *Romita*. Alguien abrió la puerta de su jaula en la Nochebuena de 1989 para que escapase del Circo Véneto, instalado en el municipio de Turbión de las Arenas; en línea recta a través de los bosques, a menos de cinco kilómetros del palacio de Láncaster.

»Desde un principio, la fuga de esa bella pantera de las nieves me pareció muy extraña. En ese circo había otros felinos, leones, tigres, pero el que escapó fue un ejemplar de una especie rara, descubierta en época reciente y todavía no suficientemente conocida. Original de las montañas centrales de Asia, este hermoso felino se caracteriza por su capacidad para mimetizarse en los paisajes invernales. Y, si recuerdan, la nieve había comenzado a cubrir por aquellos días estos mismos bosques de la Sierra de la Pregunta.

Martina hizo una pausa para comprobar que mantenía el interés de la audiencia. Como así era, prosiguió:

—¿Y por qué me extrañó tanto que del Circo Véneto se hubiese escapado una pantera de las nieves y no un aparatoso león o un fiero y astuto tigre? Porque un animal de estas características, huidizo, capaz de trepar a los árboles, tardaría más en ser descubierto que un león o un tigre. Y eso era, precisamente, lo que perseguía aquel que dejó escapar a *Romita*: sembrar la alarma en la zona y crear el ambiente propicio para hacer creer que Azucena de Láncaster había sido víctima del ataque de una fiera. Sin embargo, quien diseñó esa puesta en escena sabía muy bien que la pantera de las nieves no suele atacar al hombre. Ante la posibilidad —como así, efectivamente, sucedió— de que *Romita* se limitase a husmear el cadáver tendido junto al aprisco del ganado, sin llegar a despedazarlo o a alimentarse con él, la mano criminal, utilizando, como les he dicho, esta antigua garra ritual de los hombres-leopardo, le provocó previamente los desgarramientos que vimos en su rostro, a fin de borrar sus rasgos y confundir su identidad.

—Entonces —razoné—, el cadáver que encontramos en los pastos, y que tomamos por el de Azucena de Láncaster, era, en realidad...

—El de la hermana Benedictina —confirmó la inspectora—. Azucena de Láncaster nunca existió, Horacio. Fue una creación de Casilda de Abrantes, la falsa personalidad que eligió para casarse con su primo Hugo, para convivir con él siendo y no siendo su mujer.

Casilda y Hugo compartieron una mirada ausente, pero ninguno de los dos reaccionó. Martina señaló la aguja de piedra de la capilla-panteón, cuyo gótico pináculo sobresalía de los setos.

—Retornemos a la Nochebuena de 1989. Acababa de terminar la misa de gallo. Los invitados regresaron de la capilla al palacio para tomar algo caliente. Faltaba Hugo. Tres días antes, había discutido con su mujer. Enfadado con ella, con la falsa Azucena, Hugo se había refugiado en un hotel de la costa, La Corza Blanca. Los demás actores de la tragedia, la duquesa, su hijo Lorenzo, su sobrino Pablo y su asistenta personal, Elisa Santander, estaban presentes aquí, en el palacio de Láncaster.

—¿Quién mató a mi madre? —preguntó un desmoronado Lorenzo—. ¡Quiero saberlo!

—Casilda la asfixió en su dormitorio —reveló Martina— y luego trasladó su cuerpo sin vida al viejo cementerio del Convento de la Luz. Venciendo su temor a la oscuridad, abrió el sepulcro de la hermana Benedictina, sacó su cadáver, lo desfiguró e introdujo en su nicho el cuerpo de la duquesa. Cargó con el cadáver de Benedictina hasta el Puente de los Ahogados y lavó en el río su primera pátina de putrefacción y la aparatosa herida que la religiosa se había hecho en la cabeza al caer sobre los remaches de hierro de un carro de labranza.

Relacioné:

—¡De ahí los restos de agua dulce en los pulmones!

—Efectivamente, Horacio. Pero permítame continuar. Una vez lavado el cadáver, Casilda lo trasladó monte arriba, le puso su propio camisón, sus pendientes y su anillo de boda y lo abandonó junto al aprisco como señuelo de una muerte lo suficientemente extraña como para absorber la atención de la policía mientras se urdía el segundo crimen.

—¿Cuál? —preguntó Lorenzo.

—El que, en forma de accidente de caza, iba a causar su muerte.

Resistiéndose a dar crédito a esa revelación, el primogénito de la casa ducal y heredero del título se encaró con su hermano:

—¿Tú lo sabías, Hugo? ¿Tú me disparaste?

El barón vaciló:

—Yo estaba en La Corza Blanca. No supe nada, no hice nada...

Lorenzo se giró hacia su prima. Su lamento sonó desgarrado:

—¡Dime que no es cierto, Cas!

Casilda le hurtó la mirada. En sus ojos se empozaba una luz negra.

Barbadillo objetó:

—Casilda de Abrantes no pudo hacer todo eso sola, inspectora. Abrir el nicho, trasladar el cadáver...

Martina le dio la razón:

—Tuvo un cómplice. Alguien que la sostendría si vacilaba o si la vencía el miedo.

—¿Quién? —gritó Lorenzo, fuera de sí—. ¿Quién más quería matarme?

La inspectora alivió su incertidumbre:

—No lo adivinaría fácilmente, marqués. El cómplice de Casilda de Abrantes, la persona que estaba a su lado cuando asfixió a doña Covadonga, la que la ayudó a trasladar el cuerpo y a enterrarlo en el convento fue Elisa Santander, la secretaria personal de la duquesa.

De los labios de Elisa brotó un grito sordo. A su rostro, habitualmente tan dulce, asomó una fiera expresión. Su cuerpo menudo se arqueó y sus manos se movieron con rapidez e hicieron culebrear un brillo de níquel.

Sonó un disparo. Martina de Santo abrió los brazos, dio unos vacilantes pasos y cayó al estanque. A su alrededor, el agua comenzó a teñirse de rojo.

Del cañón de la pistola que sostenía Elisa brotaba una columnita de humo. Me abalancé sobre ella y derribé a la frágil y servicial mujer que había disparado contra la inspectora.

65

Últimas revelaciones

Una ambulancia habría tardado demasiado. Decidimos trasladar a Martina en un coche patrulla.

Me tocó conducir, pero no sabría detallar en qué condiciones regresé a la ciudad. Tomé la carretera interior, con menos tráfico pesado del normal, al ser domingo. Un coche rápido, puede que un Porsche, quiso jugar a las carreras. En mi memoria, el resto del trayecto se ha borrado.

Un nublado subinspector Barbadillo y un angustiado doctor Guillén sostuvieron a Martina en el asiento de atrás del coche patrulla, que se manchó con su sangre. El médico le había realizado una cura de urgencia y procuró mantenerla despierta. Lo consiguió durante un rato, hasta que, al llegar a la bahía de Bolscan, la inspectora perdió el conocimiento. Volvió a recuperarlo una vez que le hubieron extraído la bala que se le había alojado en un costado y que, por suerte, no afecto a órganos vitales.

A lo largo de las siguientes catorce horas, rumiando las claves del caso, velé en el pasillo de la cuarta planta del Hospital Clínico, frente a una puerta blanca tras la que descansaba o dormitaba Martina de Santo.

El comisario Satrústegui me iba llamando por teléfono cada dos o tres horas, y sólo dejó de hacerlo en el curso de las seis que esa noche consagraría al sueño. Pero a las ocho de la mañana siguiente volvió a llamarme, y yo, que acababa de hablar con el médico de guardia, pude decirle:

—La inspectora está mejor. Nos dejarán verla a las doce.

Faltaba un cuarto para el mediodía cuando el comisario apareció en el hueco del ascensor. Todavía tuvimos que esperar unos minutos para que nos permitiesen entrar a la habitación de Martina.

La inspectora no tenía buen aspecto. La habían recostado sobre un par de almohadones y cubierto con una delgada sábana celeste, debajo de la cual no me costó nada imaginarme la herida de bala en forma de estrella, con la epidermis hinchada en sus bordes por los puntos quirúrgicos.

El comisario le preguntó a Martina cómo se encontraba y le felicitó por su extraordinario trabajo. Luego nos notificó que Casilda de Abrantes y Elisa Santander habían confesado haber dado muerte a la duquesa, ocultado el crimen y suplantado a la víctima. Hugo de Láncaster, sin embargo, se negaba a colaborar. Su silencio, unido a las zonas de sombra que quedaban por resolver en el caso, dificultaba la completa comprensión de la trama.

—Básicamente, inspectora —expuso Satrústegui—, su línea deductiva ha dado en el clavo. Tenemos suficientes pruebas para demostrar que Casilda de Abrantes y Elisa Santander aparecen detrás de una intriga criminal que ha evolucionado a lo largo de los dos últimos años y medio, a medida que se iban sucediendo cambios y acontecimientos internos en el seno de la familia Láncaster. Pero el papel de Hugo nos sigue pareciendo ambiguo o confuso.

—No más de lo que él mismo lo sigue estando —sonrió Martina—. Un seductor enamorado corre doblemente, sin defensas, el riesgo de ser traicionado. Porque hay amor y venganza en esta historia, todo un melodrama en torno al irresistible Hugo de Láncaster...

—Está hablando de un asesino.

—No pretendía frivolizar, comisario. Pero antes, más lejos en el tiempo, debemos hablar de un hombre morganáticamente enamorado de su prima hermana, Casilda de Abrantes.

—¿Cuándo comenzó su relación? —pregunté.

Satrústegui contestó:

—En su declaración, Casilda se ha negado a precisar ese dato.

—Tal vez brotase durante su adolescencia, en el idílico entorno de las vacaciones de verano en el palacio —apuntó la inspectora—. Tal vez, más adelante, cuando empezaron a rodar películas. ¿Quién sabe?

—¿Por qué nunca hicieron pública su relación? —quise saber—. ¿Por miedo a la censura familiar?

—Había precedentes. Los padres de Hugo, sin ir más lejos, también eran primos.

—Razón de más —insistí—. Si en esa familia la endogamia estaba, y sigue estando, a la orden del día, ¿qué les impedía disfrutar libremente de su amor?

—La ambición, Horacio —señaló Martina—. El amor entre Casilda y Hugo inspiró otras pasiones quizá menos fuertes, pero más dudosas en su trasfondo moral. Entre ellas, la de hacerse con el poder en sus respectivas familias. Para lograr ese objetivo, Hugo y Casilda tenían que apartar de la línea hereditaria a los primogénitos de ambas casas ducales: Lorenzo, hermano mayor de Hugo, y heredero del Ducado de Láncaster; y Pablo, hermano mayor de Casilda y futuro duque de Abrantes. A fin de eliminarlos a ambos a la vez, de un solo golpe, y heredar más adelante en sus respectivos lugares, idearon un mecanismo realmente diabólico.

—Estaba en juego una fortuna —supuse.

—La de los Láncaster es una de las principales del país —recordó Martina—, pero tampoco a los Abrantes les han ido mal las cosas. Ninguno de los hermanos pequeños, ni Casilda ni Hugo, tenían expectativas de heredar los títulos. Casilda, por ser su hermano Pablo varón, y mayor que ella. Hugo porque su padre, el duque Jaime, había transmitido el ducado, así como su administración, a su primogénito, a Lorenzo, quien le inspiraba bastante más confianza. Como albacea testamentaria, doña Covadonga no tenía la menor intención de modificar la última voluntad de su marido. En su día, cuando ella faltara, Lorenzo sería el nuevo duque de Láncaster. Su otro hijo, Hugo, sólo le ocasionaba problemas personales, disgustos con la prensa y pérdidas económicas con su productora cinematográfica y sus alocadas aventuras empresariales.

—No era de eso de lo que presumía —dije.

—Todo en Hugo era hiperbólico, una pura exageración, cuando no un fracaso. Su hermano Lorenzo, mucho más prudente, consiguió ir apartándole de la dirección de las empresas familiares. Hugo no ignoraba que su influencia en los consejos de administración disminuía cada día.

Martina estiró una mano, aparentemente para coger un vaso de agua que había en la mesilla, pero, en su lugar, agarró el paquete de Player's y, antes de que lo hubiésemos podido impedir, había encendido uno.

—Inspectora, no debería...

—Gracias por preocuparse por mi salud, Horacio —dijo ella, expulsando con delectación una bocanada de humo—. El abogado de los Láncaster, Joaquín Pallarols, con quien mantuve una entrevista para informarme de las finanzas del ducado, pues del corrupto administrador, Julio Martínez Sin, hice mejor en no fiarme, me confió que, desde la muerte del duque, al frente de las nuevas empresas y operaciones financieras ya sólo figuraba Lorenzo. Hugo no tenía ninguna duda de que, igualmente, el testamento de su madre le relegaría. La frustrante sensación de estar siendo objeto de una sistemática marginación fue creciendo hasta dar paso a un ánimo de venganza. Pero Hugo sólo se decidiría a pasar a la acción cuando su prima Casilda le envolvió en sus amorosas redes. La pasión alimentó la codicia, y ésta generó el crimen. Entre los dos amantes, les decía, entre Hugo y Casilda ingeniaron una trama maquiavélica que incluía un doble asesinato: uno falso, el de la espuria Azucena, del que pretendían culpar a Pablo; y otro perfecto, el que debería haber acabado con la vida de Lorenzo.

»Para cumplir sus propósitos, ambos episodios tenían que resultar consecutivos en el tiempo. En primer lugar, la Policía, dando por hecho que eran los restos de Azucena —pero siendo, en realidad, los de la hermana Benedictina—, descubriría el cadáver tendido junto al aprisco, en el que se habrían depositado algunos cabellos de Pablo de Abrantes, a fin de inculparle. Y, en segundo lugar, durante la batida que se organizaría contra la peligrosa pantera que merodeaba por los bosques, Hugo le dispararía un escopetazo a su hermano Lorenzo.

»Aquel imaginativo plan tenía un inconveniente. Para algunas de sus tareas, como, por ejemplo, para trasladar el cadáver de la hermana Benedictina desde el cementerio de las monjas hasta el refugio del ganado, eran necesarias dos personas. Pero Hugo no podía colaborar. Si quería conservar su coartada, debería permanecer en todo momento en La Corza Blanca. Fue entonces cuando captaron a Elisa como cómplice.

—Así lo ha admitido ella misma en su confesión —corroboró el comisario—. Hugo de Láncaster, con quien ya había tenido un breve y tormentoso romance, volvió a seducirla, ahora con promesas de boda. Esa modesta muchacha, Elisa Santander, le dio ingenuamente crédito. Llegó a verse como la futura duquesa de Láncaster y la ambición la cegó.

—No tan modesta ni tan ciega, comisario —le advirtió Martina—. Y, desde luego, nada inocente. Si en este caso ha llegado a actuar una pantera de las nieves, salvaje y con las garras bien afiladas, ha sido ella, Elisa.

—Hay una laguna en su argumentación, Martina —observé—. Hugo y Casilda no tenían necesidad de reclutar un tercer cómplice ni de trasladar el cadáver hasta el aprisco. Podían haberlo dejado en cualquier otro lugar del bosque, junto al cementerio, sin ir más lejos, y, de idéntico modo, simular que esa mujer había sido atacada por un felino. El resultado habría sido el mismo.

—Se equivoca, Horacio. En ese caso, el cadáver de la religiosa no se habría descongelado.

Fui yo quien se congeló con esa salida.

—¿De qué está hablando, inspectora?

—De cómo consiguieron engañar a los forenses con la hora de la muerte. Recuerde que la hermana Benedictina había sido enterrada en un viejo y gélido osario del cementerio medieval, en condiciones de un frío extremo. Aquel día, 24 de diciembre de 1989, nevó. Al caer la noche, la temperatura había descendido bastante por debajo de los cero grados, provocando la congelación del cadáver y paralizando los fenómenos y síntomas de su natural degradación. Doce horas después de su funeral, hacia las tres de la madrugada del día de Navidad, tras haber profanado el camposanto y haber cambiado los cadáveres, Casilda y Elisa sumergieron el cuerpo de la hermana Benedictina en el río Turbión, debajo del Puente de los Ahogados, durante el suficiente tiempo como para activar su descongelación. Al contacto con el agua, la temperatura del cadáver aumentó, permitiendo, a partir de ese momento, el normal desarrollo de los fenómenos cadavéricos.

El comisario cuestionó:

—¿Cómo sabe que la sumergieron precisamente en esa parte del río, debajo del Puente de los Ahogados?

—Por la ausencia de sal marina en el agua retenida en los pulmones de Benedictina y por las partículas de flora reveladas por la autopsia —detalló Martina—. Existe una microscópica especie de alga fluvial que se da en esos tramos embalsados del río Turbión, bajo los puentes, o en las pozas, pero no en su desembocadura, pues el flujo de la marea y la salinidad impiden su desarrollo.

—Volvamos a la manipulación del cadáver —propuso Satrústegui, tras aceptar esa explicación—. Ya tenemos a las dos mujeres, a Casilda y a Elisa, transportando el cuerpo de Benedictina hacia los pastos, monte arriba, a través del bosque. Pero la temperatura nocturna seguía siendo extremadamente baja. Una vez abandonado junto al refugio del ganado, pero a la cruda intemperie, ese cadáver casi desnudo volvería a congelarse.

Martina apagó el cigarrillo. Con las manos, se echó el pelo hacia atrás. De lo pálida que estaba, también ella tenía un aspecto un tanto cadavérico.

—Buena observación, comisario. Así, en efecto, ocurrió. El cadáver de Benedictina se heló de nuevo, provocando esta vez una ulterior confusión de síntomas entre los efectos de la helada y la rigidez cadavérica. Por esa razón, y tal como pretendían los autores del engaño, a fin de fingir la muerte de Azucena de Láncaster con la misma eficacia con que antes habían creado una vida para ella, el doctor Marugán situó la data de la muerte entre las dos y las cuatro de la madrugada del día de Navidad. Hora en que Hugo de Láncaster dormía plácidamente en su habitación de La Corza Blanca, a cuarenta kilómetros de distancia.

Satrústegui se pasó los dedos por los párpados.

—Parece cosa de brujas.

La inspectora sonrió.

—Al menos, de dos. Saben que, popularmente, llaman al palacio de Láncaster la Casa de las Brujas. Pues bien, el plural ya está justificado.

Satrústegui inventarió:

—Vamos a ver si la he seguido, Martina. Esas dos mujeres, Casilda y Elisa, asfixiaron a la duquesa en su dormitorio y la sacaron del palacio cuando todos dormían. Cargando con sus restos, caminaron a través del bosque hasta el cementerio monástico y ocultaron su cadáver en el mismo osario donde reposaba el de una monja recién fallecida. Cerraron el sepulcro, dejando a doña Covadonga dentro, y sumergieron los restos de la religiosa en el río para confundir al forense con la data de su muerte. Su última estratagema consistió en trasladar monte arriba el cuerpo de la hermana Benedictina, abandonándolo como si fuese el cadáver de Azucena de Láncaster.

—¡Perfecto, comisario! —aplaudió Martina—. Ni yo misma lo habría resumido mejor. Respecto a este punto, tan sólo añadiré que todos esos movimientos estuvieron sincronizados con el único, y mucho más simple, que el señor Bruno Arnolfino, director del Circo Véneto, tenía que hacer, manipulando una de las jaulas de los felinos. Recuerden que ese circo estaba acampado en el municipio de Turbión de las Arenas, muy cerca del palacio de Láncaster.

—¿Y qué tenía que hacer el señor Arnolfino?

—A cambio de la generosa cantidad que le pagó Hugo de Láncaster, abrir durante la noche la jaula de *Romita*, a fin de que la pantera de las nieves pudiera escapar, sembrar el pánico y contribuir a transformar la teatral muerte de Azucena en un peliagudo misterio.

—¿Cómo ha averiguado eso? —preguntó el comisario.

—Se trata de una deducción, señor, pero no dudo que nos resultará sencillo comprobarla, en cuanto el barón no tenga más remedio que aceptar nuestro conocimiento de todos estos hechos y ratificar aquellos en los que niega su participación. Cuando el señor Arnolfino llamó a Jefatura para cursar la denuncia, presumió que la fuga de *Romita* podía haberse debido a la falta de celo de un cuidador. En mi inspección del Circo Véneto, no descubrí a ningún encargado de ese cometido. Las llaves de las jaulas las custodiaba de día el domador; pero, por motivos de seguridad, tenía orden de depositarlas, cada noche, en la caravana del director. Arnolfino fue el único que pudo abrir la jaula.

—Martina hizo un leve gesto de dolor, como si le molestase la herida. Tomó aire y agregó—: En el mismo momento en que esa pantera escapó del Circo Véneto se estaba creando una cortina de humo para el segundo acto de la trama criminal, cuyo violento desenlace se llevaría a cabo al día siguiente, en la mañana del 26 de diciembre de 1989.

—¿Se refiere al atentado contra Lorenzo de Láncaster? —apuntó el comisario.

—En efecto. Fue su hermano Hugo quien le disparó,

oculto entre la maleza y los árboles. No se atrevió a utilizar uno de sus rifles telescópicos de caza mayor, pues la munición habría sido identificada, y decidió utilizar una escopeta de caza corriente, con la que sólo consiguió herir a Lorenzo.

Volví sobre algo que no me había quedado claro.

—Un momento, inspectora. ¿Y si los investigadores hubiésemos llegado realmente a creer que fue la pantera la que destrozó ese cadáver? En ese caso, no habría habido culpables.

—El deliberado hecho de que los zarpazos se limitasen al rostro, y que en el resto del cuerpo no hubiese mordeduras ni desgarramientos, ya nos habría hecho sospechar. Además, Casilda había depositado en las heridas del rostro algunos cabellos de su hermano Pablo. Por si esta prueba escapaba a la indagación policial, una llamada anónima, a cargo de Elisa, denunciaría a Pablo de Abrantes como autor del crimen. Llamada, Horacio, que usted mismo atendió.

—¡Pero no llamaron para denunciar a Pablo de Abrantes, sino a Hugo de Láncaster!

—Exactamente, Horacio. Esa llamada de Elisa marcó el punto de inflexión en el caso. Hugo había fracasado en su misión, dejando con vida a Lorenzo, y el vuelco de la situación, sumado a las sospechas policiales, hizo que Casilda y Elisa siguieran urdiendo sus propios planes, sin incluir al barón. Ambas decidieron traicionarle. Para culparle del primer crimen, y puesto que el cadáver de la hermana Benedictina presentaba un fuerte golpe en el cráneo, enterraron uno de sus palos de golf y denunciaron su escondite a la policía. Hugo sería detenido y condenado. Siendo paradójicamente, como he venido sosteniendo, inocente y culpable a la vez.

El comisario asintió.

—Continúe, Martina. ¿Qué sucedió después?

—Una vez encarcelado el barón, Elisa y Casilda asumieron el control de la casa ducal. Casilda había comenzado a representar el papel de la duquesa con tal arte que nadie iba a notar esa usurpación. Ambas cómplices habían recorrido ya un arriesgado camino, e iban a persistir en sus fines. La casa de Láncaster atravesaba momentos de desprestigio, y cada nuevo escándalo beneficiaría sus propósitos. Estaban maquinando una acusación contra Lorenzo, a quien, mediante la falsificación de su firma, pensaban denunciar por evasión de capitales y otros delitos financieros, cuando les sorprendió la noticia de la liberación de Hugo. Para ellas, el barón en libertad era un enemigo. Hugo las desconcertó con una baza sorprendente: nada más salir de la cárcel había conocido a una mujer, a mi amiga Dalia Monasterio y, pocos meses después, haciendo honor a su fama de irresistible seductor, se casó con ella.

—Casilda debió de ponerse furiosa —opiné.

—Imagínese. De pronto, tenía que dar la bienvenida a una segunda baronesa de Santa Ana, con la diferencia, respecto a ella, de que ésta, la nueva, Dalia, era real. Casilda y Elisa contraatacaron sembrando numerosos indicios para atribuirle a Hugo nuevos crímenes: el de Jacinto Rivas y el del juez Peregrino, sin olvidar la agresión al inspector Buj. Hugo les guardaba rencor a todos ellos. El sicario que los ejecutó había sido compañero de celda del barón en la prisión de Santa María de la Roca, por lo que de inmediato la policía establecería una relación entre ellos dos y los recientes crímenes.

El comisario informó:

—Óscar Domínguez ha confesado. Una voz con simulador contactó con él en la pensión en la que se alojaba y una mujer cuya descripción responde a Elisa Santander le visitó, de parte de Hugo de Láncaster, para entregarle un maletín con dinero.

Satrústegui consultó su reloj.

—Voy a dejarles, quiero contrastar todos estos datos con los propios implicados. Si es necesario, los someteré a careo. ¿Desea añadir algo más, inspectora?

—Como estoy segura de que al puntilloso Horacio le habrá quedado más de una duda, se las resolveré a él para que luego, espero que una vez satisfechas, se las resuma.

—Muy bien, Martina. Que se mejore. Y enhorabuena de nuevo. Ha hecho un trabajo increíble.

—Me he limitado a cumplir con mi deber.

—Ojalá que su nuevo cargo le dé oportunidad para pronunciar a menudo esa frase.

—Estoy segura de que así será.

Epílogo

El comisario salió de la habitación y Martina se giró hacia la mesilla de noche en busca de un cigarrillo, pero yo fui más rápido y escondí el paquete.

—Nada de tabaco, inspectora. No en unos cuantos días, hasta que esa herida esté cicatrizada y se encuentre con fuerzas.

—Estoy perfectamente, Horacio.

—Le acaban de pegar un balazo. Sé lo que es eso.

—Odiaría que dejara de ser mi amigo para convertirse en mi enfermero. Venga, deme un cigarrillo.

—No voy a hacerlo, pero sí le voy a pedir una respuesta. ¿Quién era Azucena López Ortiz, la azafata de vuelo que se casó legalmente con el barón? ¿Existió?

—Existió y existe. Sólo un cigarrillo, Horacio. Le prometo que seré buena y no volveré a fumar hasta que se vaya.

Me rendí. Le alcancé el paquete de Player's y vi con impotencia cómo encendía uno y cerraba los ojos de puro placer.

—¿Inspectora?

—Treinta segundos, Horacio —pidió ella, con los ojos aún cerrados—. Acabo de tener una visión.

—¿Cuál?

—¡Un hombre viene aquí, hacia esta habitación! Ahora mismo está cruzando la calle. Trae un enorme ramo de rosas rojas que le oculta el rostro. ¡Intuyo un peligro!... Perdone, Horacio, ¿me había preguntado algo?

—Sí. Por Azucena López Ortiz.

—Ah, la azafata... Su creación fue ardua. El modelo a suplantar tenía que ser una mujer real. Hugo de Láncaster recurrió a su amigo Abu Cursufi, un mafioso reclamado por las policías de medio mundo. Era, si recuerda, aquel mismo libanés en cuya villa de Dubrovnik se ocultó el barón tras su huida de España en la Navidad del 89. Cursufi puso en contacto a Hugo con una organización de trata de blancas que había captado a una de las hijas de un matrimonio español. Esa chica se llamaba y se sigue llamando realmente Azucena López Ortiz, es adicta a la heroína y ejerce la prostitución en Londres, en el barrio árabe. Para Hugo fue fácil llegar a un acuerdo económico con sus padres, una pareja de ex yonquis y traficantes. Querían abandonar el circuito de la droga, regresar a sus orígenes e instalar un negocio, una carnicería, en un pueblecito de Zamora, Mesas de Loria. A cambio de utilizar la identidad de su hija, el barón les financió el negocio. ¿No estuvo usted con ellos, Horacio?

Aquella extraña pareja regresó a mi memoria. Tenían un aire marginal y sus macilentas miradas compartían viejos temores, como si algo les acechara o amenazase. Estuvieron conmigo, efectivamente, en el Instituto Anatómico de Bolscan, fingiendo que reconocían a su hija Azucena en el cadáver de una mujer a la que no habían visto nunca. Unas horas después, asistieron en primera fila al funeral que se celebró en la capilla-panteón de los Láncaster.

—¿No le llamó eso la atención, Horacio? —me preguntó Martina.

—¿El qué?

—El hecho de que sus padres permitieran que la enterraran en el panteón de los Láncaster, siendo su marido sospechoso de haberla asesinado. ¡Lo autorizaron porque ellos sabían muy bien que no estaban enterrando a su hija, sino a una extraña, a esa pobre hermana Benedictina que tan poco se movió en su vida monacal y tantas vueltas acabó dando después de muerta!

—Hay otra razón, inspectora. Puede que para ellos, para los López Ortiz, siendo de extracción humilde...

—¿Va a decirme que lo consideraban una especie de honor póstumo? ¡Vamos, Horacio! El país ha cambiado. Los aristócratas ya no son lo que fueron.

—Usted lo sabrá mejor que nadie, baronesa.

Fue ésa una de las veces en las que realmente la sorprendí. Martina dejó el humeante cigarrillo en el platito del vaso de agua que estaba usando como cenicero y me miró como yo la había mirado tantas veces a ella, cuando me deslumbraba con sus deducciones:

—¿Cómo se ha enterado?

—Yo también tengo mis fuentes, baro... inspectora.

—Espero, mi querido Horacio, por la amistad que nos une, que sepulte esa información en el profundo pozo de su discreción. —La inspectora miró el reloj y pronosticó misteriosamente—: ¡Quedan apenas cinco minutos para que haga su entrada por esa puerta el hombre del ramo de rosas! ¿Qué más quiere saber sobre el caso Láncaster, Horacio?

—Dos últimas cuestiones. Primera: ¿cómo obtuvo esa información sobre Abu Cursufi?

—Una denuncia mía a Interpol sirvió para que, hace

apenas una semana, una patrullera australiana detuviera, en aguas de su país, al yate de Cursufi, *El Halcón Maltés*, con la bodega llena de armas. Para evitar la extradición, Cursufi proporcionó información sobre grupos islámicos armados. Logré que las autoridades australianas le interrogasen, además, por las actividades de su amigo Hugo de Láncaster y por la verdadera identidad de su primera mujer. Cursufi reveló el origen de esa suplantación, y cómo Casilda de Abrantes se transformó en Azucena López Ortiz. Para ello, cambió de aspecto, se matriculó en una academia de azafatas y fingió que veía por primera vez al barón en el curso de un vuelo. Tras casarse con su primo Hugo, se convirtió en baronesa.

—Y más adelante, con su segundo papel, en la anciana duquesa, en doña Covadonga.

—Eso es. En ese rol, como doña Covadonga, fue ella, la hábil Casilda, quien llamó a Jefatura y habló con el subinspector Barbadillo para notificar la muerte de su nuera; quien, caracterizada como la vieja duquesa, nos recibió en el palacio cuando fuimos a investigar el cadáver del invernal, y quien incurrió en una primera contradicción que me hizo sospechar. Hugo de Láncaster nos aseguró que él había llamado a su madre en Nochebuena, desde La Corza Blanca, para felicitarle la Navidad. Sin embargo, doña Covadonga no recordaba haber recibido esa llamada. Y no podía recordarla porque Hugo, en la tarde del 24 de diciembre de 1989, había hablado con su auténtica madre, con la verdadera duquesa, que todavía estaba viva. Apenas unas horas después, Elisa y Casilda la asfixiarían con su propia almohada... Pero tenía una última cuestión que consultarme, Horacio. Dese prisa. Sólo le queda un minuto.

—¿Para qué?

—Para que se presente ese extraño. Dispare, vamos.

—Muy bien, allá voy. Cuando llegamos al palacio de Láncaster, la duquesa la identificó al oír el apellido De Santo. Nos dijo que años atrás había estado en la embajada española en Londres, y que allí la conoció a usted, de pequeña, como hija del embajador. Si en ese momento era Casilda la que ya estaba suplantando a doña Covadonga, ¿cómo sabía todo eso?

—Por su diario. Recuerde que el de la verdadera duquesa se estropeó al caer a un estanque, y que su nuera Azucena tuvo que ayudarle a pasarlo a limpio. De esa manera, Casilda se enteró de los pasajes de la vida de doña Covadonga que no conocía... Treinta segundos, Horacio.

—¿Por qué fue Casilda a isla Reunión?

—El barón hizo creer a Dalia, y eso me recuerda que debemos incorporar al expediente policial sus cartas de la luna de miel, que Casilda hizo ese largo viaje para contribuir a obtener financiación para una película, pero Hugo la invitó para olvidar sus diferencias, negociar con ella y repartirse el poder; para tratar de recuperar su complicidad, y quién sabe, su amor. Si no lo conseguía, urdiría algún otro mecanismo para desmontar su juego; pero Hugo no podía saber que su estrategia era inútil y que, mientras él confiaba en volver a seducir a su prima, ella ya le había preparado a su regreso del Índico una nueva trampa en forma de crímenes por encargo... ¡Cuidado, Horacio, a su espalda! ¡El hombre de las rosas acaba de llegar!

Instintivamente, saqué el arma. La puerta de la habitación se abrió y una montaña de flores irrumpió en el cuarto de la convaleciente. Debajo del ramo asomaban un par de pantalones, pero el rostro de su dueño quedaba oculto por las flores.

La inspectora se reía con ganas. Aprovechando la confusión, había cogido otro cigarrillo. Su jocoso tono hizo que me relajara.

—Enfunde, Horacio. Sólo es mi amante.

Las rosas rojas se abatieron sobre la cama y Javier Lombardo se materializó en la habitación. El famoso actor dudó al verme:

—No sé si molesto...

—Nada de eso —dije—. Ya me iba. La dejo con este hombre irresistible, inspectora.

—Y puntual.

Sonreí:

—Ya entiendo, era un truco. Él la llamó para preguntarle a qué hora podía venir a verla...

—Y yo le pedí tres docenas de rosas. Por cierto, Javier, ¿te has divorciado?

—Bueno, yo...

—No importa. Seguiremos hablando de ello. De momento, ven a la cama. Si nos disculpa, Horacio.

Lombardo se había quedado parado, en medio de la habitación. Era más bajo que en el cine. Recordé que le doblaban en las escenas de acción.

—¿A la cama, has dicho?

Martina le hizo un guiño sensual.

—Estoy un poco tensa. Me vendrá bien relajarme.

—¿Y tu herida?

—¿Te da miedo la sangre?

—Podría abrirse, infectarse...

Abrí la puerta conteniendo la risa.

—Que disfrute de la compañía, inspectora. Estaré en Jefatura, por si necesita algo.

—Gracias, Horacio. También, a su manera, es usted un hombre irresistible.

Desde el pasillo le tiré un beso con la punta de los dedos. Y susurré, sin saber si me oía o no:

—Buena suerte, baronesa.

ÍNDICE

PRIMERA PARTE (1989-1990)

TERCERA PARTE (1992)

Otros títulos del mismo autor

Los hermanos de la costa
La mariposa de obsidiana
Crímenes para una exposición

7/10 ①
11/14 ②
11/16 ② 11/14